Regen auf dem Jakobsweg

Das Buch

Auf dem hindernisreichen Pilgerweg durch Spanien ächzt Elke Odenwald nicht nur unter ihrem prallen Rucksack, sondern auch unter der Last ihrer Kindheitserinnerungen. Schritt für Schritt stellt sie sich der schwierigen Vergangenheit.

Die Pilgerkollegin staunt: „Wie hast du all das nur überstanden: dieses schreckliche Kinderheim, diese Erzieherin, die alles darangesetzt hat, deinen Willen zu brechen – dieses ganze Schreckensszenario einer rabenschwarzen Pädagogik?

Die Autorin

Jutta Winter (*1955) studierte Bildende Kunst, Erziehungswissenschaften und Psychologie. Viel Zeit verbrachte sie auf anderen Kontinenten, bevor sie sich hauptberuflich mit Biographien befasste.

Mit Leidenschaft widmet sie sich diesem Schwerpunkt nun auch als Autorin.

Ende 2019 erschien ihr erster biografischer Roman „Wir haben es wieder zu etwas gebracht – Von Neuanfängen und Altlasten".

Für den Herbst ist die Veröffentlichung eines historischen Romans zur deutsch- dänischen Geschichte geplant: „Ingers Sahneschnitten".

Jutta Winter

Regen auf dem Jakobsweg

Biografischer Roman

Bibliografische Information der Deutschen Nationalbibliothek:
Die Deutsche Nationalbibliothek verzeichnet diese Publikation in der
Deutschen Nationalbibliografie: detaillierte biografische Daten sind im
Internet über dmb.dmb.de abrufbar

Satz, Herstellung und Verlag: BoD – Books on Demand, Norderstedt
ISBN 978-3-7534—6100-7

Für
Elke, Wolfgang und Fred

1

Aufbruch

Juni 2008. Bilbao – Uterga

Regenschwere Wolken hängen über dem Busbahnhof von Bilbao. Er liegt als graue Betoninsel in der Mitte eines Straßengewirrs. Um ihn herum pulsiert der Verkehr wie ein Blutkreislauf, der mit den roten Ampelphasen auf der einen oder anderen Seite regelmäßig ins Stocken gerät. In den Haltebuchten der Insel ist es dagegen still wie im Auge eines Wirbelsturms.

Frauen stehen in der unterkühlten Einöde herum wie Strandgut, einige im taillierten Bürodress und auf Stöckelschuhen, andere in bulligen Bergstiefeln und Wanderdress aus einem Outdoorladen. Die Einheimischen im Bürodress erkennen in den Frauen mit dem groben Schuhwerk sofort Pilger- Debütantinnen. Um diese Jahreszeit tauchen sie regelmäßig wie Zugvögel hier auf, denn Bilbao ist beliebt als Ausgangspunkt für den berühmten Jakobsweg. Heute scheint das Wetter wenig einladend für derartige Unternehmungen. Staubige Böen fegen durch die offenen Haltebuchten und drücken die erwartungsvollen Pilgerinnen tiefer in ihre atmungsaktiven Fleecejacken.

Eine von ihnen hebt sich mit einem eleganten Schwarz von den anderen ab. Nur ein Seidenschal unterbricht ihre dunkle Erscheinung und ergänzt sie mit einem sattem Purpur und Türkis. Im mahagoniroten Haar klemmt eine Sonnenbrille. Besorgt blickt die Dame zum Himmel. Eine Wolkendecke wie gegossenes Blei, finster und lückenlos.

Kopfschüttelnd zupft sie ihre Brille aus dem Kurzhaar, verstaut sie in der Gürteltasche und wirft einen prüfenden Blick auf ihre Nachbarin. In Pink und den Farben des Regenbogens präsentiert sich die Frau, die grauen Locken fest im Zopfgummi verzurrt. Wahrscheinlich Lehrerin oder irgendein Pflegeberuf, aber eigentlich sympathisch, so auf den ersten Blick, denkt die Elegante. In der Flughafenhalle vor dem Koffer-Fließband hatte sie mit der Bunten ein paar Sätze gewechselt. Als „Anja aus Hamburg" hat sich die andere vorgestellt, und dass sie beide das gleiche Ziel ansteuern, ist auch schon geklärt. Kurzerhand beschließt sie, die „Elke aus Düsseldorf", den Fließband-Smalltalk fortzusetzen, um der bedrückenden Stille in der unterkühlten Betontristesse zu entkommen.

„Hast du auch schon ein Zimmer in Pamplona gebucht für die erste Nacht?"

Anja aus Hamburg schüttelt den Kopf.

„Nein. Aber ich schließe mich gern an, wenn ich darf. Bin gespannt, ob wir morgen gleich den Einstieg zu diesem Weg finden."

„Pamplona ist gar nicht der richtige Einstieg dafür", mischt sich eine andere Frau ein, die sich als „Sylvia aus Gütersloh" vorstellt. „Der „Camino Francais" beginnt eigentlich in den Pyrenäen, in Roncesvalles oder noch davor in Saint- Jean- Pied- de- Port." Sie lächelt verbindlich, wie eine Königin auf Staatsbesuch.

„Dahin sollte es natürlich zuerst gehen, wenn man alles richtig machen will. Mal sehen, ob wir in Pamplona gleich einen Anschlussbus finden."

„Den Gewaltaufstieg über die Pyrenäen erspare ich mir, habe ich beschlossen", erwidert Elke gelassen.

„Du wohl auch", fügt sie mit einem fragenden Blick auf die Wanderkollegin in Bunt hinzu.

„Auf jeden Fall! So genau nehme ich das mit der Pilgerei nicht.", antwortet Anja und zwinkert der anderen zu. Elke erwidert mit einem Lächeln.

„Wir wollen ja einen eigenen Weg gehen, und nicht den des Wanderführers!"

„Aber… ihr lauft doch nicht etwa zu zweit?", hakt *Sylvia aus Gütersloh* nach.

Ihre Miene verfinstert sich, als hielte sie dieses Vorhaben für ein mittelschweres Verbrechen. „Man muss den Weg unbedingt allein gehen. Das ist sehr wichtig – für die spirituelle Erfahrung!" Neue Pilgeranfänger lenken sie von weiteren Belehrungen ab.

Eine der Ankömmlinge, eine füllige Blondine im Schottenmuster-Outfit, trägt neben ihrem Wanderrucksack eine Sporttasche in der Hand, auf die nun alle starren, denn in der Tasche zappelt es. Die Blonde folgt dem Blick der anderen.

„Das ist nur mein Hund", erklärt sie und öffnet den Reißverschluss. Sofort schiebt ein Rauhaardackel seinen Kopf heraus und sieht sich aufmerksam in der unbekannten Welt des Busbahnhofs um.

Ein drahtiger Busfahrer mit einer Mappe unter dem Arm eilt herbei. Mit geübtem Griff öffnet er den Gepäckraum, dessen Klappe in die Höhe schießt.

"No animales en el autobus! Sólo en el compartimento de equipaje", befiehlt er in einem Ton, der keinen Widerspruch duldet. Rasch wendet er sich von seinen

Passagieren ab, schwingt sich in die Fahrerkabine und vertieft sich in seine Papiere.

„Der Dackel muss im Gepäckraum mitfahren", übersetzt Anja und feuert finstere Blicke auf den Fahrer ab.

Vor Elkes innerem Auge formiert sich ein beunruhigendes Bild. Ein verängstigtes kleines Lebewesen, das stundenlang im Dunkeln zwischen den Gepäckstücken hin- und her geschubst wird. Schutzlos, einsam, hoffnungslos. Die Vorstellung lässt sich nicht leicht abschütteln.

„Was für eine Tierquälerei!" ruft sie zum Busfahrer herauf und ballt ihre Faust.

Doch die Halterin zuckt nur mit den Achseln. Ohne einen Protestversuch akzeptiert sie die Anordnung. Sie schließt die Sporttasche über den Dackelkopf und verfrachtet ihren Liebling zwischen den Rucksäcken im Kofferraum.

„Er wird es schon überleben."

Während der Bus eine gewaltige Metallspinne vor dem ultramodernen Guggenheim Museum passiert, setzt ein heftiger Regen ein. Dicke Tropfen malen ein Streifenmuster auf die staubigen Fensterscheiben. Draußen enden die Häuserzeilen von Bilbao und weichen einer hügeligen Landschaft, deren saftige Grüntöne hin und wieder vom kräftigen Gelb des blühenden Ginsters unterbrochen werden.

Anja hat sich neben Elke in die erste Reihe direkt vorne beim Fahrer geschoben. Beiden wird weiter hinten schnell schlecht. Soviel wissen sie jetzt voneinander, und alle übrigen Eckdaten sind ebenso schnell geklärt. Elke ist gut zehn Jahre älter als Anja. Vor kurzem ist sie in den Ruhestand gegangen, nachdem sie jahrzehntelang bei der Stadt Düsseldorf gearbeitet hat. Dagegen steht Anja als Studienrätin noch voll im Beruf. Im Augenblick gönnt sie sich allerdings eine paar Monate Auszeit. Die ältere lächelt zufrieden in sich hinein. Lehrerin also! Im Berufe-Raten schneidet sie gar nicht schlecht ab!

Während der Reisebus sich in eine Autobahnspur einfädelt, breitet sich wieder Schweigen zwischen den beiden Frauen aus.

„Du sprichst wohl fließend Spanisch", eröffnet Elke das Gespräch von Neuem, nachdem sie eine Weile dem Regen zugeschaut hat. Respekt schwingt mit in ihrer Stimme. „Das finde ich beruhigend. Dann kannst du nämlich die Konversation übernehmen, und ich muss mich nicht mit Händen und Füßen abmühen."

„Ein wenig eingerostet ist mein Spanisch schon", erklärt Anja, entschlossen, mehr zu erzählen, statt sich in Schweigen zu hüllen. „Nach dem Abitur habe ich ein Jahr als Au-pair in Venezuela gearbeitet. Das ist aber schon Ewigkeiten her. Deshalb dachte ich mir, es sei eine gute Idee, die Sprache mal wieder aufzufrischen und bei der Gelegenheit die alten Königreiche Aragon, Kastilien und Leon zu Fuß zu durchstreifen. Ist eine ganz besondere Perspektive, so als *Pilgerin*."

Unter das letzte Wort mischt sich ein ironischer Unterton so, als könne sie die neue Rolle noch gar nicht recht annehmen.

„Allerdings habe ich mir das spanische Wetter anders vorgestellt. Das ist hier kein bisschen besser als in Hamburg!"

Elke schmunzelt. „Nee, den Regen habe ich auch nicht bestellt! Du bist also mit Elbwasser getauft?"

„Aufgewachsen bin ich in der Nähe von Husum, aber ich wohne schon lange in Hamburg. Und wie ist das mit dir? Hast du immer schon in Düsseldorf gewohnt?", fragt Anja nach.

„Ich fühle mich dort ganz und gar zuhause, aber geboren bin ich woanders. In den Sudeten. Die gibt es so längst nicht mehr. Heute liegt das Gebiet in Tschechien", erzählt Elke und gerät ins Stocken.

Das Gespräch nimmt plötzlich eine unangenehme Wendung und berührt ein Thema, über das sie eigentlich nie spricht. Will sie einer Fremden wirklich so viel Persönliches anvertrauen, auch wenn sie recht sympathisch wirkt?

„Oh!" Anja sieht zu ihrer Sitznachbarin hinüber, die angestrengt durch den prasselnden Regen auf den nassen Asphalt starrt. Die Scheibenwischer arbeiten auf der höchsten Stufe. Anja scheint Elkes Unbehagen zu spüren. Behutsam tastet sie sich vor.

„Dann… musstest du wohl am Ende des Krieges mit deiner Familie von dort weggehen?"

„Hmm, ja, meine Familie wurde vertrieben, aber daran kann ich mich nicht mehr erinnern", antwortet Elke knapp. „Da war ich noch ganz, ganz klein."

Als sie am nächsten Morgen zu ihrer Wanderung aufbrechen, hat es aufgehört zu regnen. Die ersten Kilometer des Weges fordern die beiden Pilgeranfängerinnen nicht allzu sehr. Vorerst wirkt der Lauf durch Pamplonas Randbezirke wie eine Schnitzeljagd auf einem Kindergeburtstag. Sticker mit gelben Pfeilen kleben in Sichtweite auf Laternenmasten oder Zaunpfählen. An einem Parkeingang und -ausgang finden sich aufwändig, in Stein gemeißelte Jakobsmuscheln wie Grabsteine. An einigen Mauern prangt statt einem Pfeil ein Muschelsymbol mit sonnengelben Strahlen auf himmelblauem Grund. Schon von Weitem ist es deutlich zu erkennen. Konzentriert tasten sich die Augen durch die Landschaft von einem Sucherfolg zum nächsten. Heiter fühlt sich dieses Pilgern an. Kinderleicht. Unbeschwert.

Die Symbole werden schnell zu vertrauten Wegbegleitern in einem unbekannten Terrain. Zunächst führen sie die Pilgerinnen durch schmucke Vororte, vorbei an Cafés, Geschäften, Sportanlagen und einem Golfplatz. Danach steigt der Weg stetig bergan und wird immer mehr zu dem Naturschauspiel, das der Wanderführer anpreist. Bunte Wildblumenwiesen breiten sich vor ihnen aus. Manche sind durch ihre Mohnblütendichte in ein intensives Rot getaucht. Vor ihren Stiefeln steigen Wolken von schillernden Bläulingen auf und schwirren durch die Luft.

„Schau mal, wie schön!"

Elke zieht ihren Fotoapparat aus der Gürteltasche und versucht, das flatternde Blau festzuhalten.

„Ob die vielen Schmetterlinge hier wegen der Spiritualität des Pilgerwegs herumfliegen?"

Anja schüttelt den Kopf. In Hamburg unterrichtet sie Biologie und Chemie und hat für das Phänomen eine wissenschaftliche Erklärung anzubieten. „Nee, das machen die Salze. Die ziehen die Falter an. Urinsalze."

„Urin?" Elke schaut verblüfft. „Ach so. Ich verstehe. Pilgerinnen sind wohl häufig mit schwacher Blasen gesegnet, und sie schlagen sich hier in die Büsche?!"

„Genau!" Beide prusten vor Lachen.

Das Gespräch versiegt, als sich der Pfad einen Berghang hinaufschraubt. Beim Aufstieg ist Konzentration gefragt, wenn sie nicht Gefahr laufen wollen, abzurutschen. Die rötliche Erde wird krümelig und knirscht unter ihren Stiefeln. Immer steiler windet sich der Trampelpfad in die Höhe, und Anja gerät ins Schwitzen.

„Meine ganze Kleidung klebt an mir!" ächzt sie und bleibt schwer atmend stehen. Ihre Knie zittern.

Neben ihr geht es steil abwärts in die Tiefe. Bloß nicht nach unten schauen! Sie lüftet ihre grauen Locken und greift zur Wasserflasche. Ihrer deutlich älteren Wanderkollegin ist die Anstrengung nicht anzumerken.

„Du stiefelst in einem Tempo voran, als würdest du jeden Tag auf einen Berg klettern", staunt sie.

Doch Elke macht das Gewicht ihres Gepäcks zu schaffen.

„Das sieht nur so aus. Mein Rücken tut höllisch weh!"

Sie richtet sich vorsichtig auf und wendet sich zu Anja um. „Dieser verdammte Rucksack! Dabei hat mir der Verkäufer im Outdoor- Laden hoch und heilig versprochen, dass sich die Last bei diesem Modell perfekt auf den Schultern verteilt. Man würde nichts davon spüren! Ja, von wegen! Aber da hilft alles Jammern nichts. Da muss ich jetzt durch!"

Oben auf dem höchsten Punkt des Bergrückens empfangen sie rostige Eisenplatten, die aufrecht stehend im steinigen Boden verankert sind. Zierliche Silhouetten dahinziehender Menschen in Lebensgröße sind aus dem Metall geschnitten: Männer, Frauen, Kinder, einige mit Pferden, Eseln und Gepäck ziehen vorwärts in Richtung Santiago de Compostela.

Staunend umrunden die Wanderer das Kunstwerk, während der Wind kalt an den eisernen Figuren entlang fegt. Zuversichtlich und in vorgebeugter Haltung scheinen die rostigen Pilger sich dagegen zu stemmen und sich mit Hilfe ihrer langen Wanderstöcke Stück für Stück vorwärts zu kämpfen.

Parallel dazu, hoch über den Figuren, verlaufen Stangen, auf denen Brieffetzen oder Papiervögel aufgespießt sind. Wie Sprechblasen, gefüllt mit hoffnungsvollen Botschaften, begleiten sie die Dahinziehenden auf ihrem Weg.

Reglos starrt Elke sie eine Weile an.

„Wie Flüchtlinge sehen die aus!" stellt sie verwundert fest. „Vielleicht wirken sie ein bisschen zu fröhlich dafür, aber sie erinnern mich total an einen Flüchtlingstreck!"

Seit ihrem Gespräch während der Busfahrt am Vortag spukt ihr die eigene Siebenbürger Kindheit im Kopf herum, die mit einer dramatischen Flucht in den Westen endete. Warum drängen ausgerechnet jetzt diese uralten Geschichten an die Oberfläche des Bewusstseins, wie Gasblasen im Sprudelwasser? Vielleicht war sie in den letzten fünf Jahrzehnten zu sehr in ihren Berufsalltag eingespannt gewesen, um darüber nachzudenken. Und wozu soll das Grübeln über die Vergangenheit auch gut sein? Vorwärtsschauen und nicht zurück! Das hatte ihr als Lebensmotto immer geholfen. Der schwierige Teil ihres Lebens ließ sich damit wunderbar unter Verschluss halten. Doch ohne Vorwarnung holen sie hier auf diesem Berg plötzlich die alten Geschichten ein. Der Flaschenverschluss muss sich irgendwie gelöst haben, und vergessene Erinnerungen sprudeln unaufhaltsam aus der Tiefe hervor.

Schließlich gibt Elke ihren Widerstand dagegen auf. Mit dem ungewohnten Gewicht auf ihrem Rücken und auf ihrer Seele beginnt sie zu erzählen.

„Natürlich kann ich mich selbst nicht daran erinnern, aber mein Großvater hat mir viel erzählt und in seinem Tagebuch detailliert geschildert. Deshalb habe ich den Abschied von meinem Vater und die Flucht ganz deutlich vor Augen."

Aussig 1944 – Düsseldorf 1945

Gerade erst hatte Elke gelernt, freihändig durch die weitläufigen Räumlichkeiten des herrschaftlichen Hauses zu tapsen, da erhielt ihr Vater seinen Einberufungsbefehl. Die Erwachsenen liefen plötzlich mit ernsten Mienen herum.

„So sehr hatte ich gehofft, dass sie Alfred nicht einziehen würden", jammerte ihre Mutter, Maria Odenwald, vor sich hin.

„Als Verlagsdirektor und Herausgeber der Tageszeitung ist er hier in Aussig doch völlig unabkömmlich! Wer sonst könnte das Sudetenland so umfassend mit Nachrichten versorgen?"

Sie rauschte an ihrer Tochter vorbei hinter ihrem Mann her.

„Außerdem muss deine Zeitung doch den Auftrag erfüllen, den Glauben an Hitlers Endsieg hochzuhalten. Gerade jetzt, wo die Alliierten immer weiter vorrücken", rief sie durch das Treppenhaus und fuchtelte mit den Armen. „Das müssen sie doch einsehen! Rede unbedingt noch mal mit denen!"

„Sinnlos!", beschied ihr der Gatte. „Ich habe alles versucht.

Aber die Heeresleitung hat nun einmal so entschieden. Ich würde an der Front benötigt, sagen sie, um dort den Vormarsch der Roten Armee aufzuhalten."

Wenige Tage später versammelte sich die Familie auf dem Bahnhof von Aussig. Er lag am Rande der Altstadt an der Elbe, die, im Riesengebirge entsprungen, hier breit und gemächlich vorbeiströmte. Ringsherum erhoben sich schroffe Berghänge und ragten über die Dächer der Siedlungshäuser und Villen. In der Ferne wachte die Burgruine Schreckenstein über die Industriestadt. Ein beliebtes Ausflugziel war dieses Denkmal, und auch die Familie war schon an Feiertagen mit einem gut gefüllten Picknickkorb hinaufgeklettert.

Am Tag des Abschieds thronte die einjährige Tochter auf dem Arm ihres Vaters. Mit großen Augen betrachtete sie das Gewusel auf dem Bahnsteig. Noch nie hatte sie so ein ohrenbetäubendes Durcheinander erlebt. Menschen eilten aufgeregt hin und her, prallten zusammen und veranstalteten mehr Radau als ihre Brüder und Cousins zusammen. Auch die gewaltigen schwarzen Dampfloks, die in den Bahnhof hineindonnerten, zischten, stöhnten und quietschten so laut, dass sich die Kleine die Hände auf die Ohren presste. Schornsteine spien Funken und Qualm wie die Drachen im Märchenbuch. Ein schwerer Geruch von Kohlenfett und Schweiß erfüllte die Luft, und Rauch brannte im Vorbeiwehen unangenehm in ihren Augen. In den Dampfschwaden verwandelten sich die Wartenden zu schemenhaften Tänzern eines geheimnisvollen Balletts.

Ihren vierjährigen Bruder Wolfgang sah sie aufgeregt zwischen den Leuten auf dem Bahnsteig herumkurven, ein Kindermädchen auf den Fersen. Es hatte alle Hände voll damit zu tun, den Jungen wieder einzufangen.

Auch der große Bruder Fred schien von den riesigen Maschinen fasziniert und löcherte den Großvater an seiner Seite ununterbrochen mit Fragen.

Doch irgendetwas stimmte nicht.

Nachdem die kleine Elke sich an die fremde Umgebung gewöhnt hatte, spürte sie es deutlicher. Das Gesicht des sonst so lustigen Vaters, das vor ihr aufragte, hatte seine Grübchen verloren und wirkte ernst und angespannt. Seine Offiziersuniform fühlte sich hart und steif an, und so erschienen ihr auch seine Gesichtszüge. Elke versuchte, seine Fröhlichkeit zurückzuholen, und patschte ihm aufmunternd auf die Wange. Doch vergeblich.

Auch ihre Mutter hatte sich verwandelt. Zu ihrem Kamelhaarmantel trug sie auf ihren dunklen Locken zwar - wie immer, wenn sie ausging - einen topfartigen Hut. Doch das Gesicht darunter war bleich wie Streichkäse, und die Augen stachen rotgerändert daraus hervor. Die erste Welle ihrer Tränen ebbte gerade ab, während eine neue heranrollte.

„Wenn wir in Düsseldorf geblieben wären, würden sie dich jetzt nicht an die Ostfront schicken", jammerte sie und tupfte sich die Augenwinkel mit dem durchnässten Taschentuch in ihrer Hand. „Ich wusste immer, dass es ein Fehler war, in diese gottverlassene Provinz zu ziehen! Und was mache ich jetzt bloß hier? So vollkommen allein ohne dich!"

Noch vor wenigen Wochen hätte ihr Mann ihre Vorhaltungen mit seinen Grübchen weggegrinst und sie geneckt. „Düsseldorf, nur du allein, sollst stets die Stadt meiner Träume sein..." hätte er volltönend durch das Haus geschmettert und damit selbst Richard Tauber in den Schatten gestellt, aber nun war ihm nicht nach Singen zumute.

„Keine Sorge, Maria!" erwiderte er und versuchte, zuversichtlich zu klingen. „Du hast noch deinen Vater und die Kin-

18

der. Und Grete wohnt mit ihren Söhnen auch gleich um die Ecke. Da bist du ganz und gar nicht allein. Und ich komme bestimmt bald wieder. So lange kann der Krieg nicht mehr dauern. Und außerdem schicken sie mich in meinem Alter sicher nur in eine Schreibstube. Da passiert mir schon nichts."

Der Ehemann ihrer Schwägerin Grete hatte schon lange kein Lebenszeichen mehr von der Ostfront gesendet. Auch wenn die Familie das Thema in ihren Gesprächen sorgfältig aussparte, nahmen doch alle an, dass er gefallen war. Maria konnte sich nur zu gut vorstellen, dass ihrem Mann genau das gleiche Schicksal blühte. Wahrscheinlich würde sie sich hier von ihm verabschieden und ihn niemals wiedersehen! Eine neue Welle von Verzweiflung und Traurigkeit überflutete sie.

„Und denk daran", Alfred wandte sich an den Schwiegervater, der ihn auf der anderen Seite flankierte, „wenn die Russen hierhin kommen sollten und ihr fliehen müsst: Fahrt zu meinen Eltern nach Düsseldorf. Die Adresse kennst du ja. Da treffen wir uns dann alle wieder!"

„Wäre es nicht besser, jetzt schon dorthin zu gehen? Bevor die Russen kommen?", fragte Ferdinand Tiefenthal und nahm Wolfgang fest an die Hand.

„Nein, das halte ich für keine gute Idee. Düsseldorf ist im letzten Sommer furchtbar bombardiert worden, und wer weiß, ob die Engländer nicht wiederkommen. Ich schätze, hier in Aussig seid ihr im Moment am sichersten…"

Ein Offizier unterbrach ihn. Alfred Odenwald erhielt ein paar kurze Anweisungen und winkte seinem Kofferträger zu, der das Gepäck in dem Zugabteil verstauen sollte.

„Jetzt geht es gleich los", verkündete er hastig und küsste sein Töchterchen auf die Wange. Er versuchte, es dem Kindermädchen zu überreichen, doch Elke schlang die Arme fest um seinen Hals. Auf gar keinen Fall wollte sie den geliebten

Vater weggehen lassen! Sie sah, wie die Mutter laut zu schluchzen begann, und blickte in die traurigen Augen des Vaters. Diese Situation und all das Drumherum rochen nach Bedrohung und Gefahr. So fest sie konnte, klammerte sie sich an ihn, doch starke Erwachsenenhände griffen nach ihr und bogen ihre kleinen Arme und Fäuste auseinander.

Mit der ganzen Kraft ihrer Lungen brüllte sie ihre Verzweiflung durch die Rauchschwaden über die Bahngleise hinweg. Sie übertönte das Schnaufen, Ächzen und Rattern des abfahrenden Zuges, während sich ihre Mutter neben ihr schluchzend an ihrem Vater festhielt.

Die Erinnerungen des Kindes an diesen ersten dramatischen Abschied ihres Lebens verblassten schnell und verschwanden bald, denn noch konnte sie die Einzelheiten nicht fassen, nicht die Bedeutung und Reichweite des Geschehens verstehen. Doch das Gemisch aus Angst, Verzweiflung und Ohnmacht, das wie eine Gewitterwolke über allem hing, nistete sich in den unzugänglichen Regionen ihres Gehirns ein und eichte ihren seelischen Seismografen für heraufziehende Bedrohungen auf Präzision.

Mit dem Vater verschwand auch die Mutter mehr und mehr aus dem Blickfeld ihrer Kinder.

„Ma Ma?", fragte Elke und deutete mit dem Zeigefinger auf die elterliche Schlafzimmertür.

„Die Frau Mutter ist unpässlich", antwortete das Kindermädchen und versuchte die Kleine mit sich zu ziehen. „Komm, wir gehen zum Schaukelpferd und zu deinen Puppen ins Spielzimmer."

Doch Elke sträubte sich wie eine Katze.

20

„Ma Ma!" beharrte sie und stampfte fest mit dem Fuß auf den Dielenboden.

Ihre Laustärkte konnte sie problemlos steigern. „Ma Ma Ma!" brüllte sie und hämmerte gegen die Tür.

Großvater Tiefenthal eilte festen Schrittes aus seinem Arbeitszimmer herbei.

Er hielt sich kerzengrade aufrecht. Mit seinen strengen Gesichtszügen, eingerahmt von einem gepflegten Bart, und mit seiner kräftigen Statur, verfügte er über eine stattliche Erscheinung, die ihm überall Autorität verlieh. Wäre sein Haar nicht weiß gewesen, sondern noch so dunkel wie in jungen Jahren, hätte niemand in ihm einen Mann von Mitte siebzig vermutet.

„Deiner Mutter tut der Kopf weh", erklärte er seiner Enkelin mit ruhiger Stimme und strich ihr über den braunen Haarschopf.

„Aua hat sie! Und jetzt schläft sie ein wenig. Da wollen wir doch nicht stören."

Elkes Mutter verließ ihr Bett kaum noch. Den ganzen Tag lag sie im abgedunkelten Raum herum und klagte über Migräne. Seit Wochen war keine Nachricht mehr von ihrem Ehemann eingetroffen. In seinem letzten Feldpostbrief aus Rumänien hatte er vom Vormarsch der Roten Armee berichtet.

„Alfreds Zeilen klangen so schrecklich hoffnungslos", jammerte sie. „Wie ein Abschiedsbrief. Ja, ganz genauso. Wahrscheinlich ist er gar nicht mehr am Leben."

Mit dieser Verzweiflung im Herzen baute sie nun auch körperlich auf erschreckende Weise ab.

Unterdessen verbrachte Fred viel Zeit vor dem Volksempfänger. „Die politische Lage ist unübersichtlich", berichtete er seiner Familie. „Klar ist nur: Die Alliierten sind über den

Rhein marschiert, und die Russen stehen an der Elbe."

Er markierte ihren Vormarsch auf einer Deutschlandkarte mit Stecknadeln und Wollfäden, soweit die Truppenbewegungen bekannt gegeben wurden. Das Ergebnis der Nadel- Piekserei war wenig ermutigend.

„Im Radio reden sie immer von „Frontbegradigungen". Aber ich finde, das sieht eher nach Gebietsverlusten aus."

Fragend sah er seinen Großvater an.

Ferdinand Tiefental nickte nachdenklich und ließ Elke auf seinen Schoß klettern.

„Wie man hört, liegen Dresden und Magdeburg inzwischen in Schutt und Asche", stimmte er seinem Enkel zu. „Dort haben die Engländer mit ihren Brandbomben schwere Schäden angerichtet. Und nun kommen die Russen und marschieren auf Aussig zu. Hoffen wir mal, dass die Amerikaner das Rennen machen. Von denen haben wir wohl am wenigsten zu befürchten."

Täglich diskutierten die beiden über die neusten Meldungen: Nach und nach besetzten die Tschechen alle Posten in der Stadtverwaltung und gründete einen „Tschechoslowakischen Nationalausschuss". Für die deutsche Bevölkerung drehte sich der Spieß damit um. Fred hatte das auf der Straße auch schon zu spüren bekommen.

„Opa, warum schimpfen die jetzt immer so auf uns?", fragte er. „Was haben wir denen denn getan?"

„Da ist wohl einiges zusammengekommen im Laufe der Jahre", antwortete der Großvater wahrheitsgemäß und ließ sich müde in den Lehnstuhl sinken. „Gleich nach dem Anschluss ans Reich wurden die tschechischen Schulen und Geschäfte geschlossen und die Sprache, die Vereine und Traditionen verboten. Dazu kamen dann wohl auch noch allerhand Ungerechtigkeiten."

„Das war bestimmt nicht gut", gab der Enkel nachdenklich zu. „Aber hier wohnen doch mehr Deutsche. Fünfmal so viele. Die könnten sich doch gut wehren."

„Genau das werden die Tschechen jetzt ändern wollen", erwiderte Ferdinand Tiefenthal und griff nach seiner Pfeife. „Früher oder später werden sie uns auffordern, von hier zu verschwinden."

„Finden, finden", rief Elke fröhlich.

Sie hopste durch die Stube und kletterte wieder auf den Schoß ihres Großvaters.

Zu ihrem zweiten Geburtstag hatte ihre Tante Grete, die ein paar Straßen weiter wohnte, einen Kuchen gebacken und ein Püppchen zum Liebhaben genäht. Es war weich wie ein Kissen. Von Mama und Opa bekam sie ein hübsches Sommerkleidchen und neue Schuhe, die vom Schuster genau passend für ihre Füße gearbeitet waren. Brüder und Cousins sangen ihr ein Geburtstagsständchen. Aufgeregt hüpfte das kleine Mädchen um den Gabentisch herum und schloss das Püppchen in ihre Arme.

Doch damit endeten die Überraschungen des Tages nicht. Am Abend ertönte zum ersten Mal Fliegeralarm über der Stadt. Staunend vernahmen die Kinder das drängende Jaulen der Sirenen. Ferdinand Tiefenthal griff sofort erschrocken nach dem Koffer, der immer bereitstand, und rief seine Tochter und die drei Kinder zusammen. Auf diesem Ernstfall waren sie zwar vorbereitet worden, doch bisher hatten die feindlichen Flieger Aussig verschont.

Hastig stieg der Großvater mit seiner Familie in den feuchten Gewölbekeller des Hauses hinunter, der als Luftschutzraum ausgewiesen war. Draußen auf der Straße waren Pfeile an die Hauswände gemalt, die auch andere Menschen des Wohnblocks zügig dorthin dirigierten. Mit großen Augen beobachteten die Kinder diese Fremden, die nun zu ihnen in den Keller hereinströmten. Er wirkte nicht einladender als ein mittelalterliches Burgverlies. An der Decke baumelte eine Glühbirne, die ihre Umgebung schwach beleuchtete. Ringsherum waren Angst und Atemlosigkeit zu spüren.

Im letzten Moment, kurz bevor der Luftschutzwart die Kellertür verrammelte, stolperte Grete mit ihren beiden Söhnen und einem überladenen Kinderwagen in den Raum.

„Tan Dede", begrüßte Elke sie erfreut.

„Der Kriechkeller unter unserem Haus schien mir nicht sicher genug", erklärte sie und strich der Kleinen über den Kopf.

„Es ist gut, wenn die ganze Familie hier vereint ist", stimmte Ferdinand Tiefenthal seiner Schwiegertochter zu. „Da können wir uns gegenseitig beistehen."

Grete nickte. „Seit mehr als einem Jahr ist mein Paul nun schon verschollen."

Was das bedeuten konnte, sprach sie nicht aus.

Kaum hatte sich die Familie auf den staubigen Bänken niedergelassen, waren in der Ferne die ersten dumpfen Detonationen zu hören. Die Bomber schienen es auf das Stadtzentrum von Aussig abgesehen zu haben, denn die Einschläge rückten näher heran und waren immer deutlicher zu spüren.

Die Wartenden, Frauen, Kinder und Alte, saßen angespannt neben ihren Koffern und Taschen. Einige beteten.

Mit einem plötzlichen Knall bebte der Keller samt dem Haus über ihnen so heftig, dass die Deckenfunzel gespenstisch flackerte und hin und her schwang. Eine Frau schrie auf. Putz rieselte von der Decke. Kleinere Kinder begannen zu brüllen. Doch Elke schwieg. Sie klammerte sich an ihre neue Puppe und kuschelte sich enger an ihren Großvater. Bei ihm fühlte sie sich geborgen.

„Glücklicherweise ist Aussig nicht wirklich bedeutsam für die Alliierten." Ferdinand Tiefenthal versuchte, die aufkommende Panik im Keller mit vernünftigen Überlegungen einzudämmen. „Städte mit Rüstungsindustrie sind strategisch viel wichtiger und werden ständig bombardiert."

„Außerdem war der Treffer nicht hier bei uns, sondern irgendwo nahe bei der Zuckerfabrik auf der anderen Elbeseite", erwiderte sein Banknachbar. Ein viel zu großer dunkelgrauer Wollmantel und eine Kutschermütze mit Ohrenklappen schützten ihn vor jeder Witterung.

„Industrie interessiert die mehr als Wohnhäuser. Wenn sie alles abgeworfen haben, drehen sie wieder ab. Das dauert jetzt nicht mehr lange."

Der Bombendonner schien kein Ende zu nehmen, doch die Leute entspannten sich ein wenig. Fred versuchte, bei dem schlechten Licht Karl May zu lesen. „Durchs wilde Kurdistan". Auch Wolfgang und sein Cousin hatten eine Ablenkung gefunden. Sie ließen sich von einem größeren Jungen in die Geheimnisse des Zwillen- Schießens einweihen.

„Allerdings glaube ich, dass wir früher oder später von hier fortgehen sollten", wandte sich der Großvater wieder an den Nachbarn. Es tat ihr sichtlich gut, sich mit einem Optimisten zu unterhalten. „Nur auf welchem Weg? Darüber denke ich schon seit Wochen nach."

Umständlich zog er aus einer inneren Manteltasche eine Landkarte, die er nun immer bei sich trug. Die beiden alten Herren vertieften sich eine Weile in die Streckenführung der Eisenbahnen. Welche Route wäre wohl die sicherste? Das wusste auch der Banknachbar nicht zu sagen.

Ein weiteres Krachen erschütterte den Keller.

Frauen jammerten laut vor sich hin. Grete klammerte sich an ihren Säugling, Elkes Mutter vergrub sich tief in ihren Kamelhaarmantel.

„Wahrscheinlich können die Flieger gar nicht genug erkennen bei der Dunkelheit, um richtig zu zielen", versuchte der alte Mann die Leute zu beruhigen. „Das sind lauter Blindgänger."

Das wollte er zu gerne glauben, doch er irrte sich. Während die Insassen des Kellers stöhnten und beteten, wurde ein beträchtlicher Teil der Innenstadt gezielt zerbombt. Mehr als fünfhundert Menschen verloren ihr Leben, Deutsche und Tschechen, Kriegsgefangene und Flüchtlinge, von denen täglich mehr in die Stadt hineinströmten.

Auch Gretes Wohnung hatte sich in eine Ruine verwandelt. Am nächsten Tag zog sie mit ihren Kindern zu der Familie ihres Schwiegervaters.

Am 7. Mai erfuhren sie aus dem Volksempfänger, dass Deutschland sich den Alliierten bedingungslos ergeben hatte. Fred riss die Karte mit den Stecknadeln und Wollfäden von der Wand.

Zwei Tage später verkündete der Sender den Waffenstillstand. Oberbürgermeister Czermak übergab dem tschechischen Nationalausschuss die Leitung der Stadt. Nachmittags rollten russische Panzer und Armeefahrzeuge durch Aussig. Die meisten nahmen Kurs auf den Nachbarort. Nur eine kleinere Gruppe Rotarmisten blieb in der Stadt und versuchte, für Ruhe und Ordnung zu sorgen und die Leute am Plündern zu hindern. Fast alle Einwohner hatten weiße Tücher zum Zeichen der Kapitulation aus den Fenstern gehängt.

Elke spürte die angespannte Stille im Haus. Es war, als

warteten die Menschen auf ein Unglück. Doch erst einmal schien alles friedlich.

Von dem heiteren Frühlingswetter draußen angelockt, beschloss Grete, mit Elke und ihrem Jüngsten im Kinderwagen im Park in der Nähe des Hauses spazieren zu gehen. Die Kleinen sollten ein wenig Sonne tanken. Blass sahen sie aus. Die frische Luft würde ihnen guttun.

Die größeren Jungen spielten im Hof zwischen den Häusern Völkerball und ließen ihrem Bewegungsdrang freien Lauf. In den unsicheren Wochen vor Kriegsende hatten die beiden Familien das Haus gehütet, doch nun durfte man sich wohl endlich wieder auf die Straßen trauen.

Plötzlich rasten offene Militärfahrzeuge mit SS- Leuten aus einer Seitenstraße heran und polterten über das Kopfsteinpflaster direkt am Park entlang. Johlend verließen sie die Stadt, brüllten wilde Flüche und schwangen drohend ihre Gewehre. Nüchtern schienen sie nicht zu sein. Einige luden durch und schossen wahllos um sich. Andere schlossen sich der Ballerei an.

Elke starrte den Konvoi mit aufgerissenen Augen an.

Hastig griff Tante Grete nach ihrem Arm, um sie mit sich zu reißen und hinter einen Trümmerhaufen zu flüchten. Doch zu spät. Ihre Nichte wurde vor ihren Augen von einer Gewehrkugel zu Boden geschleudert. Sofort sickerte eine Menge Blut aus dem Kopf des Kindes.

Zwei Tage später erwachte Elke in der unbekannten Welt eines Krankenhauses. Ihr Kopf war dick mit Verbänden umwickelt und tat weh. Hinter einer Glasscheibe sah sie ihre Mutter und ihren Großvater. Die beiden stießen sich gegenseitig an, klappten den Mund auf und zu, lachten mit Tränen in den Augen und winkten stürmisch.

„Mama! Opa!" rief Elke und versuchte, sich zu erheben. Sie musste zu ihnen, doch seltsamerweise wollte es ihr nicht recht gelingen.

Stattdessen erschien ein unbekannter Mann in Weiß und begann sie zu untersuchen.

„Da zu Mama. Zu Opa", erklärte die Kleine dem Weißkittel. Der Arzt lächelte und vertröstete sie.

„Bald kannst du wieder nach Hause", versprach er. „Vorher muss dein Kopf aber noch gesund werden. Da steckte eine Gewehrkugel drin. Peng! Peng! Ja, aber sonst scheint ja alles noch prima zu funktionieren. Da hattest du wohl einen besonders wachsamen Schutzengel!"

Andere Frauen und Kinder hatten nicht so viel Glück gehabt und waren beim wilden Abzug der SS- Leute ums Leben gekommen, doch das erzählte er dem Kind nicht.

Endlich war es soweit! Am 20. Mai wurde Elke mit einem Turban ähnlichen Kopfverband aus dem Krankenhaus entlassen. Wild hüpfen, wie sie es gerne mochte, konnte sie noch nicht ohne Schmerzen, doch die Wunde heilte gut.

Ihr Zuhause hatte sich in der Zwischenzeit sehr verändert.

Koffer, Taschen und Rucksäcke vom Speicher standen vollgestopft kreuz und quer in der Wohnung herum. Rundherum stapelten sich Kleidungsstücke und Küchenutensilien. Im Kinderwagen verstaute Grete einen Wäschesack und Lebensmittel. Ihr Jüngster, der gerade ein halbes Jahr als war, musste sich mit dem Spalt daneben zufriedengeben.

Früher schien die Küche vor Lebensmitteln nur so überzuquellen. Davon war nicht mehr viel zu sehen. Im Gegenteil: die Regale wirkten seltsam leer.

„Fast alle Geschäfte sind geschlossen!", beklagte sich die Tante bei ihrem Schwiegervater. „Ich habe mir schon die Hacken wundgelaufen, um noch irgendwo fündig zu werden, aber die Leute haben die Stadt leergekauft. Und aus dem Umland kommt nicht genug herein. Auf jeden Fall versuche ich heute noch einmal, Grieß, Haferflocken und Milchpulver aufzutreiben. Und Äpfel und Karotten für die Kinder."

„Sicher haben die Schwarzhändler noch einiges im Angebot", überlegte ihr Schwiegervater. „Bring ihnen die beiden Silberschalen. Die können wir sowieso nicht mitnehmen."

Er klopfte ihr anerkennend auf die Schulter.

„Wie gut, dass wir dich hier haben! Ich wüsste sonst nicht, wie ich das alles schaffen sollte mit meinen fünfundsiebzig Jahren. Mit Ria ist nichts anzufangen. Ich bin schon froh, wenn sie durchhält. Ach, Grete, du bist meine einzige Stütze. Auf unser beider Schultern lastet die ganze Verantwortung für die fünf Kinder. Das müssen wir jetzt zu zweit stemmen! Anders geht es nicht. "

In den nächsten Tagen sollte die Aussiedlung der Deutschen beginnen. So bestimmte es der Bezirksausschuss. Bei den ersten ungeordneten Vertreibungsaktionen hatten die Leute alles zurücklassen müssen, was sie besaßen. Doch nun wurde die Sache systematisch organisiert.

„Jedem Erwachsenen sind dreißig Kilo Gepäck gestattet! Alles andere und ausnahmslos alle Wertgegenstände müssen abgegeben werden", verkündete der Volksempfänger.

Doch die Tante nähte die goldene Taschenuhr, das Geld und den Familienschmuck in den Gehrock des Großvaters ein.

„Ist das denn erlaubt, oder ist das Schmuggel?", fragte Fred interessiert. „Darf ich auch was schmuggeln?"

„Nein", bestimmte sein Opa sofort und beschwor die Kinder eindringlich: „Auf gar keinen Fall dürft ihr jemandem davon erzählten. Hört ihr? Kein Sterbenswort!"

Die Tante presste erschrocken ihren Zeigefinger auf ihren Mund. Elke machte es ihr nach.

„Teebenzzzwoot", wiederholte sie feierlich.

Kurz nach Pfingsten war es dann soweit. Die beiden Familien hievten sich und ihr Gepäck nachts um elf Uhr in einen überladenen Flüchtlingszug am Teplitzer Bahnhof. Wie viele andere hatten sie sich in mehrere Mantel- und Jackenschichten vermummt. Die Kleidung würde bei Bedarf auch als Bettdecke und Kissen dienen.

Im dichten Gedränge rissen zwei magere Kerle Maria eine Tasche aus der Hand und tauchten damit sofort in der Menge unter. Die Mutter starrte entgeistert an sich herunter und hielt sich an ihrem Ältesten fest, um nicht zu stürzen.

„Das ist alles zu viel für mich", jammerte sie.

„Da ist er hin!" schrie Wolfgang und deutete in die dichte Menschengruppe hinter ihnen. Ganz genau hatte er das beobachtet und wollte sofort hinterher.

Sein Großvater packte den quirligen Enkel am Arm und hielt ihn fest.

„Bleib unbedingt dicht bei mir!" ermahnte er den Fünfjährigen streng. „Das ist jetzt wichtiger als das Gepäck. Nicht, dass du auch noch verschwindest."

Knapp zwei Stunden später war die Fahrt in den Westen vorbei. In Komotau mussten alle Passagiere aussteigen. Stundenlang harrten sie auf dem Bahnhof aus. Die Kinder hockten auf den Koffern und schliefen ineinander verschlungen wie ein Wurf Hundewelpen. Ferdinand Tiefenthal hielt sich in einer aufrechten Haltung und umklammerte eisern seinen Gehstock. Auch er fühlte sich hundemüde, doch er zwang sich durchzuhalten.

„Halte dich unbedingt an meinem Mantelgurt fest und lass ihn unter gar keinen Umständen los", befahl der Großvater Wolfgang noch einmal, als am nächsten Morgen das Gedränge wieder dichter wurde. Der Bahnsteig schien vor Passagieren und ihrem Gepäck zu bersten. Zurück nach Aussig sollte es erst einmal gehen, hatte der Lautsprecher verkündet.

Fred war untröstlich.

„Wieso zurück?", rief er und wischte sich Tränen aus den Augen. „Wir wollen nicht zurück. Wir wollen nach Düsseldorf!"

„Da kommen wir schon noch hin", versuchte der Großvater zu trösten. Überzeugend klang es nicht.

„Nimm du am besten alle unsere Fahrkarten und pass gut darauf auf. Wir müssen die Wertsachen unter uns aufteilen, denn hier sind jede Menge Langfinger unterwegs."

Aus dem Kinderwagen war schon wieder ein Beutel mit Lebensmitteln verschwunden. Einen Koffer hatten sie gerade noch retten können.

Als der Flüchtlingszug endlich einrollte und ächzend zum Stehen kam, setzten sich alle Wartenden zugleich in Bewegung, um einen Platz darin zu ergattern. Rücksichtslos drängelten sie vorwärts.

„Türen schließen und Zurücktreten!" tönte es aus den Lautsprechern. Sofort steigerte sich die Panik der Menge. Vielen Passagieren war es noch nicht gelungen, auch nur in die Nähe der Waggontüren zu gelangen. Fäuste und Ellenbogen arbeiteten sich durch das Gewühl. Grete und ihrem Schwiegervater gelang es trotz allem, Maria, Gepäck, Kinderwagen und die kleinen Kinder in den Zug zu hieven, doch Fred wurde hoffnungslos abgedrängt. Als der Zug zischend losrollte, blieb er brüllend und winkend auf dem Bahnsteig zurück.

„Nimm den nächsten Zug und steig in Brüx wieder aus!" schrie der Großvater durch das Gedränge derjenigen, die sich nach ihm noch in den Waggon gequetscht hatten. „Dort warten wir auf dich!"

„Hoffentlich hat der Junge mich verstanden!", murmelte er und drückte seine Enkelin an sich. „Nun können wir nichts weiter tun, als beten und hoffen."

In Brüx warteten sie bis tief in den Abend, als sich endlich wieder eine Rauchwolke in der Ferne blicken ließ. Alle starrten gebannt auf die heranstampfende Lok. Als der Zug zum Stehen kam und die Türen aufgestoßen wurden, gelang es Fred nur mit Mühe, sich zwischen den vielen Passagieren, Koffern und Taschen hinauszudrängen. Wolfgang, der einen Laternenmast hinaufgeklettert war, entdeckte ihn zuerst und schrie und winkte.

„Hier Fred, hierher!"

Schließlich war die Familie wieder vereint. Sie jubelten sich zu, und selbst auf dem blassen Gesicht der Mutter zeigte sich ein Lächeln.

Am nächsten Tag gelang es ihnen, vollzählig einen Zug Richtung Komotau zu besteigen und sich darin gemeinsam ein Plätzchen zu erobern. Ferdinand Tiefenthal zog ein Oktavheft aus seiner Brusttasche und notierte sich sorgfältig den Verlauf ihrer Reise.

„Normalerweise dauert so eine Fahrt nach Düsseldorf kaum mehr als zwei Tage", erklärte er Gretel und den Kindern. „Aber ich fürchte, diesmal geht es nicht ganz so schnell."

„Was schreibst du da?", wollte Wolfgang wissen, und auch Elke hoffte auf eine gute Geschichte. Das Märchenbuch zum Vorlesen hatten sie leider nicht eingepackt.

Also las Ferdinand Tiefenthal ihnen seine Aufzeichnungen vor:

„25./ 26. Mai. 45

14 Uhr ab Komotau nach Weipert, ab 19.00 Uhr Buchholz, an 20.30 Uhr. Übernachtung in bereitgestellten Personenwagen.

14.45 Uhr weiter nach Flöha, ab 20.00 Uhr Freiberg.

27. Mai 45

Nacht im Zug in drangvoller Enge verbracht.

14.00 – 15.00 Uhr Verpflegung mit gelben Erbsen und Grießbrei.

22.00 Uhr Abfahrt nach Dresden. Auf freier Strecke liegengeblieben. Wahrscheinlich Maschinendefekt..."

Weit nach Mitternacht ruckelte der Zug endlich wieder an. Der Geruch viel zu vieler Menschen hatte schnell das Abteil erobert mit einer würzigen Mischung aus Schweiß, Tabakrauch und dem Inhalt von Säuglingswindeln.

Maria rümpfte die Nase.

„Schrecklich, wie es hier riecht", jammerte sie. „Das halte ich nicht aus."

„Es gibt Schlimmeres", entgegnete ihr Vater ruhig. „Schlaf ein wenig, Ria. Ich wecke dich dann schon, wenn wir in Düsseldorf sind."

Auch er nickte von Zeit zu Zeit ein, bis er hochschreckte und einen prüfenden Blick auf seine Lieben warf. Waren denn noch alle da? Auch Fred? Und Wolfgang?

Von dem eintönigen Rattern und der Enge gelangweilt, vertrieben sich die Jungen die Zeit mit Gezanke. Ihre Mutter *hatte sich in ihren Kamelhaarmantel vergraben und rührte sich nicht mehr. Auch Elke hatte sich auf dem Schoß ihres Großvaters zusammengerollt wie ein Kätzchen und schlummerte entspannt ein. Ihre Tante Grete betete und sang leise vor sich hin.*

In der Morgendämmerung bremste der Zug und blieb auf offener Strecke stehen. Das kannten die Reisenden schon, und so warteten sie gelassen ab. Doch plötzlich schrie eine Stimme von einem Fenster her voller Panik:

„Da sind Russen auf den Gleisen! Russische Soldaten!"

Angst loderte auf und erfasste den gesamten Waggon. Todesangst! Das Getuschel erstarb, als die Tür krachend aufgeschlagen wurde. Schwere Soldatenstiefel stampften in das Abteil. Ein Säugling begann in die atemlose Stille hinein zu plärren. Steif und kerzengrade saß Großvater Tiefenthal auf seinem Platz und starrte geradeaus ins Leere. Den Knauf des Gehstocks hielt er so fest umklammert, als wollte er ihn zerquetschen. Rundherum versuchten die Frauen, sich mit gesenktem Kopf zitternd wegzuducken, um sich so unsichtbar wie möglich zu machen.

Elke spürte deutlich die heraufziehende Bedrohung, holte tief Luft und begann, aus Leibeskräften zu schreien. Ihre Lautstärke steigerte sich zu einem schrillen Kreischen. Der bewaffnete Soldat stapfte durch den Gang und deutete mit dem Gewehrlauf auf einzelne Frauen. Seine sonoren Befehle waren auf Russisch und doch sofort verständlich:

„Poydem so mnoy!" Diese Frauen da sollten mitkommen!

Kurz streifte der Blick des Soldaten die Mutter, die sich über ihr brüllendes Kind beugte. Kopfschüttelnd wandte er sich ab und winkte stattdessen Grete heraus.

„Poydem so mnoy!"

Elkes Tante löste sich wortlos aus dem Klammergriff ihrer Kinder. Sie erhob sich mit leerem Blick und schlich wie in Trance hinter den anderen Frauen her. Sie verließen den Zug, stolperten im strömenden Regen über die Gleise hinweg und verschwanden wie eine dunkelgraue Wolke hinter einem Lagerschuppen.

Am Abend kehrten die Frauen zurück. Geduckt liefen sie, die Arme um den Leib geschlungen. Grete verkroch sich hinter ihren Kindern und weinte lautlos in ihre Mantelärmel. Über das, was ihr zugestoßen war, verlor sie kein Wort.

„Tan Dede aua?", fragte Elke ihre Mutter.

Doch die antwortete ihrer Tochter nicht, sondern strich ihr bekümmert über den Kopf.

Bald darauf legte der Zug den Rückwärtsgang ein und ratterte wieder Richtung Freiberg. Diesmal beschleunigte er auf seine äußerste Geschwindigkeit, bis der Kessel zu bersten drohte, so, als wollte er so schnell wie möglich den Ort des Schreckens hinter sich lassen.

Am nächsten Tag erreichte der Flüchtlingszug einen Ort namens Wurzen und blieb auf einem Gleis stehen. Sie übernachteten im Abteil und hofften auf eine Weiterfahrt.

„Der Zug auf Gleis zwei wird aufgelöst", verkündete eine Bahnhofsstimme am nächsten Tag. „Bis fünfzehn Uhr müssen die Abteile geräumt sein. Das Weiterkommen bleibt jedem selbst überlassen!"

Elke spürte die ängstliche Hektik um sich herum. Sie klammerte sich an ihren großen Bruder und ließ sich mitziehen. Abends bestiegen sie einen Zug nach Grimma, doch schon eine Stunde später hielt er vor einem Schlagbaum an.

„Hier vor der Brücke ist Ende!“, rief eine Bahnhofsstimme. „Alles aussteigen!“

Drei Wochen später waren sie immer noch nicht weitergekommen als bis zu diesem Fluss, der „Mulde“ hieß. Selbst die kleine Elke begriff, dass die Familie, zusammen mit vielen anderen, unbedingt über diese Brücke gehen wollte und nicht durfte. Jeden Tag warteten sie stundenlang in einem dichten Gedränge vor dem bewachten Schlagbaum. Manchmal ließ sich die Sonne blicken und wärmte sie angenehm. Danach rückten wieder graue Wolken heran, und sie standen schutzlos im prasselnden Regen.

Ab und zu kam Bewegung in die Menge. Endlich schien es vorwärts zu gehen. Hoffnung flammte auf wie ein Kerzenlicht und weckte die Menschen aus ihrer Erstarrung. Einige begannen sogleich damit, sich vorwärts zu schieben, zu drängeln, zu schubsen. Doch dann geriet alles wieder in Stocken, und der Hoffnungsfunke erlosch.

Die Tage ähnelten sich wie ein Ei dem anderen. Morgens ging es mit dem ganzen Gepäck und dem Kinderwagen hin zur Brücke und abends wieder zurück. Nur die Nächte unterschieden sich. Nicht immer fanden sie ein Quartier. Einige Male übernachteten sie in der Jugendherberge, doch dort tauchten russische Soldaten als unwillkommene Gäste auf. Um solche Besuche zu vermeiden, blieb ihnen oft nichts anderes übrig, als im nassen Wald auszuharren. Wolfgang, Elke und ihr Cousin begannen zu schniefen und zu husten.

In der letzten Juniwoche ging das Gerücht um, dass am nächsten Morgen alle diejenigen über die Brücke gelassen würden, die keine Datumsangabe im Brückenstempel hätten.

„Dazu gehören wir", frohlockte Tante Gretel und drückte Elke in ihren Armen. „Endlich geht es weiter!"

„Das glaube ich erst, wenn wir am anderen Ufer angelangt sind", erklärte Ferdinand Tiefenthal skeptisch.

„Können wir nicht einfach ein Floß bauen und auf die andere Seite schwimmen?", schlug Fred vor, doch sein Cousin hatte Einwände.

„Aber die haben doch Gewehre. Vielleicht erschießen sie uns dann."

„Ziezen uns", murmelte Elke nachdenklich.

Am nächsten Morgen erwies sich das Gerücht einmal mehr als falsch. Nachmittags erschien stattdessen ein Russenkurier und verkündete mithilfe seiner Flüstertüte:

„Wegen Seuchengefahr muss der Ort bis morgen, zwölf Uhr von allen Flüchtlingen geräumt sein! Ich wiederhole: Räumung bis morgen Mittag! Später Angetroffene werden in ein russisches Lager abgeführt!"

Grete war leichenblass geworden, als sie davon hörte.

„Da will ich nicht hin", stöhnte sie. „Auf gar keinen Fall! Lieber sterbe ich!"

„Da müssen wir auch nicht hin", beruhigte sie Ferdinand Tiefenthal und straffte seine Schultern. „Jetzt ist es zu spät, aber sobald es hell wird, bereiten wir unsere Flucht vor. Zur Not gehen wir zu Fuß am Fluss entlang nach Norden, aber vielleicht treibe ich eine Fahrgelegenheit auf."

Sein Wunsch erfüllte sich nicht, aber er fand eine alte Dame, die dem stattlichen Herrn immerhin eine Handkarre überließ. Auch Grete hatte Glück. Eine Bauersfrau schenkte ihr ein hartes Brot, das sie gerade an die Schweine verfüttern wollte, ein Bündel gummiartiger Möhren aus der Wintermiete, Kohlblätter und ein paar Zwiebeln.

„Daraus koche ich eine schöne Brotsuppe für uns alle, sobald wir irgendwo ankommen", frohlockte sie.

Für die Kinder klang das nach einer Bescherung fast wie zu Weihnachten. Auf ihrer Reise hatten sie ein völlig neues Gefühl kennengelernt, nämlich wie es ist, nicht satt zu werden. Seit Tagen schon meldete sich ihr Magen mit Rumoren, häufig sogar von Krämpfen begleitet. Manchmal wurde ihnen übel vor Hunger.

Deshalb mussten sie auf dem Weg ins sieben Kilometer entfernte Nerchau nicht angetrieben werden. Ohne zu jammern, liefen sie durch ein nicht enden wollendes Waldgebiet dem verheißungsvollen Ziel mit seiner Brotsuppe entgegen.

Ferdinand Tiefenthal organisierte den Marsch wie ein Feldwebel. Bei all dem Volk, das mit ihnen unterwegs war, wollte er es Dieben nicht allzu leicht machen. Er selbst ging mit Maria an der Spitze ihres Trecks und zog den Handwagen mit dem Gepäck. Wolfgang und sein Cousin schoben von hinten. Danach kam Fred. Ihm wurde die Verantwortung für die kleine Schwester übertragen.

„Nimm Elke an die Hand und lass sie auf gar keinen Fall los, hörst du?!"schärfte er dem Achtjährigen ein.

Fred gab sich alle Mühe, der Verantwortung gerecht zu werden. Allerdings war das gar nicht so einfach, denn die Kleine wand sich und zog in die andere Richtung.

„Kannich mehr", quengelte sie, kaum dass sie gestartet waren. Der große Bruder musste fest zupacken.

„Elke, du schaffst das", spornte er sie an. „Denk an die Brotsuppe! Da willst du doch hin, oder?"" Das wirkte.

Am Ende ließ Grete, die die Nachhut bildete, sie zu ihrem Jüngsten auf den Wäschesack klettern. Der Kinderwagen geriet mit dem hochaufgestapelten Übergewicht gefährlich ins

Schwanken. Elke warf jauchzend den Kopf in den Nacken. Von dem dicken Verband war sie inzwischen befreit. Langsam breitete sich wieder ihr kräftiges dunkelbraunes Haar über dem Kahlschlag aus, den die Operation hinterlassen hatte.

Nerchau hieß der nächste Ort auf ihrem Weg. Kurz bevor sie ihn erreichten, zwang sie ein schweres Unwetter, in einer Scheune Unterschupf zu suchen. Vorsichtig entfachte Grete ein Feuer auf dem gestampften Lehmboden. Besorgt musterte sie den einzigen Topf, den sie besaßen, von allen Seiten. Im Boden war ein Stück Emaille abgesprungen, und er hatte Rost angesetzt.

„Im nächsten Ort muss ich unbedingt einen Klempner auftreiben, der das lötet", nahm sie sich vor, als sie das Kochgerät über das Feuer schob.

Währenddessen bereitete ihr Schwiegervater seiner Tochter ein Lager aus Stroh. Maria hatte es nur noch taumelnd bis in den Schuppen geschafft und schien einem Zusammenbruch nahe. Die Brotsuppe verweigerte sie, doch sie ließ sich ein wenig Tee einflößen.

Später in der Nacht trafen weitere Flüchtlinge ein und kochten ihr Süppchen. Grete lieh ihnen ihre silberne Suppenkelle. Als sie am nächsten Morgen aufwachte, waren die Leute samt Suppenkelle verschwunden.

Während Grete die Kinder zum Frühstück mit dem Rest Brotsuppe versorgte, war Ferdinand Tiefenthal schon unterwegs zum Nerchauer Postamt.

„Immerhin kann ich mich als Postamtmann a.D. ausweisen", hatte er seiner Familie erklärt, bevor er losmarschierte. „Da sollte es eigentlich möglich sein, irgendwo eine offene Tür für uns zu finden."

Er behielt recht. Die Frau des ortsansässigen Postmeisters erwies sich als wahrer Engel. Sie überließ den beiden Familien einen großen Bodenraum und bewirtete sie mit Eintopf und tröstenden Worten. Für Grete ließ sie ein warmes Bad ein und versorgte ihre Wunden mit Heilsalben. Für Maria hielt sie ein stärkendes Tonikum parat. Welch ein Segen! Hier konnten die Flüchtlinge erst einmal durchatmen und sich alle zusammen auf frischen Strohsäcken ausstrecken.

Doch der Großvater gönnte sich keine Ruhe. Gleich nach dem Essen erhob er sich und begann, sich auf die Suche nach einem Arzt zu begeben. Seine Tochter hatte sich in der Nacht mehrmals erbrochen und fieberte. Da machte er sich Sorgen. Das spürte auch seine Enkelin.

Ein ärztliches Attest verhinderte, dass die Familie sofort wieder aufbrechen musste. Nicht nur Maria war schwer mitgenommen. Bei Gretes Jüngstem diagnostizierte der Arzt ein bedrohliches Untergewicht und eine Rachitis. Er verordnete ihm Höhensonne. Elke, Wolfgang und Gretes Ältester husteten noch immer, doch der Verdacht auf Tuberkulose bestätigte sich glücklicherweise nicht.

Nach der Arztvisite eilte Ferdinand Tiefenthal zum Rathaus und beantragte Familienunterstützung.

„Für den Monat Juli habe ich siebenundvierzig Mark fünfzig ausgezahlt bekommen", berichtete er später. „Das reicht nicht einmal für die Arztkosten. Aber immerhin haben wir jetzt einen Bezugsschein für Brennmaterial und fünfzig Pfund Kartoffeln."

„Toffeln", jubelte Elke.

„Fred, dich habe ich hier an der Schule angemeldet", fuhr er fort. „Wegen Maria müssen wir sicher noch eine Weile in Nerchau bleiben. Aber wir sind ja gut aufgehoben, haben ein

Dach über dem Kopf und genug zu essen."

„Dafür sollten wir dankbar sein", bestätigte Gretel und starrte vor sich hin.

Maria verweigerte das Essen. Schmerzen schien sie nicht zu spüren, doch sie wurde immer schwächer. Ein Schweißfilm überzog die wächserne Haut auf ihren hageren Gesichtszügen, und das Atmen fiel ihr schwer. Der Vater hielt ihre Hand und versuchte vergeblich, ihr das stärkende Tonikum einzuträufeln.

„Gib nicht auf, Maria. Die Kinder brauchen dich doch so sehr", drängte er seine Tochter verzweifelt.

„Bald bin ich wieder mit meinem geliebten Alfred vereint", hauchte sie. „Er wartet schon auf mich dort drüben. Danach sehne ich mich so sehr!"

Die Kinder wurden auf den Flur geschickt. Draußen vor der Dachzimmertür hockten sie dicht zusammengedrängt. Wann würde die Mutter endlich wieder aufstehen? fragten sie sich.

Elke spürte, wie sich ein Unheil drohend über ihnen zusammenzog, doch sie wusste auch, dass Schreien und Weinen hier nicht weiterhalfen. Ratlos blickte sie von einem Bruder zum anderen. Die Jungen legten ihre Arme um die Schwester. Verschlungen wie ein dicker Knoten saßen die drei lange auf dem Fußboden und empfanden Trost in ihrem engen Zusammenhalt.

Von Zeit zu Zeit tauchte Maria schweißnass aus ihrer Fieberwelt auf.

„Die Kinder", wisperte sie mit geschlossenen Augen, „sie sollen nicht getrennt werden. Niemals!"

Danach entglitt sie in Traumwelten und phantasierte von längst vergangenen Zeiten und Orten.

Drei Nächte später tat sie ihren letzten rasselnden Atemzug.

Ihr Vater saß neben ihr am Bett und hielt Wache. Tränen sickerten in seinen steifen Hemdkragen.

Am nächsten Morgen wollte Elke zum Bett ihrer Mutter laufen, doch Gretel hielt sie auf. Die Kleine sah zu ihrem Großvater hinüber, der sich mühsam aus seinem Sessel aufrichtete. Entschlossen straffte er die Schultern.

„Ihr geht nach unten in den Garten!", befahl er den Kindern mit ausdrucklosem Gesicht.

Elke sah ihren Opa erstaunt an. So abweisend kannte sie ihn gar nicht. Auf ihre Fragen ging er nicht ein.

„Die Großen passen auf die Kleinen auf, verstanden?!"

Danach wandte er sich an seine Schwiegertochter.

„Ich gehe jetzt als erstes zum Pfarrer und zum Küster. Danach zum Schreiner", erklärte er ihr. „Auf gar keinen Fall soll Maria in so einem Massengrab für Flüchtlinge beigesetzt werden! Das werde ich verhindern!"

Schon am nächsten Tag besichtigte er mit seiner Familie den Friedhof, der von einer Bruchsteinmauer umschlossen auf einer Anhöhe lag. Dort suchten sie zusammen eine Grabstelle aus.

„Ein würdevoller Abschied soll es werden mit einem Gottesdienst in der Kirche!" erklärte er. „Und ihr drei sollt einen Ort bekommen, wo ihr eure Mutter später noch einmal besuchen könnt!"

Er setzte sich auf die Mauer und zog sein Oktavheft heraus. Mit großer Sorgfalt zeichnete er einen Lageplan von dem Ort. Die Enkel sahen ihm dabei zu.

„Diese Stelle finde ich auf jeden Fall wieder", verkündete Fred.

Als sie in ihre Unterkunft zurückkehrten, hatte Grete die Beerdigung vorbereitet und einen Apfelkuchen für die Trauerfeier gebacken.

„Eurer Mutter habe ich ihr schönstes Kleid angezogen und darüber den Kamelhaarmantel mit Hut", erzählte sie den Kindern. „Ganz friedlich sieht sie aus. Jetzt hat sie keine Sorgen mehr."

Der Schreiner schob gerade den Deckel über die Holzkiste und vernagelte sie mit harten Schlägen. Ächzend wuchtete er den Sarg auf eine Handkarre.

„Ein Grabkreuz kann ich nicht machen", erklärte er. „Das Material ist zu schlecht."

Andächtig folgte Elke dem Trauergottesdienst in der Kirche. Alles wirkte so feierlich. Die Orgelmusik, der Kirchenchor und die Ansprachen fühlten sich vertraut an. Die Enkelin hatte ihren Opa schon häufig in die Kirche begleitet. Sie genoss das Zeremoniell auf den großväterlichen Knien. Ganz still saß sie dort. Nur ihre Augen wanderten herum.

Anschließend zogen Ferdinand Tiefenthal und seine Schwiegertochter den Karren mit dem Sarg gemeinsam zum Friedhof. Ein mühsamer Weg war das, quer durch die Stadt und den Hügel zum Friedhof hinauf. Dunkelgraue Wolkenbänke schoben sich vor die Sonne. Wind blies den Trauernden ins Gesicht.

Die Kinder hatten sich an den Händen angefasst und stapften unendlich lange, wie es ihnen schien, hinter dem Sarg ihrer toten Mutter her.

Plötzlich blieb Wolfgang stehen. Ein Gedanke drängte sich beängstigend in seinen Kopf.

„Liegt Mama da in der Holzkiste?" fragte er seinen Bruder.

Fred nickte stumm, zerrte den Kleinen hinter sich her und stampfte vorwärts.

„Los weiter, Wolfgang!"

„Mama?", rief Elke verwundert und sah von einem zum anderen. „Wo ist Mama?"

Nachdem der Großvater und der Pfarrer knappe Worte des Abschieds gemurmelt hatten, wurde der Sarg an starken Seilen in die Graböffnung herabgelassen. Grete nahm Elkes Hand und drückte sie.

„Mama?", fragte Elke wieder und wandte sich an ihre Tante. „Mama?"

„Maria ist jetzt im Himmel", flüsterte sie ihr zu.

Doch das Mädchen konnte die Worte nicht begreifen. Sie spürte nur, dass etwas Unfassbares, etwas Niederschmetterndes geschehen war.

„Ich will zu Mama!"

Von dem Wunsch war sie nicht abzubringen.

Ein paar ruhige Tage waren der Familie in Nerchau noch vergönnt, doch dann musste sie den geregelten Alltag wieder gegen das Vagabundenleben eintauschen.

„Lesen", bat Elke ihren Opa eines Abends, als er wieder in seinem Oktavheft schrieb. Zwar war es nichts Märchenhaftes, was er sich notierte, aber die Enkelin liebte seine ruhige Vorlesestimme. Nach Ordnung klang sie und nach Sicherheit, so als habe der Großvater in dieser unübersichtlichen Zeit alles gut im Blick.

Also las Ferdinand Tiefenthal vor:

„29. Juli 45

> *Mit allen zum Gottesdienst. Die Toten der Woche wurden namentlich genannt und ihrer gedacht. Um 11.15*

Uhr wurden die Flüchtlinge auf dem Hof des Rathauses aufgefordert, sofort oder spätestens bis Ende der Woche die Heimreise anzutreten.

30. Juli 45

Anmeldung zur Flüchtlingskontrolle (doppelter Bezug von Lebensmitteln), dann zum Ährenlesen.
Vorbereitung zur Abreise.

31. Juli 45

10.30 Uhr mit den Kindern zum letzten Male zu Marias Grab. Frische Blumen. Dann packen. 16.17 Uhr Abfahrt nach Wurzen. Von Wurzen nach Bennewitz, Radbruch…Ankunft Leipzig. Übernachtung auf dem offenen Gepäckbahnsteig 19 auf einem Kieshaufen.

1. August 45

Bahn verweigert die Ausstellung einer Reisegenehmigung, deshalb ohne Bescheinigung und ohne Fahrkarten in den E-Zug nach Magdeburg eingestiegen. Ankunft Magdeburg 14.10 Uhr.
Ab Magdeburg 17.45 Uhr nach Dreileben- Drakenstedt (auf Anraten von 2 Schwestern des DRK). Ankunft gegen 19 .00 Uhr. Grete sofort zum Bürgermeister. Wir alle völlig aufgerieben u. schachmatt. Abendessen beim reichsten Bauern des Ortes.

2. August 45

Bemühungen, eine Unterkunft für einige Tage zu erlangen, leider vergeblich. Deshalb Angebot der Bäuerin auf nochmal Abendessen und Unterkunft dankend angenommen. Fred hat sich auf dem Gute so gut eingelebt, dass er nicht mehr mit uns weiterziehen will. Zum kostenlosen Mittagessen auf drei Stellen verteilt. Ich bei einer Familie, wo es Eierkuchen mit Johannisbeeren gab. Sehr gut.

3. August 45

Weil in Drakenstedt keine Unterkunft zu finden war, zurück zum Bahnhof. Im Gasthof am Bahnhof freundliche Aufnahme. Unterkunft im Schweinestall.

4. August 45

Den ganzen Tag vergeblich auf einen Leerzug gewartet, der uns über die Demarkationslinie bringen könnte.

5. August 45

Gutes Mittagessen in der Bahnhofswirtschaft, für das die Wirtin von uns Flüchtlingen keine Bezahlung annehmen wollte. Den ganzen Sonntag wieder vergeblich auf eine Gelegenheit zur Abfahrt über die Grenze gewartet. Deshalb die dritte Nacht im Schweinestall. Hoffentlich kommt diese Nacht die Erlösung!

6. August 45

7.00 Uhr Alarmruf vom Hof: „Leerzug eingelaufen". Also nichts wie hinaus aus dem Stroh und dem Schweinestall zum bereitstehenden Gepäck und zum Bahnhof. 8.30 Uhr Abfahrt. Bange Frage, wird es gelingen? – Es ist <u>nicht</u> gelungen. Gegen 12.00 Uhr werden wir in Welfensleben aus dem Zug herausgeschmissen. Schrecklich mit all unserm Gepäck. Es ist zum Verzweifeln! Das Vagabundenleben geht weiter."

Von allen Kindern litt Fred am meisten darunter, das spürte seine kleine Schwester deutlich. Er sehnte sich nach einer zuverlässigen Ordnung und verabscheute den täglichen Kampf um Unterkunft und Nahrung. Auch die Erwachsenen verzweifelten an den unzähligen vergeblichen Versuchen, die Zonengrenze zu überschreiten. Zarte Hoffnungsschimmer zerplatzten wie Seifenblasen.

Manchmal stellte sich für kurze Zeit Normalität ein. Sonntags besuchten sie gemeinsam den Gottesdienst. Wochentags ging Fred zur Schule, knüpfte Kontakte und schloss sich Kindern an, deren Spezialität das Organisieren von Nahrung war. In dieser Disziplin wurde er immer geschickter.

Wo es sich ergab, halfen alle bei der Kartoffelernte, sammelten Fallobst und fügten sich für kurze Zeit in ein Landarbeiterleben ein.

Ab und zu trafen die Aussiger Flüchtlinge andere Familien wieder, die sie unterwegs aus den Augen verloren hatten. Mit freudigem Hallo begrüßten sie sich wie langjährige Nachbarn. Die gemeinsam erlittenen Strapazen schweißten zusammen.

„Wenn das hier mal alles vorbei ist, sollten wir uns auf jeden Fall wiedersehen", vereinbarten sie.

Der Herbst zog in die Landschaft und malte die Blätter bunt. Geburtstage wurden gefeiert – Gretes Jüngster wurde ein Jahr alt, Wolfgang sechs, Fred neun. Grete bemühte sich, diese Tage festlich zu gestalten mit Liedern, Kuchen und einer Kerze, wenn eine aufzutreiben war.

Hager war sie geworden, verhärmt ihre Gesichtszüge. Sie schien gar nicht mehr zu schlafen. Nächtelang saß sie unter der einzigen Funzel und flickte die verschlissene Kleidung. Eines Abends kreischte sie urplötzlich auf.

„Ich sehe nichts mehr! Nicht mal das Lampenlicht! Hilfe!"

Panisch ruderte sie mit den Armen und schrie und schrie und konnte gar nicht damit aufhören. Die Kinder drängelten sich verschreckt aneinander. Rasch kochte der Schwiegervater Kamillentee und legte ihr Umschläge auf die Augen.

„Das geht vorbei", beruhigte er sie. „Das sind sicher nur die Nerven, die dir da einen Streich spielen. Denk an Paul! Bestimmt ist er noch am Leben. Du wirst sehen: Alles wird gut."

Auf irgendeinem der vielen Bahnhöfe war ein ehemaliger Kamerad ihres Mannes aufgetaucht und hatte Hoffnung geschürt. Daran erinnerte Ferdinand Tiefenthal seine Schwiegertochter nun. Tröstend redete er auf sie ein wie auf ein Kleinkind. Heile, heile, Segen. Die Kinder unterstützten ihn eilig. Und die Therapie half tatsächlich. Gegen Morgen stellte sich das Augenlicht wieder ein.

Elke hörte unterdessen nicht auf, nach ihrer Mutter zu fragen. Wieso kam sie nicht zurück? Warum konnte der Opa, der doch immer alles schaffte, sie nicht wieder herbeizaubern? Sie spürte die Verzweiflung der Erwachsenen. Sie waren den Gefahren ebenso hilflos ausgeliefert wie die Kinder, dämmerte ihr. Unsicherheit kroch in ihr Leben. Wenn selbst die Großen machtlos waren, worauf konnte man dann bauen?

Nach dem ersten Frost und genau ein halbes Jahr nach ihrem Aufbruch in Aussig konnte Ferdinand Tiefenthal endlich in sein Oktavheft notieren:

„26. November 45

> *9.00 Uhr anstellen. Gegen 13.00 Uhr im Laufschritt die Grenze überschritten. Weiter über Grasleben zum Flüchtlingsauffanglager Marienthal. Eiskalte Flugzeughalle. Weitertransport zum Lager Alversdorf. Feststellung, dass unser Gepäck fehlt. Entlausung. Registrierung bis 3.00 Uhr nachts.*

27. November 45

> *Zurück nach Marienthal. Alles Gepäck wiedergefunden bis auf den Wagen.*

28. November 45

> *Abtransport in Personenwagen nach Minden. Schreckliche Übernachtung im Lager, Halle I.*

29. November 45

Nachts 2.45 Uhr in offenen Loren nach Hamm und weiter nach Recklinghausen; im Personenzug nach Oberhausen, dann nach Duisburg und dann nach Düsseldorf!"

Während sich die beiden Familien auf ihrer Odyssee in Richtung Westen vorwärts arbeiteten, wurden sie in Düsseldorf längst sehnsüchtig erwartet, doch das erfuhren sie erst viel später.

„Sind sie denn noch nicht da? Sie werden es doch wohl schaffen?", flüsterte Großmutter Odenwald.

Sie richtete sich in ihrem Bett ein wenig auf. Hoffnungsvoll sah sie ihren Ehemann und ihre Tochter Marlies an. Hier an ihrem Sterbebett ließen die Angehörigen sie seit Tagen nicht mehr allein.

„Mach dir keine Sorgen, Mutter. Sie können jeden Augenblick da sein", beruhigte sie die Tochter, bemüht, ihre Zweifel zu verbergen.

Denn von den Flüchtlingen aus dem Sudetenland hatten sie seit Wochen kein Lebenszeichen mehr empfangen. Eine der wenigen Nachrichten berichtete von Briefsperren, die immer wieder verhängt wurden. Ob sie aus der Ostzone herausgelassen, oder vorher von den Russen eingesperrt worden waren? Oder Schlimmeres? Widersprüchliche Gerüchte kursierten in den Straßen, gespickt mit Wichtigtuerei und düsteren Phantasien.

Was davon konnte man glauben?

Die alte Dame nickte und sank erschöpft in ihre Kissen. Ihr Körper fühlte sich bleischwer und fremd an und schien sie *jeden Tag ein wenig mehr zu verlassen. Doch ihr Wille war ungebrochen. Auf gar keinen Fall wollte sie sterben, bevor die Familie mit ihren Enkelkindern bei ihnen angekommen war. Das diktierte sie ihrem Organismus in ihren wenigen wachen Momenten jeden Tag aufs Neue.*

Großmutter Odenwald hielt durch. Kaum dass die drei Enkel das Zimmer betreten und sich um ihr Bett versammelt hatten und ihr Blick über die ernsten Kindergesichter gewandert war, schloss sie erleichtert die Augen. Für immer.

Am nächsten Tag kehrte Grete freudestrahlend von ihrem Spaziergang im Park zurück.

„Nun ratet mal, wen ich getroffen habe", rief sie ihrem Schwiegervater und seinen Enkeln entgegen und beantwortete ihre Frage gleich selbst.

„Paul ist mir quicklebendig in die Arme gelaufen! Stellt euch das vor! Nein, was für eine Überraschung!"

Ihr Ehemann hatte eine Arbeit und eine Bleibe in Bochum gefunden, erzählte sie weiter. Dorthin wollte er seine Frau nun auf der Stelle mitnehmen. Allerdings nur in Begleitung seiner eigenen Söhne. Mit seinem Vater und den Kindern seiner verstorbenen Schwester wollte er sich nicht belasten, so sehr Grete ihn auch anflehte.

„Er hat halt nur ein einziges Zimmer zum Wohnen", versuchte sie ihn zu entschuldigen. „Für die anderen haben wir dann wohl nicht genug Platz."

So blieben Ferdinand Tiefenthal und seine drei elternlosen Enkeln erst einmal bei Marlies, der Schwester seines verschollenen Schwiegersohnes. Wo sollten sie auch hin? Andere Verwandte lebten in engen Notunterkünften oder mussten ihr

Heim mit Einquartierten teilen. Alle lehnten die Aufnahme von gleich drei Pflegekindern rundweg ab. Einige konnten sich vorstellen, eins von ihnen aufzuziehen, doch der Großvater bestand darauf, die Geschwister nicht zu trennen.

„Das habe ich Maria an ihrem Sterbebett versprochen: Die drei sollen auf jeden Fall zusammenbleiben!"

Auf seiner ersten Besichtigungstour in Düsseldorf kletterte er mit seinen Enkeln über die Trümmer der zerstörten Stadt und versuchte, ihnen seine Heimat zu zeigen.
Wie hatte sie sich verändert!

Nachdem er eine Weile herumgesucht und sich durchgefragt hatte, stand er schließlich vor den Resten seines früheren Postamtes, in dem er der Herr Amtmann gewesen war. Mit versteinertem Gesicht starrte er auf die einzige feuergeschwärzte Wand, die davon stehengeblieben war.

Doch es gab zu viel zu organisieren, um lange darüber zu brüten. Er musste sich und die Kinder anmelden, um Lebensmittelkarten zu bekommen, musste eine Zuzugsbewilligung beim Polizeipräsidium beantragen und um Wiedereinsetzung in den Ruhestand nachsuchen.

Fred und Wolfgang stromerten währenddessen kreuz und quer durch die Schuttlandschaften, sahen den Schwarzhändlern und Trümmerfrauen zu und genossen die neuen Freiheiten. Für sie war die Ruinenstadt ein aufregender Abenteuerspielplatz.

Elke musste den ganzen Tag in der Wohnung ausharren und wurde unfreiwillig Zeugin der Streitereien zwischen ihrem vertrauten Großvater und der fremden Tante Marlies.

Ein Tuch wie einen Turban um den Kopf geschlungen, fegte sie wie ein Besen durch die Wohnung und spulte ein nicht enden wollendes Register von Vorhaltungen ab. Und täglich fand ihr Ärger neue Nahrung.

„Heute hat Elke sich im Besenschrank versteckt", empörte sie sich in einem schrillen Ton. „Plötzlich ist sie herausgeschossen wie ein Springteufel und hat mich zu Tode erschreckt. Mein Herz ist fast stehengeblieben! Wer hat den Kindern eigentlich mal Manieren beigebracht?"

Besonders an ihrer Schwägerin ließ Marlies kein gutes Haar.

„Maria hat gar nichts getaugt. Das habe ich damals gleich gesagt, als Alfred mit dieser Frau ankam. Sie war nur gut darin gewesen, sein Geld auszugeben. Ständig hat sie über ihre Verhältnisse gelebt", schleuderte sie dem alten Mann entgegen. „Und die Tochter ist genau wie ihre Mutter! So geht das nicht weiter!"

Ferdinand Tiefenthal blieb stumm bei diesem Thema. Doch Marlies beließ es nicht bei Vorhaltungen.

„Ich sage es nur ungern, aber die Kinder brauchen endlich eine richtige Erziehung. Eine feste Hand! Und das ist ganz bestimmt nicht deine!""

Eine steile Wutfalte grub sich über den gezupften Augenbrauen in ihre Stirn ein.

„Im Frühjahr muss Wolfgang eingeschult werden. Und Fred gehört auf ein Gymnasium. Der ist ein ganz Gescheiter. Der kommt auf meinen Bruder..."

Ein Scheppern unterbrach ihre Überlegungen. Marlies sah sich hektisch nach ihrer Nichte um.

„Was hat dieses unmögliche Kind nun schon wieder angerichtet?" Sie stürmte in die Küche und sah die Bescherung.

Elke hatte es geschafft, den Küchenschrank aufzuschließen. Backformen und Töpfe purzelten auf den Fußboden. Empört schrie Marlies die Kleine an, deren Lachen einer erstaunten Miene wich.

„Sieh nur, was du schon wieder angerichtet hast! Nein, diese Unordnung! Schäm dich!"

„Sauber machen", schlug Elke hilfsbereit vor, doch die Tante zerrte sie mit einem schmerzhaften Griff fort.

Das Kind lief schluchzend zum Großvater, und Marlies seufzte theatralisch.

„Auf gar keinen Fall kann ich die Mutter ersetzen. Nicht für diesen Unhold! Bei mir kann sie nicht länger bleiben."

„Hm. So ist es wohl. Meine Enkel brauchen ein richtiges Zuhause", musste der Großvater zugeben.

Nachdenklich betrachte er die braunen Blätterhände einer riesigen Kastanie draußen vor dem Fenster. Der uralte Baum hatte den Krieg vollkommen unbeschadet überlebt.

„Das Problem ist, dass keine Ersatzeltern in Sicht sind. Ich bin nicht jung und gesund genug, um die drei aufzuziehen. Für mich suche ich ein Zimmer im Altenheim. Aber was ist mit der übrigen Verwandtschaft?"

Ferdinand Tiefenthal hatte alle aufgesucht und bekniet.

„Keiner von den Odenwalds oder den Tiefenthals will die drei bei sich aufnehmen. Das ist bitter! Was sind das bloß für Menschen!"

Er zuckte mit den Schultern und seufzte.

„Dann müssen wir eben ein Heim suchen", entschied Marlies und richtete sich auf. „Ich werde mich sofort darum kümmern! Zum Jugendamt habe ich gute Kontakte. Und vielleicht weiß ja auch der Pfarrer Rat."

„Ein Heim? Du meinst, ich soll meine Enkel in einem Waisenhaus abgeben?"

Ferdinand Tiefenthal schüttelte den Kopf. Elke schaute verwundert vom Großvater zur Tante und zurück. Sie spürte: ihr Opa war traurig.

Auf dem Jakobsweg

Seltsam klar und deutlich stehen Elke die dramatischen Momente ihrer frühen Kindheit vor den Augen. All die kleinen und großen Dramen von damals scheinen ein seltsames Eigenleben zu führen, bis in die Gegenwart hinein. Bilder und Stimmen sind in ihr erstaunlich lebendig. Wieviel Stärke ihr Großvater und auch die Tante Grete in jener Zeit bewiesen haben! Das kann sie erst jetzt wirklich begreifen.

„Schon als ganz kleines Kind hast du mehr Schrecken, Abschied und Zerstörung erleben müssen als ich in meinem ganzen Leben", staunt Anja.

Gedankenversunken kickt sie einen Stein aus dem Weg. „Man sagt ja oft, Kinder stecken solche Erlebnisse leichter weg als Erwachsene. Aber das stimmt nicht. Genau das Gegenteil ist der Fall. Kinder leiden am meisten, weil sie das alles noch nicht einordnen und relativieren können. Ihr Urvertrauen nimmt dabei Schaden."

„Ja, das glaube ich auch", bestätigt Elke. „Obwohl ich mich an die Vertreibung nicht mehr erinnere, ist doch ganz viel von diesen Unsicherheiten in mir verankert. Tief drinnen. Das ist mir noch nie so bewusst geworden wie heute hier auf diesem Weg."

Unversehens ist das Gefühl von Fremdheit zwischen ihnen verschwunden. Stattdessen teilen sie nun etwas Bedeutungsvolles, was sie wie eine unsichtbare Schnur verbindet.

Seit Stunden wandern die beiden Pilger-Gefährtinnen durch die Hügel von Navarra. Die üppige Wildblumenpracht um sie herum haben sie über die Gespräche längst aus den Augen verloren. Hinter einer dichten

Wolkenschicht versteckt sich die Nachmittagssonne. Ein Wind weht ihnen kühl entgegen. Nach einem sanften Anstieg erscheint auf der Anhöhe plötzlich, wie aus dem Nichts, die Silhouette ihres Tagesziels vor ihnen.

„Das ist ja schon Uterga! Kaum zu glauben! Haben wir wirklich zwanzig Kilometer geschafft???"

Als die ersten Häuser vor ihnen auftauchen, schaut Anja so überrascht, als habe sie im Leben nicht damit gerechnet. Die Wanderkollegin lacht, und sie beglückwünschen sich per Handschlag.

Auf der *Calle Mayor*, der Hauptstraße, laufen sie an rustikalen Bauernhäusern vorbei. Misthaufen dampfen neben der Stalltür. Hühner picken darin herum. Anja sieht sich um und versucht, ihren ersten Eindruck von dem Bergdorf mit ihrem Fotoapparat festzuhalten.

„Hier scheint die Zeit tatsächlich stehengeblieben zu sein", staunt sie. „Ob sich in den letzten hundert Jahren wohl irgendetwas verändert hat?"

„Hauptsache, wir sind am Ziel", entgegnet Elke und wischt die alten Erinnerungen entschlossen fort. „Weißt du, was mir gerade auffällt? Wir harmonieren auf diesem Weg ganz wunderbar. Findest du nicht?"

Trotz des schweren Rucksacks fühlt sie sich im Moment leicht und beschwingt.

„Wir haben ungefähr das gleiche Wandertempo. Das ist echt erstaunlich! Da muss ich meinem Mann gleich mal eine SMS schicken. Der macht sich Sorgen, wenn er nichts von mir hört."

Wie gut, dass es Handys gibt! Elke liebt es, mit allen ihren zahlreichen Freunden und Verwandten immer und überall so nahe wie möglich verbunden zu sein.

„Ja, unser beider Tempo passt ganz gut, solange der

Weg einigermaßen eben ist. Aber bergab bist du auf jeden Fall schneller als ich. Da bin ich viel ängstlicher", fasst Anja ihre Eindrücke zusammen. „Außerdem keuche ich bergauf deutlich mehr. Du bist um einiges sportlicher. Meine Fitness lässt ganz schön zu wünschen übrig!"

Elke grinst. „Och, ich habe kein Problem damit, auf dich zu warten."

Ohne lange zu suchen, finden sie ein Doppelzimmer in einer Herberge. Es ist die einzige am Ort, wie es scheint. Sorgfältig nimmt Elke die fremde Lokalität in Augenschein. Doch sie ist schnell überzeugt. Und erleichtert.

„Pieksauber! Und mit Bad, da kann man wirklich nicht meckern! Essen können wir nachher auch hier im Haus."

Anja befreit sich von ihren schweren Wanderstiefeln und sinkt erschöpft auf das Bett.

„Bin ich froh, dass wir nicht in einem von diesen Riesenschlafsälen mit fünfzig anderen Pilgern übernachten müssen!" seufzt sie und schläft sofort ein.

Elke erledigt derweil ihre SMS-Post.

„Den ersten Pilgertag haben wir gut gemeistert", schreibt sie all ihren Lieben. „Ihr seid immer an meiner Seite! Ich nehme euch alle mit auf meinem Weg! Aber kalt ist es hier in Spanien! Und es regnet viel."

„Wenn ihr friert, müsst ihr eben schneller laufen", antwortet ihr Bruder Wolfgang prompt.

Abends haben sich im Speisesaal mehr als dreißig Pilger eingefunden. „Wo kommen die denn bloß alle her?", wundert sich Anja. „Unterwegs sind wir überhaupt niemandem begegnet!"

„Und die meisten scheinen Rentner zu sein…", raunt Elke ihr zu. „Eine Frau hat mich vorhin ernsthaft gefragt, ob ich ihr vielleicht Haftcreme für die Dritten leihen könnte. Sie hätte ihre vergessen. Stell dir das mal vor!"

Lachend besetzen sie einen Tisch.

Gerade als sie sich für den Fisch auf der Abendkarte entscheiden, treten zwei ältere Männer in Cowboystiefeln zu ihnen und fragen höflich nach, ob sie sich dazu setzen dürfen.

„Nach dem Essen würden wir mit Euch gern noch einen Zug durch die Gemeinde machen. Einverstanden?", schlägt einer von ihnen grinsend vor. „Weiter unten gibt es eine Kneipe."

Die beiden Frauen werfen sich bedeutsame Blicke zu: Was für eine Anmache!

Inzwischen verstehen sie sich sogar ohne Worte schon recht gut.

2

Hier will ich nicht bleiben!

Uterga – Los Arcos

Am nächsten Morgen sticht die Sonne von einem wolkenlosen Himmel herunter. Zugleich ist es drückend schwül, und die Herbergsmutter prophezeit allen, die nachfragen, ein heranziehendes Unwetter. Nach dieser Auskunft machen sich die beiden Frauen eilig auf den Weg.

Bei den Sehenswürdigkeiten der Etappe wollten sie sich nicht allzu lange aufhalten, haben sie sich vorgenommen. Doch ein wenig abseits vom Weg liege ein uralter Templer- Bau, kündigt der Wanderführer an. Wegen dieser Aussicht überredet Anja ihre Begleiterin, sich auf den Abstecher einzulassen.

Der achteckige Bau beschwört mittelalterliche Zeiten herauf. Von seinen Kapitellen starren zahllose dämonische Fratzen auf sie herunter. Der Zahn der Zeit hat an ihnen genagt und ihre Konturen geschliffen. Doch die steinernen Dämonen wirken auch in ihrer bröselnden Form noch immer grimmig entschlossen, alle Sünder an die Qualen zu erinnern, die in der Hölle auf sie warten. Und vielleicht auch an die Gefahren, die ihnen auf dem Pilgerweg drohen.

Um angesichts der gewittrigen Schwüle schneller voran zu kommen, verzichtet Elke darauf, allen ihren Bekannten ausgiebig zu simsen und deren tägliche Segenswünsche zu studieren. Doch es ist wie verhext. Sie verlieren eine Menge Zeit damit, nach gelben Pfeilen und Jakobsmuscheln zu suchen, weil heute viele dieser Markierungen fehlen. Wenn sie gar nicht mehr weiterwissen, winken die Landarbeiter auf den Feldern mit ihren Rechen und bringen sie wieder auf Kurs.

So erreichen sie atemlos und gerade noch rechtzeitig vor einem gewaltigen Wolkenbruch ein Bergdorf namens Mañerú. In einer „Casa Rural", einem festungsartigen Bau mit Wänden aus meterdicken Natursteinen, finden sie einen Unterschlupf, wenn auch einen feuchten und kalten. Doch immerhin sind sie dort vor dem Unwetter in Sicherheit. Und ihre Gastgeberin serviert ihnen einen köstlichen Bacaláo.

In der Nacht haben sich offenbar Sintfluten vom Himmel ergossen, denn am nächsten Tag versinkt der Pilgerweg nach Estella im Wasser. Schlammige Pfützen breiten sich aus, und Rinnsale plätschern hangabwärts. Immer wieder müssen die beiden Frauen nach einem begehbaren Umweg suchen. Manchmal bietet die Seenlandschaft auf dem Weg nicht einmal kleine Inseln als Tritthilfen, und sie sind gezwungen, auf den Steinmauern entlang zu balancieren, die die Weingärten einfassen.

Als der Weg vor ihnen endlich trockener zu werden verspricht, schlittert ein Landrover auf einem Stichweg zwischen zwei Weinbergen den Abhang hinab, bremst und kommt unmittelbar vor ihnen zum Stehen. Ein korpulenter Hüne mit Stiernacken springt heraus und beginnt, wild zu gestikulieren.

„Ustedes no pueden ir más lejos por aquí. Sigan esa pendiente", ruft er ihnen zu und ringt nach Luft, als sei er die Wegstrecke zu Fuß gesprintet.

Er wartet die Antwort nicht ab, sondern springt zurück in sein Gefährt, lässt den Motor aufheulen und prescht davon.

Die Frauen starren ihm sprachlos hinterher, als hätten sie eine Erscheinung gehabt.

„Ich glaube, er sagt, wir sollen hier hoch. Den gleichen Weg, den er heruntergefahren ist. Geradeaus geht es wohl nicht weiter", übersetzt Anja, nachdem sie sich von dem Schreck erholt hat.

Der Rat des Landrover- Fahrers erweist sich als Segen. Tatsächlich kommen sie nun gut voran. Doch als sie zwei Stunden später Lorca erreichen, streikt Elke. Die Ortschaft ist überschaubar, hat in seiner Dorfmitte aber immerhin ein Café im amerikanischen Stil anzubieten, unterkühlt ausgestattet mit verchromter Bar und Metall-hockern. Die folienverschweißten Muffins und Kekse wirken ähnlich steril, doch nach dem anstrengenden Marsch erscheint Elke die Lokalität wie eine Oase in der Wüste. Was für ein Segen! Hier will sie bleiben!

„Es ist zwecklos! Weiter kann ich nicht", stöhnt sie. „Dieser Rucksack macht mich fertig."

Sie schleudert das Gepäckstück neben einen Alumini-um-Stuhl auf die Terrasse und lässt sich hinein sinken. Vorsichtig schiebt sie ihr Shirt am Halsausschnitt zu Sei-te. Tiefrote Striemen haben sich in ihre Schultern einge-graben.

Um sie herum hocken andere Pilgerinnen auf dem Mobiliar im Schnellimbiss- Stil. Einige von ihnen haben sich von ihren Wanderschuhen befreit und vergleichen wortreich die Größe ihrer Blasen an ihren Füßen. Manche sind aufgeplatzt, andere entzündet oder eitrig. Die Haut darunter schimmert rot wie rohes Fleisch. Ein einziges Thema vereint alle Wundgelaufenen: Sollte man die Pilgerreise an diesem Punkt für eine Weile unterbrechen oder gleich ganz aufgeben?

Unbehaglich wenden sich Elke und Anja von den unappetitlichen Verletzungen ab und suchen sich ein fernes Tischchen mit Aussicht auf den Dorfplatz.

Dort stärken sie sich an einem *Café con Leche* und einem *Bocadillo*, knusprigem Baguette, frisch mit Tomate und Mozzarella belegt, und blinzeln in die Sonne. Hausfrauen schlendern mit Kleinkindern an der Hand vorbei. Ein friedliches Bild. Anja legt ihre Beine auf einen freien Stuhl und schließt die Augen.

„Willst du mit deinen schmerzenden Schultern weiterlaufen oder sie hier irgendwo kurieren?"

Elke überfliegt die letzten Nachrichten ihres Handys und nickt energisch.

„Weiter! Auf jeden Fall! So schlimm wie den anderen dort geht es uns nun wirklich nicht! Also, solche Blasen wie diese da habe ich noch nie im Leben gesehen. Ich habe jedenfalls keine einzige."

Anja schüttelt sich. „Ich auch nicht. Gruselig sahen die aus!"

Nachdenklich betrachtet Elke die Neonröhren an der Decke.

„Also. Ich glaube, wenn ich meine Fleecejacke zusammenfalte und meine Schultern damit auspolstere, kann ich den Rucksack besser tragen."

Sogleich probiert sie es aus, doppelt den Jackenstoff

unter den Trageriemen und nickt zufrieden.

„Ja, ich glaube, so geht es."

Kurzerhand beschließen sie, sich auf weitere neun Kilometer Wegstrecke einzulassen und Estella zu ihrem Tagesziel zu erklären.

Doch der Weg zieht sich in der schwülen Mittagshitze zäher dahin als erwartet. Ganz in der Nähe beschallt eine Autobahn mit ihrem steten Jaulen und Rumoren die Landschaft und hüllt die aufgeheizte Umgebung in ihre Abgase ein.

Als sie Estella endlich erreichen, dauert es lange, bis sie eine akzeptable Unterkunft gefunden haben. Elke legt viel Wert auf penible Sauberkeit und eine moderne Möblierung. An dem örtlichen Angebot hat sie allerhand auszusetzen.

In der Nacht träumt sie von ihrem schweren Rucksack. Auf monströse Ausmaße schwillt das Gepäckstück im Traum an. Es überwältigt sie, rammt sie mit einem ungeheuren Gewicht in den Boden und hält sie dort gefangen. Verzweifelt versucht Elke, sich aus den Gurten herauszuwinden, die sich in überdimensionale klebrige Spinnenfäden verwandeln. Eine rostige Riesenspinne stakst über sie hinweg. Aus dämonischen Fratzen ergießen sich Fontänen von Tränen, die sich zu einem reißenden Fluss sammeln und sie geradewegs in das Heim ihrer Kindheit spülen.

Wuppertal 1945 – 1951

In der Adventszeit 1945 stand Elke mit ihren Brüdern und dem Opa vor einem riesigen Ziegelbau, dessen Portal mit Ornamenten verziert war. An das Gebäude war eine Kirche mit einem zierlichen Turm angegliedert.

„Das Kinderheim St. Michael! Das wird es wohl sein", überlegte Ferdinand Tiefenthal und umklammerte Elkes Hand so fest, als suchte er ihre Unterstützung. „Wir sind am Ziel unserer Reise."

Das Gebäudeensemble lag auf einer Anhöhe hoch über Wuppertal und gehörte zu einem Franziskaner- Kloster, in dem Nonnen lebten. Nicht nur Waisenkinder waren hier untergebracht, hatte Marlies dem Großvater erzählt. Auch Eltern oder Soldatenwitwen ließen ihren Nachwuchs unter der Woche im Kloster betreuen, um in langen Wechselschichten arbeiten zu können. Außerdem überließ die staatliche Fürsorge ihre Schützlinge lieber der Obhut der Nonnen als Alkoholiker-Eltern oder Müttern, die ihren Lebensunterhalt mit Prostitution verdienten. Dieses Detail hatte dem Großvater nicht gefallen.

„Irgendeinen Haken gibt es ja immer", überlegte er laut. „Immerhin ist die Erziehung katholisch. Das mag wohl Wunder bewirken."

Elke verstand die Bedenken ihres Großvaters nicht und betrat das Gebäude völlig unbefangen. Ein Kloster wie dieses hatte sie bisher noch nie von innen gesehen. Sie kannte nur die unterschiedlichsten Kirchenräume voll festlicher Klänge und Menschen. In diesem Gebäude war es anders. Neugierig blickte sie sich um. Direkt neben dem Eingang in einer grottenartig gemauerten Nische stand eine steinerne Maria, die ihren Zeigefinger streng in die Höhe reckte, als wollte sie jeden Eintretenden ermahnen. Hohe Decken wölbten sich über den Besuchern und strahlten Kühle aus. Lange Gänge wanden sich an weißgestrichenen Wänden entlang, die hier und da mit Kreuzen und Heiligenbildern geschmückt waren. In einem Raum hinter der Pforte empfing eine Nonne die Neuankömmlinge.

Mit ihren zweieinhalb Jahren konnte Elke ihre Anliegen klar und deutlich ausdrücken. Sie zögerte nicht und ergriff als Erste das Wort.

„Ich bin Älke", stellte sie sich der Ordensfrau vor und präsentierte ihre Brüder: „Das ist Woffgang. Das ist Feed!"

Die Nonne antwortete nicht und vermied den Blickkontakt mit den Kindern. Als müsse sie mit Worten besonders sparsam umgehen, forderte sie den Großvater knapp auf, ihr zum Zimmer der Oberin zu folgen. Schweigend führte sie die Besuchergruppe durch ein weitläufiges Netz von Gängen treppauf und treppab. Elke staunte über die Tracht der fremden Frau, die wie schwerelos vor ihnen herschwebte. Das schwarze Gewand bauschte sich und verlieh seiner Trägerin das Aussehen einer vorauswehenden Rauchwolke.

An einer massiven Holztür hielt sie an, klopfte kaum hörbar, winkte die Familie wortlos in den dahinter liegenden Raum und huschte davon.

In ihrem Klosterbüro thronte die Oberin, verschanzt hinter einem massiven Eichenschreibtisch unter einem Kruzifix. Ihr Kopf war mit den steifen Bändern einer weißen Haube fest verschnürt. Nur Augen, Nase und Mund waren sichtbar geblieben. Grübchen und Lachfalten gab es nicht in diesem Gesicht.

Ohne erkennbare Regung wanderte ihr Blick über die Neuankömmlinge, um wortlos wieder in einem Stapel von Papieren zu versinken. Elkes munteres Plaudern quittierte sie mit Schweigen, bis es von selbst versiegte.

Fred sah zu seinem Opa hinüber und stieß Wolfgang an, der unruhig mit den Füßen trippelte und mit weit aufgerissenen Augen die Umgebung musterte. Sein Großvater setzte sich auf einen Besucherstuhl und wartete stumm. Den Knauf seines Gehstockes hielt er fest umklammert. Nur das stete Ticken einer Wanduhr durchbrach die Stille. Nach einiger Zeit öffnete die Oberin bedächtig ein gewichtiges Buch und schraubte einen Federhalter auf, um die Personalien einzutragen.

„Sie bringen also die angekündigten Kinder", wandte sie sich an den Großvater. Seine Enkel würdigte sie keines Blickes. Stück für Stück arbeiteten sich die Erwachsenen durch die Personalien und klärten die finanziellen Fragen.

„Selbstverständlich übernehme ich die Kosten der Unterkunft, soweit sie nicht von den Waisenrenten gedeckt sind", erklärte Ferdinand Tiefenthal mit fester Stimme, griff zum Federhalter und setzte zögernd seinen Namen unter die Eintragung.

Wolfgang griff nach dem Arm seines Opas und versuchte, ihn fortzuziehen. Auch Elke erschienen die Vorgänge in diesem Raum seltsam.

„Private Spielsachen sind nicht erlaubt", erklärte die Oberin, nachdem die Formalitäten erledigt waren. „Die führen nur zu Neid und Streit. Die Kinder bekommen hier alles, was sie brauchen. Wir versorgen sie mit ausreichend Nahrung und stellen die gesamte Kleidung. Und natürlich tragen wir Sorge für eine gründliche katholische Erziehung. Besuche sind sonntagnachmittags mit Voranmeldung gestattet."

Elke blickte fragend zu dem jüngeren Bruder und spürte seine Besorgnis. Fred jedoch verzog keine Miene.

„Die Kinder kommen nach Alter und Geschlecht getrennt in verschiedene Gruppen" fuhr die Oberin fort. „Der Große soll später auf das Gymnasium wechseln. Eine geistliche Laufbahn ist für ihn vorgesehen, wie ich hörte." Sie nickte wohlwollend. „Der Kleinere wird zu Ostern in die erste Klasse der Volksschule aufgenommen. Die beiden werden bei uns als Nummer 257 und 258 geführt. Das Mädchen kommt erst einmal in die Kindergartengruppe. Sie ist nun die Nummer..." sie durchblätterte einen Stapel Papiere „... die Nummer 106."

Unter dem festgenagelten Jesus am Kreuz in einer weißgekalkten Klosterzelle verloren Elke und ihre Brüder ihren Namen und wurden zu Nummern.

Jesus hielt die Augen geschlossen und litt schweigend unter seiner Dornenkrone.

Nachdem der bürokratische Vorgang abgeschlossen war, drückte die Nonne auf einen Klingelknopf. Kurz tuschelte sie mit einer Novizin, die herbeigeeilt war.

„Komm mit, 106", befahl diese. Sie nahm Elke fest an die Hand und nickte der Oberin zu. „Ich bringe das Kind jetzt in seine Gruppe."

Ohne ihm Zeit zum Abschied zu geben, zog sie das Mädchen mit sich fort.

Bevor sie wusste, wie ihr geschah, stand Elke inmitten einer Schar unbekannter Kinder in einem großen Saal. An der Stirnseite gegenüber der Tür reckte sich ein hölzernes Kreuz bis unter die Decke. Die Nische in einer Ecke zierte eine blasse Madonna mit ergrautem Heiligenschein, die ihren Blick zur Saaldecke gerichtet hatte. Die gesamte Wand der einen Längsseite füllten wuchtige dunkle Einbauschränke bis zur Decke aus. Die andere Wand war schmucklos weiß. Blank gerutschte Bänke und Tische mit Holzplatten voller Kratzer füllten die Mitte des langgestreckten Raumes aus. Auch sie waren vollkommen leer.

Spielzeug gab es nicht und auch nichts anderes, was Neugier oder Interesse hätte wecken können. Noch nie hatte Elke einen Raum betreten, der sich so wenig einladend präsentierte, nicht einmal die Flugzeughalle, in der sie auf ihrer Flucht übernachtet hatten. Leblos wirkte der Saal, obwohl eine Menge Kinder sich darin verteilt hatten und reglos verharrten, als hätte eine böse Fee ihren Zauberstab geschwungen und alle versteinert. Mit unbewegten Mienen starrten sie die Neue an.

„Ich will zu Opa!" verkündete Elke laut und klar.

Sie blickte zu der Nonne auf und stupste sie an.

„Zu Opa! Sofort zu Opa!"

Nein, hier wollte sie nicht bleiben, das spürte sie ganz genau. Sie blickte sich verwirrt um. Und wo waren Fred und Wolfgang eigentlich geblieben?

„Wo ist Feed? Wo ist Woffgang?", fragte sie die Nonne.

Als sie wieder keine Antwort erhielt, wiederholte sie ihr Anliegen nachdrücklicher und riss fest an der Nonnentracht. Ihre Lautstärke war nicht zu überhören.

Als das auch nicht weiterhalf, lief sie zur Tür, versuchte die Klinke zu erreichen, hämmerte gegen das Holz und schrie mit zunehmender Panik in der Stimme.

Die anderen Kinder waren aus ihrer Erstarrung erwacht und liefen wieder durch den Saal, einige in Gruppen, viele allein. Niemand nahm Notiz von ihr. Unheimlich war das. Wo war sie gelandet? Was ging hier vor? Und vor allem, wie kam sie hier wieder heraus?

Schließlich klatschte die Nonne in die Hände.

„Jetzt machen wir alle einen Kreis und singen miteinander", rief sie und winkte Elke zu. „Komm 106, mach mit!"

Doch die schob die Unterlippe vor, schüttelte entschieden den Kopf. Wieder hämmerte sie gegen die Tür. Warum ließ der Großvater sie hier allein? Warum kamen ihr die Brüder nicht zu Hilfe? Erschöpft ließ sie sich neben die Tür sinken und weinte, bis sie keine Tränen mehr hatte.

Die erste Lektion, die sie in dieser neuen Welt lernte, war, dass Tränen und Geschrei hier nicht weiterhalfen. An diesem Ort wurde nicht getröstet oder gar auf Wünsche Rücksicht genommen. Sie wurde einfach stehen gelassen und bestenfalls nicht beachtet.

Auch eine rauere Behandlung lernte sie schnell kennen. Schon beim Abendessen wies die Nonne sie streng zurecht, weil sie hungrig zum Butterbrot griff, bevor das Gebet gesprochen war. Sie erntete einen Schlag auf die Hand. Richtig weh tat es nicht, aber Elke erschrak heftig darüber.

Das waren nicht die einzigen Veränderungen in ihrem neuen Leben. Zur Nacht teilte die Nonne ihr einen Schlafplatz in einem fensterlosen Saal zu.

In Reih und Glied standen dort die Bettgestelle an einer langen Wand, alle in exakt dem gleichen Abstand. Sie unterschieden sich in keiner Weise voneinander, und es dauerte einige Zeit, bis Elke ihr Bett wiederfand. Das gleiche galt für die schmalen Spinde für die Wäsche. Auch sie ähnelten sich wie ein Ei dem anderen.

Elke inspizierte sofort den Inhalt ihres Schränkchens, doch sie wurde enttäuscht. Er enthielt nichts Aufregenderes als das einzige Kleid, das sie fortan tragen würde, eine weiße Schürze dazu, ein wenig Wäsche, das Nachthemd und ein paar Schuhe. Sonst nichts.

Das hübsche Strickkleidchen, das Tante Grete ihr zum Abschied in Düsseldorf gekauft hatte, musste sie ausziehen und der Nachschwester übergeben. Elke sah es nie wieder.

Am nächsten Morgen zwängte sie sich mühsam in die neue Garderobe. Sie spannte ein wenig, denn Elke war von kräftiger Statur und größer als die anderen Kinder ihres Alters. In dem verwaschenen Winterkleid und der Schürze sah sie jetzt genauso aus wie alle Heimkinder.

Wie bei den Mädchen wurde ihr Haar am Morgen auf der linken Kopfseite mit einem weißen Band verziert. Eine Strähne ragte dabei wie ein Pinsel aus ihrem Bubikopf heraus. Sogar die Großen trugen diese Kinderheim- Einheitsschleife.

Die Schuhe, die ihr zugeteilt wurden, waren zu groß. Niemand machte sich die Mühe, sie so genau wie möglich an ihre Füße anzupassen, wie es der Schuster in Aussig getan hatte. An dessen faszinierendes Gerät, das die Füße durchleuchtete und die Knochen sichtbar machte, konnte sich Elke noch erinnern.

Etwas Privates besaß keines der Kinder. Kein Stofftier, keine Puppe tröstete abends beim Einschlafen. Elke vermisste das weiche Püppchen von Tante Grete, das sie die ganze Flucht über treu begleitet hatte.

Nun weinte sie sich allein in den Schlaf, der häufig auf sich warten ließ. Tränen sickerten in das Kopfkissen und waren oft am nächsten Morgen noch nicht richtig getrocknet.

Vielleicht glaubten die Nonnen, dass Gott als Tröster einsprang, wenn man ihn nur oft genug darum bat. Bevor abends im Schlafsaal das Deckenlicht ausgedreht wurde, mussten alle Kinder die gleiche Haltung einnehmen, die Hände falten und das Gebet mitsprechen, das die Nonne ihnen vorbetete. Morgens nach dem Wecken wiederholte sich das Beten, ebenso vor und nach dem Frühstück, dem Mittagessen und der Abendmahlzeit. Manchmal erschien es Elke, als seien die Gebete länger als die Zeit dazwischen.

Neben dem Schlafsaal lag der Waschraum. An der langen Wandseite war in Taillenhöhe eine Tischplatte befestigt. Für die morgendliche Reinigung stand darauf eine Schüssel mit kaltem Wasser, Seife und ein Handtuch für jedes Kind bereit. An der gegenüberliegenden Wand hatte es seinen Eimer für die Notdurft. Ein Tagesablauf in Reih und Glied begann.

Die Alltage dehnten sich gleichförmig in die Länge. Uniform wie die Kleidung, die Betten und die Waschschüsseln. Sie wurden mit Gebeten, Mahlzeiten, Singen, Spaziergängen, Geschichten von Heiligen, Andachten in der Kirche und Ermahnungen ausgefüllt.

Spiele, in denen sie Körperbeherrschung und Geschicklichkeit erproben konnte, gab es nicht. Sportliche Fähigkeiten waren in diesem Haus selten gefragt. Als die Gruppe die Treppe hinunter Richtung Ausgang marschierte, stürmte Elke voran. Ihre Brüder konnten zwei und Fred sogar drei Stufen auf einmal herunterspringen. Das wollte sie auch versuchen, doch die Nonne hielt sie auf.

„Wie geht man die Treppe runter?", frage sie streng und sah sich zu den anderen um.

„Langsam und leise", antworteten die Kinder mechanisch.

Auf dem Rückweg von der Kirche wiederholte sich die Lektion.

„Wie geht man die Treppe hoch?"

„Langsam und leise."

„Ja, so gefällt es unserem Herrn Jesus Christus und unserer lieben Jungfrau Maria", erklärte die Ordensfrau.

Ein gutes Kind hatte still zu sein und sich lautlos zu bewegen. Ein Leben mit angezogener Handbremse.

Das Kind mit der Nummer 106 tat sich schwer damit, diese Regeln zu begreifen.

Im Sommer nach ihrem vierten Geburtstag änderte sich der Heimalltag ein wenig. Eines Morgens tauchten Handwerker in Blaumännern auf. Sie schleppten ein Klettergerüst in den Saal und verankerten es im Fußboden in dem leeren Teil des Raumes zwischen dem großen Holzkreuz an der Wand und den Tischen und Bänken in der Mitte des Raumes.

Staunend umrundeten die Kinder die bunt gestrichenen Metallstangen des Spielgerätes. Danach versuchten sie, es zu erklimmen. Alle drängelten sich darauf, knufften, schubsten und traten die Konkurrenten beiseite. Wenn die Nonne nicht eingriff, regelte eine Hackordnung rasch die Reihenfolge wie auf einem Hühnerhof. Elke musste all ihre Geschicklichkeit aufwenden, um sich gegen die Größeren durchzusetzen und ein Plätzchen in luftiger Höhe zu erobern. Wenn ihr das gelang, fühlte sie sich hoch oben in den Metallbögen so frei wie ein Vogel.

Das Spielgerät hatte ein Vater gestiftet, dessen Tochter nur den Tag im Heim verbrachte. Schon zuvor war Elke aufgefallen, dass die Tageskinder freundlicher behandelt wurden als die Dauerheimbewohner. Als der großzügige Vater nun erschien, um das Klettergerüst zu besichtigen und sich den wohlverdienten Dank abzuholen, standen alle Kinder bereit. Sorgfältig waren sie zurechtgemacht und der Größe nach aufgestellt worden, die Haarschleife gerade gezupft, Hände und Fingernägel kontrolliert. Unter der Leitung der Nonne schmetterten sie nun die Heimhymne. Tagelang hatten sie dafür geübt:

1. „Hier oben in St. Michael so nahe bei der Sonne,
Da ist für alle, Groß und Klein, das Leben eine Wonne.
Das Kinderheim auf Berges Höh‘, es wurde uns zur
Heimat schön.

Das Kinderheim St. Michael, so nahe bei der Sonne.

2. *Hier oben in St. Michael, da sind wir wohl geborgen.*
   Wir leben wie die Vöglein, so frei und ohne Sorgen.
   Der Tisch wird täglich uns gedeckt, wir schlafen froh im warmen Bett.
   So sind wir in St. Michael doch alle wohl geborgen.

2. *Und sind wir einmal Männer, Frau'n, und kämpfen wir im Leben*
   Dann wollen wir frisch vorwärts schau'n und mutig schaffen streben.
   Gern wenden wir dann den Blick zur Jugendstätte froh zurück, zum Kinderheim St. Michael so nahe bei der Sonne."

Immer wieder boten sich Anlässe, zu denen die Kinder in Reih und Glied aufgestellt wurden, um die Heimhymne vorzutragen. Auch den Besatzungssoldaten gaben sie das Lied mit auf den Heimweg, die im militärischen Stechschritt Richtung England davon marschierten.

Eines Tages führten Nonnen die Kinder in ordentlichen Zweierreihen in die Stadt hinunter und stellten sie vor dem Rathaus zu einem Chor auf.

„Heute singen wir für die Soldaten, die aus dem Osten zurückgekehrt sind", erklärte sie ihnen. „Sie waren dort ganz lange in Gefangenschaft."

Elke bekam runde Augen und begann vor Aufregung zu beben. „Heute kommt mein Papa zurück", schoss es ihr durch den Kopf.

Sofort war sie felsenfest überzeugt davon. Ihre Mutter war zwar tot, aber der Vater galt nur als verschollen. Doch nun würde er endlich kommen und sie und ihre Brüder aus dem

Heim befreien. Es konnte gar nicht anders sein, denn auch Tante Gretes Ehemann war wieder aufgetaucht. Ihr wurde schwindelig vor Glück.

„Wolfgang sieht eurem Vater besonders ähnlich. Wie aus dem Gesicht geschnitten", hatte der Großvater seinen Enkeln stets versichert. Da würde sie den Vater zweifellos sofort erkennen. Ungeduldig starrte sie über den Platz.

Endlich tauchten die Heimkehrer auf. Alt sahen sie aus, müde, ernst. Entbehrungen hatten sich tief in ihre Gesichter eingegraben. Die Mäntel schlotterten um die hageren Körper, als müssten die Männer erst wieder hineinwachsen.

Doch darauf achtete Elke nicht. Aufmerksam studierte sie Gesicht für Gesicht. Der Papa MUSSTE dabei sein!

Mechanisch sang sie die Hymne ab und begann die Suche mit den Augen noch einmal von vorne, bereit, auf den Vater zuzustürmen.

Doch er war nicht dabei!

Elke schloss den Mund. Tränen strömten über ihre Wangen. Blind stolperte sie zwischen den anderen Kindern ins Heim zurück und stahl sich in den Schlafsaal. Dort weinte sie, bis die Augen brannten und sich ihr Kopf leer anfühlte.

Ihre Brüder traf Elke nur an Sonntagnachmittagen, wenn der Großvater zu Besuch kam. Doch einmal sah sie Wolfgang plötzlich auf dem Weg zur Kirche. Der Zug der Kinder kam ins Stocken und Wolfgang gelang es, sich in das Knäuel neben sie zu schieben.

Vorsichtig guckte sich Elke zu der Kindergarten- Nonne um. Sie war nicht zu sehen. Dann schaute sie ihren Bruder an. Blaue Flecken entstellten sein Gesicht.

„Was hast du da?", fragte sie besorgt.

„Die Erzieherin hat mich verprügelt, weil ich versucht habe wegzulaufen."

Es war nicht sein erster Ausbruchsversuch gewesen, erzählte er, und auch nicht die erste Backpfeife. Zweimal war er obendrein einen ganzen Tag lang allein in einen vollkommen leeren Raum eingesperrt worden.

„Das ist wie im Gefängnis hier", flüsterte er hastig, während Elke sein Gesicht streichelte. Sie verstand nicht alles so genau, aber sie hörte ihm aufmerksam zu.

„Irgendwann schaffe ich es abzuhauen. Hier will ich nicht bleiben."

„Wo ist Fred?", wollte die kleine Schwester wissen.

„Der ist in der anderen Gruppe". Wolfgang dachte nach. „Wir müssen unbedingt ein Versteck finden, wo wir uns alle drei treffen können."

„Oh ja, das will ich auch", erklärte Elke. Diese Aussicht machte sie froh.

„Wenn wir ein Versteck gefunden haben, sage ich dir bescheid", versprach ihr der Bruder und tauchte schnell unter, als er eine Erzieherin herannahen sah.

„Opa, hier will ich nicht bleiben. Hier ist es gar nicht schön", klagte die Enkelin jedes Mal, wenn Ferdinand Tiefenthal sie sonntags abholte.

Wie er es versprochen hatte, nutzte er alle Besuchstage, um seine Enkel zu sehen. Auf ihn konnten sie bauen. Tante Grete kam dagegen selten einmal vorbei, und von den anderen Verwandten ließ sich nie jemand blicken. Sie schienen die Kinder vergessen zu haben.

„Ach, meine Kleine", antwortete der alte Mann immer wieder mit hängenden Schultern, seinen Krückstock fest umklammert. „Du weißt doch, dass ich jetzt in einem Altersheim wohne. Dorthin kann ich dich nicht mitnehmen.“

Jedes Mal unternahmen die Enkel gemeinsam mit ihrem Großvater irgendetwas Schönes. Die ganze Woche lang dachte Elke darüber nach, was das sein würde, und freute sich darauf. Zu viert spazierten sie durch Parks, Wälder und Wiesen und suchten nach einem Plätzchen für ein kleines Picknick. Großvater Tiefenthal brachte ein Deckchen dafür mit und Tüten voller Obst und Gebäck.

„Aber Fred und Wolfgang sollen auch von den Kirschen essen!“

Elkes bemühte sich stets, die Leckereien gerecht zu verteilen. Ebenso wie den Großvater hatte sie ihre Brüder fest in ihr Herz geschlossen. Sie sollten auf keinen Fall zu kurz kommen. Darauf bestand die Kleine immer, und der alte Mann lächelte.

„Du hast dein Herz am rechten Fleck“, erklärte er ihr jedes Mal. „Und außerdem bist du eine ganz Pfiffige. Vergiss das nie, mein Kind, hörst du? Eine ganz Pfiffige!“

Bei einem dieser Familienausflüge erzählte Wolfgang seiner Schwester von dem Fenster:

„Da gibt es so eine Luftklappe oben bei uns auf dem Flur, durch die man zu euch unten in euren Schlafsaal gucken kann“, erklärte er ihr. „Dort können wir beobachten, wie sich eure Nonne in ihrer Butze für die Nacht auszieht.“

Wolfgang grinste sie an und die Grübchen, die er von seinem Vater geerbt hatte, vertieften sich.

„Zu diesem Fenster musst du mal hochschauen“, empfahl er ihr. „Vielleicht siehst du mich dann.“

Elke wusste, dass nachts eine Nonne in einem, mit Stellwänden vom Mädchenschlafsaal abgetrennten Teil des Raumes, nächtigte. Deshalb suchte sie am gleichen Abend die Wände nach der Luftklappe ab. Und tatsächlich. Hoch oben an der Wand direkt unter der Decke fand sie das Fenster.

Es war ein wenig nach unten gekippt. In der blank geputzten Glasscheibe spiegelte sich für sie das Geschehen hinter der Stellwand, dort, wo die Nonne sich neben einer Nachttischlampe gerade für die Nacht umkleidete. Plötzlich sah Elke, wie die Ordensfrau ihr Nachthemd hochschob und sich auf einen Topf setzte. Deutlich konnte sie den nackten Hintern erkennen. Mit solchen delikaten Einblicken hatte sie nicht gerechnet. Unwillkürlich musste sie kichern.

Sofort unterbrach die Nachtschwester ihr Tun und schoss wie ein Blitz aus ihrem Schlafbereich heraus.

„Wer war das?", schrie sie und nahm ihre Zöglinge in Augenschein. Die meisten hatten schon geschlafen und rieben sich verwirrt die Augen. Elke erschrak und versuchte eilig, sich schlafend zu stellen, doch es war zu spät. Die Nonne nahm sie ins Visier.

„106, komm sofort her!" rief sie mit wutverzerrtem Gesicht.

Nichts würde sie aufhalten, und Elke begriff sofort, dass sie verloren hatte. Zögernd trippelte sie zu der Ordensschwester hin, während die anderen Kinder sich zu ihr umdrehten und hämisch grinsten. Die Nonne schlug sie nicht, aber sie schickte das Mädchen zur Strafe in den Waschraum und ließ es dort unendlich lange barfuß auf den kalten Steinfliesen stehen.

Nachdem die Geschwister mit dem Klostergebäude vertraut waren, gelang es ihnen, sich heimlich zu treffen. Im Untergeschoss, ganz in der Nähe der Küche, machte Wolfgang einen

Abstellraum ausfindig, der für die drei erreichbar war und nicht kontrolliert wurde. Dort trafen sie sich von nun an regelmäßig. Sie schoben sich auf einer Bank eng zusammen und erzählten sich leise von ihren Erlebnissen mit den Erziehern. Wenn sie so miteinander redeten und die Wärme und das Mitgefühl der anderen spürten, stellte sich wohliges Glücksempfinden ein.

Häufig gab Wolfgang seine Witze zum Besten, mit denen er seine Geschwister aufheiterte. Oder er erzählte von seinen neuesten Streichen.

„Stellt euch vor: gestern auf dem Weg zur Schule, als gerade niemand guckte, habe ich mit meiner Zwille den erhobenen Zeigefinger der Madonna am Eingang abgeschossen!"

Wolfgang grinste, und seine Grübchen vertieften sich. Seinen Geschwistern stockte der Atem.

„Was? So genau kannst du treffen?" Fred staunte. Sein Bruder war tatsächlich ein Meisterschütze, das musste er zugeben.

Elke blickte dagegen um einiges besorgter.

„We- we- wenn sie das herausfinden, kommst du bestimmt in ein Erziehungsheim", stotterte sie.

Bei besonders schlimmen Vergehen drohten die Nonnen immer mit dem Heim für Schwererziehbare. Der Madonna einen Finger abzuschießen gehörte ganz bestimmt dazu.

„Ach was, ich passe doch auf!"

Wolfgang zog seine heimlich stibitzte Mundharmonika aus der Tasche und blies eine leise Melodie. Das kleine Instrument war neben der Zwille sein größter Schatz. Er hütete ihn wie seinen Augapfel.

Fred war dagegen in anderen Kunstfertigkeiten bewandert. Er wusste fast so viel wie ein Lexikon. Geduldig brachte er den kleinen Geschwistern zum Beispiel verschiedene Arten von

Knoten bei, die lange Zeiten überdauerten.

„Das braucht man auf Schiffen", erklärte er ihnen, „damit man sie richtig festmachen kann."

Mit diesen Kenntnissen entfachte er sofort ihr Fernweh.

„Ich will auch einmal zur See fahren. Ganz weit weg vom Kinderheim", meinte Wolfgang mit einem Blick, der in eine weite Ferne gerichtet war.

„Aber Auto fahren will ich später auch. So einen richtig schnellen Flitzer."

Zusammen malten sie sich die Zukunft aus. Herrlich frei würde sie sein. Wie köstlich war es doch, so beieinander zu hocken. Wie eine richtige Familie fühlte sich das an.

Umso bedrohlicher erschien Elke eines Tages beim Mittagstisch die Ankündigung, dass an diesem Tag ein Ehepaar erwartet würde. Eins der Heimkinder wollten sich diese fremden Leute aussuchen.

„Das Mädchen nehmen sie dann mit zu sich nach Hause und adoptieren es", gab Schwester Frieda bekannt. „Das lebt dann mit den neuen Eltern zusammen wie in einer richtigen Familie."

Plötzlich betrachte Elke das schöne Kleid, das sie heute ausnahmsweise tragen durfte, mit anderen Augen. Bedeutete ihr Aufzug etwa, dass sie als Kandidatin für diese Aktion vorgesehen war? Zwar wünschte sie sich von ganzem Herzen ihre Familie zurück, aber sie wollte auf gar keinen Fall irgendwelchen wildfremden Eltern zugeteilt werden. Denn dann würde sie von ihren Brüdern getrennt! Soviel war sicher. Den ganzen Vormittag grübelte sie, was sie dagegen unternehmen könnte.

Am Nachmittag erschien tatsächlich ein Ehepaar. Ein paar

Stühle wurden in eine Zimmerecke geschoben, von denen aus sie den Trubel im großen Saal beobachten konnten. Zwei Nonnen dirigierten das Geschehen und bemühten sich, ihre Schützlinge in einem vorteilhaften Licht zu präsentieren. Hand in Hand ließen sie die Kinder im Kreis herumlaufen und ein Singspiel aufführten. Ein paar Tage zuvor hatten sie das Spektakel eingeübt.

„Dornröschen ist ein schönes Kind, schönes Kind, schönes Kind…"

Unruhig drehte sich Elke immer wieder zu den Fremden um. Ein schrankgroßer Mann hatte sich auf einem der Stühle niedergelassen, der beinahe zu klein wirkte für seine massige Gestalt. Neben ihm saß eine mollige Frau, in ein braunes Wollkostüm gezwängt. Beide winkten zu ihr hinüber und nickten sich lächelnd zu.

„… Da kam die böse Fee herein, Fee herein, Fee herein…"

Elke setzte das unfreundlichste Gesicht auf, das ihr zur Verfügung stand, und versuchte alles extra falsch zu machen. Doch es half nichts.

Am Ende kamen die fremden Leute auf sie zu und redeten gleichzeitig auf sie ein, während sie ihre Hände packten und sie mit sich auf den Flur hinauszogen. Elke versuchte, sich aus dem Klammergriff zu befreien, und trat der Frau mit aller Kraft gegen das Schienbein. Im Kreuzgang angelangt, hatte sie mit allen verbotenen Schimpfwörter um sich geschleudert, die sie kannte – es waren erstaunlich viele. Danach setzte sie ihre Zähne als Waffe ein und spuckte den Riesenmann an. Als sie das Portal mit der Madonna ohne Zeigefinger erreichten, brüllte Elke aus Leibeskräften, als ginge es um Leben und Tod.

„ICH WILL NICHT MIT", kreischte sie und stemmte sich mit beiden Füßen gegen den Weg nach draußen.

Da endlich überdachte das Ehepaar seine Wahl.

„Dieses Kind macht Probleme", erklärten sie der Ordensschwester. „Wir suchen uns lieber ein anderes aus."

„Willst du etwa in ein Erziehungsheim, du dummes Kind!" schimpfte die Nonne am Abend. „Da musst du jetzt wahrscheinlich hin."

Diese Ankündigung stellte sich später zwar als leere Drohung heraus, doch erst einmal verängstigte sie Elke bis ins Mark. Ein Erziehungsheim stellte sie sich wie die Hölle samt Satan persönlich vor. Noch schlimmer als im Kinderheim St. Michael musste es dort zugehen. Viel schlimmer!

Nächtelang fand sie keinen Schlaf.

Mit sechs Jahren musste Elke die Kindergartengruppe verlassen und kam zu den Schulmädchen.

Was war das für ein Unterschied!

Die Großen waren in Altersgruppen aufgeteilt und hielten sich in zwei Tagesräumen auf, die eine Tür trennte. Meistens stand sie offen. Ein Klettergerüst gab es hier nicht, nur einen Hof, der kahl und leer war wie ein Greisenschädel. Dort durften die Kinder immerhin rennen, springen und toben. Im Gebäude war so etwas streng verboten.

Von den Größeren wurde noch mehr Disziplin erwartet als von den Kindergartenkindern. Und mehr Sauberkeit.

Morgens musste ein fleckenloses Taschentuch aus der Schürzentasche gezogen und vorgezeigt werden. Das Ritual leuchtete Elke nicht recht ein. Wozu sollte sie ein Taschentuch mit sich herumtragen, das nicht benutzt werden durfte?

Doch es brachte nichts, nachzufragen, denn die Anordnungen wurden nicht begründet. Außerdem war allabendlich eine „Hosenkontrolle" vorgeschrieben. Die Unterhose durfte keinerlei gelbe oder gar braune Streifen aufweisen, wenn man keinen Ärger bekommen wollte.

Solange sie klein gewesen war, hatte sich Elke nur unter der Obhut der Ordensfrauen bewegt. Die redeten zwar wenig mit ihr, doch sie musste keine Prügel erdulden wie der Bruder. Zu einer der Nonnen hatte sie Vertrauen gefasst und sich – wann immer es möglich war – an ihrer Seite aufgehalten. Diese Ordensfrau hatte ihr manchmal zugelächelt. Sie schien sie zu mögen.

In der neuen Gruppe kümmerte sich eine Schwester namens Frieda um die Kinder und eine Erzieherin, die mit „Fräulein Annemarie" angesprochen werden musste. Die beiden Frauen wechselten sich mit der Aufsicht ab. Schwester Frieda unterschied sich mit ihrer Tracht und ihrem Auftreten nicht von den anderen Nonnen. Mit ernster und strenger Miene nahm sie sich ihrer Schützlinge an. Vielleicht konnte man ihr ebenso vertrauen wie ihrer Lieblingsnonne zuvor.

Bei Fräulein Annemarie sah die Sache anders aus. Die Erzieherin stellte sich sofort mit einem durchdringend schrillen Ton vor, kaum dass Schwester Frieda außer Sichtweite war.

„106, hör auf mit diesem Herumgehopse, oder es setzt was."

Allein die Stimme tat weh. Reflexartig wich Elke vor der Erzieherin zurück, deren kleine Augen mit einem stechenden Blick auf sie gerichtet waren. Steif wie ein Fahnenmast ragte sie vor ihr auf. Die weiße Schürze bretthart gestärkt. Ihr dünnes Haar war schnurgerade in der Mitte gescheitelt und mündete in einem festen Knoten im Nacken. Alles an dieser Frau wirkte hart, streng und straff.

Dass Fräulein Annemarie keine leere Drohungen ausstieß, erfuhr Elke schon ein paar Tage später.

Zuvor hatte ein anderes Kind sie auf dem Weg zum Hof so rüde angerempelt, dass sie hinfiel. Mit einem wütenden Schrei quittierte Elke diese Behandlung und trat mit dem Fuß in die Richtung des Remplers.

Im Handumdrehen verhärteten sich die Gesichtszüge der Erzieherin. Ihre Augen huschten zu der schreienden Übeltäterin, fixierten sie, wie ein Greifvogel, und begannen unheilverkündend zu flackern. Elke erschrak und suchte nach Worten. Wegducken half da nicht, obwohl sie es unwillkürlich versuchte. Hilfesuchend drehte sie sich zu den anderen Kindern um, doch die zeigten kein Mitleid. Niemand ergriff Partei für sie, so wie sie es von ihren Brüdern kannte. Ganz im Gegenteil.

Höhnisch deuteten sie mit dem Finger auf sie.

„Die war das!"

Da begriff Elke, dass sie Fräulein Annemarie ausgeliefert war und das nahende Unheil ganz allein durchstehen musste.

„106, was brüllst du da rum? Hä?", keifte die Erzieherin.

Ein Unterton wie ein Gewittergrollen verlieh ihrer Stimme Nachdruck und klang nach Gefahr.

„Rumgebrüllt wird hier nicht! Das ist verboten! Komm sofort her und dreh dich um!"

Die hagere Gestalt baute sich vor dem Mädchen auf und schien in ihrer Größe anzuwachsen.

„Umdrehen, hab ich gesagt! Sofort!"

Elke wagte keinen Widerspruch. Obwohl sich alles in ihr dagegen sträubte, gehorchte sie zögernd. Angespannt wartete sie darauf, dass irgendetwas Furchtbares über sie hereinbrach.

Die Erzieherin knurrte zufrieden. Alle Macht der Welt lag in ihren Händen. Erbärmlich zitternd stand das Kind da und war ihr vollkommen ausgeliefert.

„So, jetzt bist du plötzlich stumm, was? Kein vorlautes Geschrei mehr! Ja, du sollst deine Unarten jetzt am eigenen Leib

zu spüren bekommen! Wer nicht hören will, muss fühlen."

Fräulein Annemarie zog den Moment vor der Strafe gern in die Länge. Elke hörte ihr eigenes Herz so laut klopfen, dass die Worte kaum zu ihr durchdrangen.

„Wann ist das hier endlich vorbei?", dachte sie und ballte ihre Fäuste. „Lieber Gott mach, dass es vorbeigeht!"

Dann plötzlich sauste die Hand dreimal mit voller Kraft auf den Rücken und den Hintern des Kindes. Elke erschrak und schrie vor Schmerz auf.

„Ja, wehtun soll es!" triumphierte die Erzieherin. „Nur so lernst du deine Lektion!"

Stöcke und Ruten waren im Kloster abgeschafft, doch Fräulein Annemaries wohlgezielte Handschläge hinterließen ebenfalls deutlich sichtbare Abdrücke auf Elkes Körper. Hinterher brannten sie noch lange.

Von Anfang an hatte Elke, das Kind Nummer 106, nicht zu Fräulein Annemaries Lieblingen gehört. Im Gegenteil. Sie wusste, dass die Erzieherin es nicht schätzte, wenn Kinder lebhaft herumsprangen, viel redeten oder gar widersprachen. Natürlich bemühte sie sich, ruhig zu sein und sich so brav zu benehmen, so wie es das Heim forderte. Doch Elkes Füße, Hände und ihr Mund konnten nicht lange stillhalten. Sie machten sich einfach selbständig. Oft vergaß das Mädchen auch, einen Befehl auf der Stelle zu befolgen, oder sie fragte nach den Gründen für eine Anordnung, bevor ihr einfiel, dass so etwas verpönt war. All diese „charakterlichen Mängel" waren Fräulein Annemarie ein Dorn im Auge.

„Unarten müssen ausgemerzt werden", predigte sie. „Mit Stumpf und Stiel."

Je mehr Widerstand Elke leistete, desto gründlicher bemühte sich die Erzieherin, sie das Fürchten zu lehren!

Wenn Schlafenszeit war, hatten die Kinder zu schlafen, und zwar ohne Wenn und Aber. Bevor sie selbst zu Bett ging, überprüfte Fräulein Annemarie, ob dieses Gebot von allen zweiundzwanzig Mädchen im Schlafsaal befolgt wurde.

Elke wusste, dass dieser Moment jeden Abend unweigerlich kam. Wie einen täglichen Bombenalarm erwartete sie ängstlich sein Eintreffen. Einfach ruhig einschlafen, wie andere Kinder das taten, gelang ihr nicht, so sehr sie es auch versuchte. Im Gegenteil: je mehr sie sich abmühte, desto sicherer blieb sie wach.

Ängstlich horchte sie auf das Klappern sich nähernder Schritte. Wenn die Erzieherin dann die Saaltür aufriss, das Deckenlicht einschaltete und durch die Bettreihen marschierte, versuchte Elke, sich so glaubwürdig wie möglich schlafend zu stellen. Ganz unter die Bettdecke zu kriechen, wie sie es am liebsten getan hätte, war verboten, denn die Kinder sollten auf dem Rücken schlafen und die Hände über der Brust falten. Diese Haltung galt als fromm und gottesfürchtig. Da blieb Elke nur eins: aufpassen, dass sie nicht mit den Augenliedern zuckte! Und bloß nicht die Finger bewegen! Die Lippen fest zusammenpressen, damit sie nicht bebten!

Doch Fräulein Annemarie ließ sich nicht täuschen. Sie wusste, wo sie genauer hinschauen musste.

„106, du schläfst nicht!" keifte sie, wenn sie bei ihrem Bett angekommen war.

Dass andere Kinder bei der plötzlichen Helligkeit und ihrer Lautstärke aus dem Schlaf gerissen wurden, kümmerte sie nicht. Elke blieb reglos liegen. Sie tat weiterhin so, als läge sie im Tiefschlaf. Lautlos flehte sie zu Gott und allen Heiligen, dass sie noch einmal davonkäme, aber Fräulein Annemarie kannte kein Erbarmen.

„106, verstell dich nicht!"

84

Sie stieß das Kind unsanft in die Seite und zog ihr die Bettdecke weg.

„Steh sofort auf und stell dich in die Ecke, du freche Göre."

Elke erhob sich mühsam wie eine alte Frau und schlich wortlos in die Ecke. Dort stand sie barfuß, das Gesicht zur Wand
gedreht. Sie schniefte, zitterte und fror, bis Fräulein Annemarie sie endlich wieder ins Bett schickte. Manchmal kassierte sie
obendrein ein paar Schläge oder wurde an einem Ohr durch
die Bettreihen gezerrt.

Danach weinte Elke eine nächtliche Ewigkeit lang, bis sie
doch noch in den Schlaf fand.

Auf einem der seltenen Spaziergänge durch die Stadt stieß
Elke unverhofft auf eine Einschlafhilfe.

Wie immer marschierte die Heimkinderschar in Reih und
Glied die Straßen entlang. Jedes Mädchen musste ein zweites
Kind an die Hand fassen und durfte aus der übersichtlichen
Ordnung nicht ausscheren. Im Gedränge auf dem Marktplatz
lösten sich die Reihen jedoch vorübergehend auf, und die Kinder drängelten und schubsten sich vor den Ständen, die dicht
an dicht nebeneinander aufgereiht waren. Die Händler dahinter boten nicht nur Obst, Gemüse, Fleisch und Backwaren feil,
sondern auch Kurzwaren, Reinigungsutensilien und allerhand
Krimskrams. Natürlich zogen vor allem die Süßigkeiten und
die Spielsachen die Kinder an wie Magnete.

Auch Elke blieb staunend stehen. Direkt vor ihren Augen
lockte ein Korb mit kleinen Püppchen.

Plötzlich bemerkte sie, wie die anderen Mädchen rundherum
lange Finger machten und unauffällig etwas in ihren Schür-
zentaschen verschwinden ließen. Sünde hin oder her – sie
überlegte nicht lange und linste vorsichtig nach rechts und

links. Ihre Heimaufpasser und die Marktfrauen waren gerade abgelenkt und die Gelegenheit günstig. Beherzt griff sie zu und ergatterte drei der verlockenden Püppchen. Elke erwies sich als geschickte Gelegenheitsdiebin und wurde nicht erwischt.

Sie triumphierte. Endlich besaß sie etwas Eigenes, das ganz allein ihr gehörte. Nach dem Erfolg blieb es in den folgenden Jahren nicht bei diesem einen Raubzug, doch es war ihr wichtigster.

Die Püppchen versteckte sie in ihrem Kopfkissen. In der nächtlichen Dunkelheit des Schlafsaals holte sie sie hervor und erzählte ihnen von ihren Gedanken und von ihren Nöten. Neben ihren Brüdern und dem Opa wurden die drei kleinen Gestalten zu ihren engsten Vertrauten.

Als Elke eingeschult werden sollte, hatte sie beinah aufgehört zu sprechen. Vom Großvater und ihren Brüdern ermuntert, versuchte sie es schließlich wieder. Doch wenn sie etwas sagen wollte, wagten sich die Wörter nur verzögert und stotternd aus ihrem Mund hervor, wie bei einem Motor, der nicht mehr so recht anspringen mochte. Die anderen Kinder machten sich über sie lustig und verstärkten ihre Hemmungen damit nur noch mehr.

Vermutlich waren es dann auch ihre mangelnden sprachlichen Fähigkeiten, die dazu führten, dass sie bei der Schulreifeuntersuchung durchfiel. Die Behörde schlug vor, Elke zur Hilfsschule zu schicken.

Doch dagegen sperrte sich Ferdinand Tiefenthal.

„Das kommt gar nicht Frage", bestimmte er und richtete sich zu seiner stattlichen Größe auf. „Meine Enkelin ist ein

kluges Mädchen. Sie wird nur nicht richtig gefördert. Doch das werden wir jetzt ändern."

So wurde Elke erst einmal ein Jahr zurückgestellt.

Bei den folgenden Sonntagsbesuchen begann Ferdinand Tiefenthal mit dem Sprechunterricht.

„Immer der Reihe nach", bremste er seine Enkelin, wenn sie über die Silben stolperte. „Fang den Satz noch mal von vorne an. Mit dem allerersten Wort… Wie war das noch?"

Er hörte ihr geduldig zu und bestand darauf, dass sie sich bei jedem ihrer Sätze viel Zeit nahm.

„Und ihr beiden", er wandte sich an seine Enkel, „ihr macht das genauso wie ich: Lasst Elke so viel wie möglich reden, aber eben langsam.

Fred nickte ernst.

Nach seinem Schulunterricht versuchte er, sich jeden Tag in ihrem Versteck im Untergeschoss mit ihr zu treffen. Natürlich war das streng verboten, denn Mädchen durften auf gar keinen Fall mit einem Jungen zusammentreffen. An diesem geheimen Ort begann Fred, mit ihr zu üben:

„Sprich mir nach: Ich bin ein kluges Kind. Ich kann sprechen, ohne zu stottern."

Elke versuchte verzweifelt, die schwierigen Sätze auf die Reihe zu bekommen. Viele Versuche waren nötig, bis ihr endlich ein fehlerfreier Satz gelang. Mehr als einmal dachte sie daran, aufgeben, doch Fred gab nicht nach.

„Elke, du schaffst das", schärfte er ihr nach jeder seiner Lektionen ein. „Vergiss das nie! Das schaffst du!"

„Elke, das schaffst du", ließ sie ihre Püppchen abends im Bett flüstern, bevor sie einschlief.

Nachdem weder der Großvater noch die Brüder sie mit ihrem

Stottern aufzogen und Ruhe bewahrten, fühlte sich Elke ermutigt, ihren sprachlichen Fähigkeiten wieder mehr zu vertrauen. Ihre Familie war – anders als sie selbst – felsenfest davon überzeugt, dass sie nicht dumm war. Das ließ ihre Zweifel langsam dahinschmelzen, und ein zartes Hoffnungspflänzchen begann zu keimen!

Nach einigen Monaten begann ihr Sprechmotor wieder zu schnurren wie ein VW-Käfer und wollte gar nicht mehr damit aufhören.

Die Einschulung im Frühjahr 1950 veränderte Elkes Alltag entscheidend. Vormittags genoss sie es nun, Stunden außerhalb des Heims zu verbringen, fernab von Fräulein Annemarie und ihren Strafen.

Die Nachmittage verloren ihren Reiz vollständig. Statt im Hof herumzutollen, musste sie sich den größten Teil dieser Stunden im Stillsitzen üben und über ihren Hausaufgaben brüten.

An der Stirnseite des Tisches wachte Schwester Frieda über die Schüler. Ihr wurde das Ergebnis des Brütens vorgelegt, und sie war sehr schwer zufrieden zu stellen.

„Das ist doch keine Schönschrift. Mach das nochmal", meckerte sie.

So dauerte es unendlich lange, bis die Aufgaben erledigt waren. Damit schnell fertig zu werden, lohnte sich ohnehin nicht, denn danach mussten die Kinder einen Abschnitt des Evangeliums auswendig lernen, der in der Lesung während der Messe am folgenden Sonntag an der Reihe war.

„Wer–meine–Gebote–hat–und–hält–sie–der–ist–es–der–mich–liebt–wer–mich–aber–liebt–der–wird–von–meinem–Vater–geliebt–werden–und–ich–werde–ihn–offenbaren... äh, nee... werde–ihn–lieben", leierte Elke „und ...äh... und mich offenbaren–spricht–zu–ihm–Juda–nicht–der–Ischa...   schaa ...äh... Ischa..."

Die Nonne runzelte die Stirn. „Ischariot heißt das! Das sitzt noch nicht. Lern das nochmal!"

Manchmal langweilten solche Nachmittage so sehr, dass es weh tat.

Die Schule selbst forderte Elke dagegen auf andere Weise heraus. Die meisten der Kinder dort lebten in richtigen Familien. „Familienkinder" wurden sie von den anderen genannt. Wie sehr bewunderte sie diese Mitschülerinnen!

In den ersten Monaten wagte sie es nicht, sich ihnen zu nähern, denn diese Mädchen waren so viel hübscher angezogen als sie selbst. Bunte Kleidchen, raffiniert geschnitten, noch dazu ohne ein einziges Mottenloch und nirgends geflickt. Nagelneu sahen sie aus.

Außerdem verhielten sich Familienkinder anders. Ohne zu zögern meldeten sie sich auf die Fragen des Lehrers und antworteten laut. Hemmungen schienen sie nicht zu kennen. Das war ganz anders als bei ihr selbst und bei ihren Leidensgenossinnen, die allesamt reglos und stumm in den Bänken hockten. Auf dem Schulhof sprangen die Familienkinder lachend herum, johlten, kicherten, krakeelten. Niemand verbot es ihnen. Einige brachten ein Springseil mit oder Glanzbilder zum Tauschen.

Verlegen drückte sich Elke abseits an einer Mauer herum, sah dem Treiben zu und fühlte sich hässlich, dumm, nutzlos, ausgeschlossen.

Dazu kam ihr Äußeres. Wie alle anderen Heimkinder trug sie die immer gleiche, verwaschene Anstalts- Einheitstracht, wolkengrau, langweilig. Dazu die Schleife an einem Haarpinsel. Wie schämte sie sich dafür! Schon von Weitem sah man ihr an, woher sie kam und wie arm sie war. Und ganz sicher verachteten die Familienkinder sie schon allein deswegen. Ein Graben schien die beiden Welten voneinander zu trennen, tief und unüberwindbar.

In die graue Schar der Heimkinder, zu der sie gehörte, wollte sie sich nicht einreihen. Viel lieber würde sie zu den anderen überlaufen, aber sie hatte nicht die geringste Ahnung, wie sie in deren fröhliche Welt aufgenommen werden konnte. Sich durchbeißen, kneifen, treten, sich vordrängeln, den Mund halten, all das hatte sie im Heim gelernt, aber es half ihr hier nicht weiter.

Sehr, sehr lange zerbrach sich Elke den Kopf darüber, wie sie den ersehnten Anschluss finden könnte.

Ihre Brüder schienen das Problem nicht zu kennen. Wolfgang gewann mit Zwille- Künsten und seinem Witze- Repertoire schnell die Anerkennung all seiner Klassenkameraden. Fred punktete mit guten Noten bei Lehrern und Mitschülern.

„Vielleicht ist das ja nur so eine Mädchensache", überlegte Wolfgang.

„Aber unlösbar ist das Problem gewiss nicht", war sich Großvater Tiefenthal sicher. „Warum sprichst du nicht eine von deinen Mitschülerinnen an? Deine Banknachbarin zum Beispiel. Frag sie einfach einmal irgendwas. "

Das war leichter gesagt als getan. Elke schlug das Herz bis zum Hals, als sie sich endlich traute.

„Hast du die Aufgabe verstanden?"

Ganz leise brachte sie die Frage heraus, beinahe lautlos. Leicht hätte Eva, so hieß das Mädchen neben ihr in der Bank, die Frage überhören können, wenn sie ihr nicht antworten wollte. Damit rechnete Elke eigentlich, denn wer wollte schon etwas mit Heimkindern zu tun haben?

Zu ihrer grenzenlosen Überraschung erklärte ihr Eva die Aufgabe jedoch freundlich und lächelte sie dabei an. Das war höchst sonderbar! Heimkinder verhielten sich völlig anders. Die höhnten, petzten oder ignorierten sie. Aber hilfsbereit und freundlich sein? Das waren sie nie.

Als der erste Schritt gemeistert war, lief alles Weitere fast wie von selbst. Im Handumdrehen freundete sich Elke mit Eva an. Und ein paar Wochen später zählte auch Monika zum Kreis ihrer Freundinnen. Neben Rechnen und Schreiben lernte sie noch einmal ganz von vorn, wie man Kindern außerhalb der Familie vertraute.

Bald teilte sie mit den Mädchen kleine Geheimnisse und begann ebenso ausgelassen herumzutollen und zu lachen, wie es sonst nur Familienkinder können. Wie wunderbar, dass die Heimkleidung dabei gar keine Rolle spielte.

Noch ein paar Wochen später versorgten die neuen Freundinnen sie mit ihren Pausenbroten, die von ihren Müttern daheim liebevoll zubereitet wurden. Zur Krönung waren diese Gaben manchmal dick mit Schokoladenstreuseln bedeckt. Doch auch die mit Käse oder Wurst schmeckten tausendmal besser als die pappigen mit der bleichen Schmiere aus dem Heim.

Elke warf das eigene Frühstück einfach über den Zaun zu den Hühnern, die neben dem Schulhof in einem Gehege herumscharrten, und ließ sich von den Familienkindern mitversorgen.

Allerdings musste sie dabei stets auf der Hut sein, dass die Heimkinder sie nicht beobachteten und später im Kloster verpetzten.

Nachdem sie wieder einmal heftige Prügel für ein paar unbedachte Widerworte bezogen hatte, beschloss Elke aus dem Heim zu fliehen.

Nach dem Schulunterricht am nächsten Tag gelang es ihr, auf dem Heimweg unbemerkt auszubüxen und sich in einem dichten Gebüsch zu verstecken. Den Weg zu Evas Zuhause kannte sie. Es lag gut sichtbar gegenüber der Schule. Als die Luft rein war, lief sie dorthin und stand kurze Zeit später vor der Wohnungstür ihrer Freundin und deren Eltern.

Überrumpelt starrten sie das Mädchen an. Als sie ihre Sprache wiedergefunden und begriffen hatten, wer sie war, baten sie Elke freundlich herein.

Das Heimkind betrat ein sorgfältig möbliertes Wohnzimmer. Vielleicht hatte es damals im Haus der Eltern in Aussig ebenso prachtvoll ausgesehen, doch Elke konnte sich nicht mehr daran erinnern. Zierliche Wandschränke waren hier auf Hochglanz poliert. Rund um eine Sofagarnitur mit zartgrünen Samtbezügen waren Schüsseln voll mit Obst oder Süßigkeiten und Porzellanfiguren fein aufeinander abgestimmt angeordnet. Die Wände zierten Ölbilder, die sanft beleuchtete Landschaften in die Stube zauberten. In Silber gerahmte Fotos dokumentierten die Kindheit der lachenden Tochter des Hauses. Elke war überwältigt.

„Ich möchte hierbleiben", erklärte sie, so überzeugend sie konnte und bemühte sich, ihre Tränen zurückzuhalten.

Mit einem Familienzuwachs war Eva sofort einverstanden. Immer schon hatte sie sich Geschwister gewünscht.

„Au, ja", jubelte sie begeistert. „Dann kannst du zusammen mit mir im Kinderzimmer wohnen!" Sie wendete sich an ihre Eltern. „Bitte, bitte, Mama, Papa!"

Doch Evas Eltern reagierten reserviert. Auf dem Samtsofa im Wohnzimmer versuchte Elke, sie von ihrem Anliegen zu überzeugen. Sie erzählte von ihrem Heim und der Erzieherin, und warum sie dort nicht länger bleiben wollte. Als die fremden Eltern zurückhaltend blieben und die Begeisterung ihrer

Tochter nicht recht teilten wollten, verlor Elke ihre Fassung und begann hemmungslos zu weinen.

Die Erwachsenen sahen sich betreten an und nahmen das Kind in den Arm. Dabei entdeckten sie die feuerroten Andenken an Fräulein Annemaries letzte Prügelattacke auf ihren Oberarmen und machten sich stumm darauf aufmerksam. Vorsichtig schob Evas Mutter den Pullover hoch und betrachtete den Rücken des Kindes. Er war übersät mit blauen und grünen Flecken. Traurig schüttelte sie den Kopf und bot dem kleinen Gast rasch von den herumstehenden Süßigkeiten an.

„Wir werden im Heim trotzdem Bescheid sagen müssen", erklärte der Vater eine ganze Weile später, nachdem die Tränen versiegt waren, und Mitgefühl und Schokolade ein wenig getröstet hatten.

„Es tut uns so leid, dass wir nicht helfen können. Aber du kannst nicht bei uns bleiben. Wir machen uns sonst strafbar."

„Bitte schickt mich nicht zurück", flehte Elke.

Doch sie begriff, dass ihre Chancen schlecht standen. Die Nonnen hatten das Recht auf ihrer Seite, und nicht einmal Evas Familie konnte das ändern.

Auch dieses Mal bewies das Heim seine Macht eindrucksvoll und schickte einen Streifenwagen mit zwei Uniformierten vorbei, um das Kind abzuholen.

Rüde zerrten die Polizisten die kleine Delinquentin aus der Wohnung und stießen sie in das bereitstehende Auto. Als sie abgeführt wurde, schämte sich Elke in Grund und Boden und leistete keinen Widerstand.

„Jetzt bin ich eine Verbrecherin", dachte sie. „Ob ich wohl in eine Erziehungsanstalt komme?" Ihre Brüder und den Großvater würde sie dann nie wiedersehen. Sie weinte, bis die Ärmel ihres Mantels durchweicht waren.

Damit ihnen das Kind nicht wieder entwischte, überreichten die Polizisten es der Nonne an der Pforte mit einem schmerzhaften Klammergriff.

„Hier habt ihr euren Ausreißer zurück. Passt nächstes Mal besser drauf auf!"

Mit gesenktem Kopf ließ sich Elke zurück in ihre Gruppe führen. Die Mädchen tuschelten und feixten. Bei denen war sie nun wohl für immer als Versagerin gebrandmarkt.

Wie erwartet griff Fräulein Annemarie auf ihre bewährten Erziehungspraktiken zurück. Am Abend vor dem Schlafengehen nahm sie das Mädchen beiseite und verprügelte es systematisch von oben bis unten.

„...Damit du diese Lektion für den Rest deines Lebens ja nicht wieder vergisst!" schrie sie Elke ins Ohr und schlug klatschend im Takt dazu.

Auf dem Jakobsweg

Am nächsten Morgen findet Anja ihre Mitpilgerin verweint neben sich im Bett sitzen.

„Es wird mir alles zu viel", schluchzt Elke. „Mein Rücken tut weh von diesem verdammten Rucksack. Meinen Freunden zuhause schreibe ich immer, dass ich sie alle mitnehme auf dem Weg! Aber das schaffe ich gar nicht. Der Ballast, den ich da mit mir rumschleppe, ist einfach viel zu schwer!"

Sie schnieft und knüllt ihr Taschentuch zusammen.

„Und dann ist da auch noch diese ganze schreckliche

Kindheit! Dauernd kommen die alten Erinnerungen hoch. Ich weiß auch nicht, warum. Eigentlich dachte ich ja, das wäre alles längst überwunden. Aus und vorbei. Ist doch schon ewig lange her das Ganze! Ach, ich weiß grad überhaupt nicht mehr weiter."

Anja hört ihr stumm zu und überlegt.

„Wie wär's, wenn wir uns deinen Rucksack mal gemeinsam vornehmen und all den unnötigen Ballast radikal aussortieren?", schlägt sie schließlich vor. „Was du nicht unbedingt brauchst, schickst du einfach nach Hause. Wahrscheinlich ist er dann nur noch halb so schwer. Und unterwegs erzählst du einfach noch ein bisschen von der seelischen Bürde, die du mit dir rumschleppst. Also nur, wenn du willst, natürlich."

Nachdem Elke all ihr überflüssiges Gepäck zur Post gebracht hat und neben fast fünf Kilo Gewicht auch noch um 34 € 90 für Porto erleichtert worden ist, treffen sich die beiden Frauen in einem Café, in dem sie sich für die lange Etappe, die heute vor ihnen liegt, erst einmal stärken.

Danach verbringen sie wieder einen Wandertag mit Gesprächen. Elke erzählt von ihrem Leben im Wuppertaler Kinderheim, und Anja fragt nach den Hintergründen:

„Warum hat diese Einrichtung eigentlich eine Erzieherin geduldet, die so ganz offensichtlich Kinder misshandelte? Weißt du etwas zu dieser Frau?"

„Ja, meine Tante hat beim Jugendamt gearbeitet. Später, als ich schon größer war, hat sie einiges dazu herausgefunden. Meine Erzieherin, dieses Fräulein Annemarie, kam wohl aus dem Osten, aus irgendeiner kinderreichen Landarbeiterfamilie. Mit sechzehn hat es sie zum Reichsarbeitsdienst ins Rheinland verschlagen, und danach gelang es ihr irgendwann, diesen Erzieherposten bei den Franziskanerinnen zu ergattern. Auf jeden Fall hatte sie keinerlei pädagogische Ausbildung genossen. Das ist sicher. Darauf haben die Nonnen bei der Einstellung nicht bestanden. Die haben einfach angenommen, dass Erfahrungen mit vielen Geschwistern und mit der Landwirtschaft genug qualifiziert.“

„So nach dem Motto: Wer mit Schweinen und Ochsen zurechtkommt, der schafft das auch mit Kindern“, versucht Anja zu scherzen, doch sie klingt wütend. „Schrecklich, so eine Kindheit! An der Stelle von Evas Eltern hätte ich die Misshandlungen sofort angezeigt!“

Sie überlegt einen Moment. „Aber Anfang der fünfziger Jahre waren solche Gewaltexzesse in der Erziehung wahrscheinlich noch gar nicht strafbar.“

Die Geschichte belastet sie auch, denkt Elke.

Laut überlegt sie: „Ja, vermutlich. Damals hatten sie andere Prioritäten als heute. Besonders die Nonnen. Denen war vor allem wichtig, dass die Erzieherin katholisch war und fügsam“, erzählt sie weiter. „Meine Tante war davon überzeugt, dass Annemaries Vater Alkoholiker war und regelmäßig Frau und Kinder verdroschen hat.“

Sie schlägt mit der flachen Hand wie eine Sense durch die hohen Gräser am Wegesrand.

„Das kann gut sein, denn die Erzieherin hat immer mal betont, dass ihr selbst als Kind die Prügelei gutgetan hätte. Sonst wäre nichts Rechtes aus ihr geworden, hat sie behauptet.“

Darüber denkt Anja eine Weile nach.

„Aus Opfern werden häufig Täter, habe ich mal gelesen. Bestimmt konnte sich dieses Fräulein Annemarie kein Erziehungsproblem vorstellen, dass nicht mit Schlägen zu lösen war."

Elke nickt ungeduldig.

„Schon möglich, aber jetzt habe ich genug davon! Schluss! Aus! Den Rest des Weges will ich mir diese Erinnerungen ersparen. Also lass uns über etwas anderes reden als immer nur über meine verkorkste Kindheit. Erzähl du doch mal", fordert Elke ihre Gefährtin auf. „Du hattest bestimmt einen völlig anderen Start."

Anja tut ihr den Gefallen und berichtet von ihrer Mutter, die sie überbehütet hatte und vom Vater, einem seelisch und körperlich verletzten Kriegsveteran. Er hatte sich ebenfalls an sein einziges Kind geklammert wie an einen Rettungsring.

„Ständig haben sie versucht, mir alle Schwierigkeiten aus dem Weg zu räumen. Heute würde man sie wahrscheinlich ‚Helikopter-Eltern' nennen. Sie haben mich ein bisschen zu sehr geliebt. Das war so ungefähr das Gegenteil deiner Erziehung."

Nachdenklich hört sich Elke die Zusammenfassung dieser Kindheit an, die so unvorstellbar anders verlaufen ist als ihre eigene.

„Sich von solchen erdrückenden Eltern zu befreien, ist wohl auch nicht einfach", vermutet sie. Hätte sie nicht trotzdem gern getauscht? Wie anders wäre ihr Leben dann verlaufen?

Unterdessen überqueren sie zügig einen Berg und durchstreifen zahlreiche kleine Ortschaften, in denen sich überraschend viele Kinder tummeln. In den Tagen zuvor sind ihnen die Dörfer eher einsam und ausgestorben erschienen. Heute jedoch sitzen Frauen und ältere Männer vor ihren Häusern und klönen im Sonnenschein. Ein friedliches Bild! Gleichzeitig rumort es im Hintergrund der Siedlungen. Betonmischer und Baggern rumpeln und schaufeln sich durch die Landschaft. Überall wachsen neue Wände in die Höhe. Neubauviertel schieben sich Stück für Stück in die Ortschaften hinein und scheinen sie aus ihrem Dornröschenschlaf zu erwecken.

Mittags meldet sich Elke Handy, und sie widmet sich im Wanderschritt den neusten SMS-Nachrichten.

Lächelnd lässt sie danach die Natur rundherum auf sich wirken. Die saftig grüne Landschaft außerhalb der Orte wirkt ganz anders, als Elke sie von den Ländern am Mittelmeer kennt. Eher erinnert sie die Gegend an das Voralpenland mit seinen wildblumenreichen Wiesen. Tief saugen die Frauen die klare Luft in ihre Lungen und streifen die bedrückenden Geschichten ab wie eine alte Haut.

„Wollen wir mal was singen?", schlägt Elke nach einer Weile vor. „Im Heim haben wir viel gesungen. Das habe ich immer so schön gefunden." Erstaunt hält sie inne. „Ja, es gab tatsächlich etwas im Heim, was ich genossen habe."

Ohne auf eine Antwort zu warten, stimmt sie ein Lied an „Im Frühtau zu Berge wir zieh'n, fallera. Es grünen die Wiesen und Höh'n, fallera…"

Das laute Singen zieht ihre Stimmung weiter bergauf.

Hinter einem lichten Wäldchen treffen sie einen älteren Berliner, der fast so aussieht wie man sich Gandalf, den Zauberer, aus den Hobbit- Büchern vorstellt. Nur seine Outdoor- Kleidung wirkt weniger märchenhaft.

„Zehn Jahre habe ich mich auf den Jakobsweg vorbereitet", erzählt er und stützt sich am Ende eines steilen Aufstiegs schwer atmend auf seinen hölzernen Hirtenstab. Mit seiner Korkenzieherform ist er mittelalterlichen Vorbildern so genau wie möglich nachempfunden.

„Und seit ich in Rente bin, ging's auch gleich los mit dem Pilgern."

Die Frauen sehen sich verwundert an.

„Was kann man denn in zehn Jahren so alles vorbereiten?", fragt Elke. „Meine einzige Vorbereitung bestand darin, dass ich mir diesen Rucksack gekauft habe. Dazu das Flugticket und ein paar Klamotten. Das war alles, was mir eingefallen ist."

„Na, Spanisch kann man lernen, zum Beispiel. All die Literatur durchforsten – es gibt unendlich viele Bücher darüber. Alles über die vielen Sehenswürdigkeiten herausfinden, damit man nachher nicht an irgendwas Bedeutsamen vorbeiläuft, ohne es zu ahnen."

„Erlebt man denn überhaupt noch Überraschungen, wenn man jeden Schritt so gründlich vorausplant?", fragt Anja skeptisch.

Gandalf sieht sie erstaunt an.

„Aber sicher. Pilgern ist immer noch ein großes Abenteuer. Der Weg hält so viel Unvorhergesehenes bereit! Ich bin offen für alles! Dieses Jahr gehe ich erstmal diesen *Camino Francais* nächstes Jahr den *Camino Duro* und danach über die Alpen nach Rom oder durch den Orient nach Jerusalem. Mal sehen."

Anja wundert sich. „Pilgern als Lebensinhalt. Da haben Sie sich aber viel vorgenommen!"

Er nickt fröhlich.

„Ganz genau. Auf diese Weise bleibt das Leben im Alter spannend, nicht wahr! Außerdem ist das bestimmt gesund."

Bald haben sie Gandalf hinter sich gelassen. Bei ihrem heutigen strammen Tempo überholen sie viele weitere Pilger. Die Japaner fallen ihnen schon von weitem auf, weil sie in grellbunten Regenjacken wandern, obwohl die Sonne drückend heiß vom Himmel brennt.

„Dass die bei diesem Wetter nicht schmelzen in ihrer Plastikhülle!" Anja betrachtet sie mit hochgezogenen Augenbrauen.

„Die Verpackung wundert mich nicht", bekräftigt Elke. „In Düsseldorf gibt es eine japanische Kolonie mit eigenen Geschäften und so. Dort wird sogar jeder Keks einzeln eingeschweißt verkauft."

Ihre Gefährtin lacht laut auf. „Und deshalb schweißen sie sich selbst auch ein?"

Ach, gemeinsam lässt es sich so herrlich über andere lästern. Nett ist das sicher nicht, aber irgendwie stärkt es das Band zwischen ihnen.

Als sie nach zwanzig Kilometern den Ortsrand von Los Arcos erreichen, winkt eine junge Frau über den Gartenzaun, hinter dem sie gerade eine Hacke durch ihre Beete zieht.

„Peregrinos?", fragt sie strahlend und lädt die Pilger sogleich ein, bei sich und ihrer Familie zu übernachten.

Behaglich eingerichtet ist dieses spanische Heim. Zahlreiche Andenken und Porzellanfiguren dekorieren die Räume und drücken ihnen einen persönlichen Stempel auf. Elke sieht sich neugierig im Wohnzimmer um.

Schon wieder fühlt sie sich in alte Zeiten zurückversetzt. Alles hier erinnert sie an das Zuhause ihrer einstigen Schulfreundin Eva. Dort waren die dekorativen Elemente ebenso sorgfältig arrangiert und aufeinander abgestimmt. Inzwischen hat sich ihr persönlicher Geschmack zwar völlig verändert, aber als Kind hätte sie sich nichts Schöneres vorstellen können.

Die Familie bittet die beiden Frauen an den Esstisch zu einem Fischgericht, das heiß aus dem Ofen kommt. Kurzerhand wird es durch fünf statt durch drei geteilt und mit Brot ergänzt. Die Gastgeber scheinen unangemeldeten Besuch gewohnt zu sein.

Wo die beiden Frauen herkämen, wollen die Spanier nun gern wissen. Und wie es sich in so reichen Großstädten wie Düsseldorf und Hamburg wohl lebe.

„Sie laden oft Pilger zu sich ein", übersetzt Anja das Credo ihrer Gastgeber. „Es gibt doch nichts Schöneres, als die weite Welt bei sich zu Gast zu haben, sagen sie. Außerdem fordert Jesus das von der Christenheit. Die Leute hier nehmen seine Botschaft offenbar ernst."

„Damit sind sie wohl eher eine Ausnahme", erwidert Elke.

„Son hermanas ustedes?", fragt der Hausherr die Besucherinnen später bei einem *café con leche*.

„Er will wissen, ob wir Schwestern sind", gibt Anja verwundert weiter.

Was für ein seltsamer Gedanke!

„Ein schöner Gedanke!" strahlt Elke. „Ich habe mir immer eine Schwester gewünscht. Also mit dir als Schwester kann ich mich sofort anfreunden!"

Nach der ausgiebigen Mahlzeit zeigt ihnen die Tochter des Hauses das Gästebuch. Neugierig blättern die Neuankömmlinge darin herum. Wie viele Pilger aus verschiedenen Ländern hier schon übernachtet haben! Und nicht nur Europäer, sondern auch Amerikaner, quer durch den Kontinent von Kanada bis Argentinien, außerdem zahlreiche Asiaten und sogar zwei Pilger von der gegenüberliegenden Seite der Welt, aus Neuseeland. Beeindruckend. In der Tat!

Selbst der Dank einer kompletten Gruppe geistig behinderter Jugendlicher und ihrer Betreuer aus Dänemark findet sich im Gästebuch. Wie die wohl alle in dem überschaubaren Bungalow Platz gefunden haben?

Am Abend überlassen die Gastgeber den beiden Frauen ihr Schlafzimmer und übernachten bei ihrer Tochter.

Nach einem reichhaltigen Frühstück am nächsten Morgen werden die Pilgerinnen mit einem dicken Lunchpaket herzlich verabschiedet. Geld wollen die Gastgeber nicht annehmen.

Die Erlebnisse in der spanischen Familie inspirieren die Wanderschwestern auf dem Muschelweg des nächsten Tages.

„Das war ein echtes Highlight", schwärmt Anja. „Was für eine Gastfreundschaft! Auf jeden Fall habe ich mir Namen und Adresse notiert. Dann können wir ihnen später mal ein Dankeschön schicken."

„Diese Leute habe ich echt bewundert!" stimmt Elke ihr zu. „Dass sie einfach fremde Leute von der Straße weg zu sich einladen! Unglaublich! Also ich würde mich das niemals trauen."

Anja sieht sie erstaunt an.

„Wieso nicht? Ist doch interessant, internationale Gäste

zu Besuch zu haben. Das könnte ich mir schon vorstellen."

„Und wenn da nun zwielichtige Gestalten dabei sind? Diebe oder irgendwelche Verrückte? Das sieht man doch nicht auf den ersten Blick."

Anja zuckt mit den Schultern.

„Aber das haben wir doch grade eben von unseren Gastgebern gelernt: Wer Fremden weniger misstraut und freundlich auf sie zugeht, erlebt umso mehr Gutes."

„Tja, ich bin schnell misstrauisch", überlegt Elke. „Wahrscheinlich sind meine Heimerfahrungen daran schuld. Zu Fremden Vertrauen aufzubauen, ist mir immer schon schwergefallen."

„Aber ich bin ja lernfähig", fügt sie nach einer Weile hinzu. „Immerhin habe ich jetzt eine Pilgerschwester dazugewonnen, die mir dabei hilft!"

3

Das Donnerwetter

Las Arcos - Viana

Am späten Vormittag künden graue Wolkentürme am Himmel von Regen und Unwetter. Die Pilgerschwestern beschleunigen ihre Schritte.

„Wir müssen unser Tempo unbedingt beibehalten, wenn wir trocken ankommen wollen", drängt Anja. „Die Etappe hier vor uns ist ziemlich lang. Im Wanderführer steht, dass es vor Viana keine Unterkünfte und Einkehrmöglichkeiten gibt. Die Gegend hier scheint sehr dünn besiedelt zu sein."

Heute sind viele Wanderer unterwegs, die eilig vorwärtsstreben. Auf einer steil abfallenden asphaltierten Straße saust eine Schlange von Rennradfahrern mit Schwung an ihnen vorbei. Hauteng, wie in einer Wurstpelle, sind sie in Trikots gezwängt, die in allen Farben des Regenbogens leuchten. Den Pilgerweg nehmen sie sportlich.

Außergewöhnlich langsam ist dagegen ein älteres Ehepaar unterwegs, das weit voraus in ihr Sichtfeld gerät. Wie ein Pferdegespann ziehen sie einen umgebauten Kinderwagen voller Gepäck hinter sich her, das mit einer blauen Plastikplane geschützt ist. An der Achse sind die Leinen befestigt, die zu ihren Gürteln führen. Die beiden Alten halten sich untergehakt aufrecht und stimmen ihre Schritte aufeinander ab. So bringen sie ihre Last Stück für Stück voran. Als es anfängt zu regnen, zieht die Dame einen Knirps aus ihrer Handtasche und spannt ihn über sich und ihren Gatten auf.

Elke stößt Anja in die Seite und weist mit der Hand voraus.

„Schau mal die beiden Alten dort! Wie rührend."

Als sie das seltsame Gespann überholen, strahlt die Frau über ihr ganzes glänzendes Gesicht, das von unzähligen Falten durchzogen ist. Ihren Kopf bekränzen schneeweiße Locken. Der Ehemann lacht und hebt die Hand zum Gruß hoch über seinen haarlosen Schädel. Anja spricht sie auf Spanisch an und lässt sich ihre Geschichte erzählen.

„Bis vor kurzem haben sie ein Geschäft in Tolosa geführt", übersetzt sie später. „Sie haben ein Gelübde abgelegt und wollen aus Dankbarkeit für die Genesung ihrer Tochter gemeinsam diese Wallfahrt nach Santiago bewältigen. Zu Fuß Schritt um Schritt um Schritt. Solange es eben dauert in ihrem Schneckentempo. Wenn sie dieses Jahr nicht ankommen, dann halt im nächsten. Das sehen sie vollkommen entspannt. Sie singen viel unterwegs, sagen sie und sind wohl sehr zuversichtlich, dass sie noch vor ihrem Tod in Santiago ankommen."

„Sie scheinen ja eine Menge Gottvertrauen zu besitzen", bemerkt Elke beeindruckt.

„Ja", stimmt Anja ihr zu. „Das bewundere ich sehr."

Kurz nach dieser Begegnung schickt ein gelber Pfeil die beiden von der Asphaltstraße, der sie bisher gefolgt sind, auf einen ausgetretenen Pfad über eine spärlich bewachsene Heidelandschaft. Unterdessen türmt sich ein Wolkengebirge am Himmel über ihnen auf. Einer der Wolkenberge nimmt die Form eines gigantischen Ambosses an.

„Ach du Schreck", ruft Anja, „dieses Gebilde da oben kenne ich. Das bedeutet Unwetter. Wir müssen uns beeilen!"

Hinter den strahlend weißen Wolkentürmen schiebt sich eine grauschwarze Front heran und verdrängt die letzten Sonnenstrahlen. Sofort wird es kalt. Frische Böen wirbeln seitlich in ihre Regenponchos und bringen sie zum Flattern wie Wäschestücke auf einer Leine.

Hat der Regen bis dahin sacht getröpfelt, verwandelt er sich nun in einen wahren Wolkenbruch. In der Ferne grollen Donnerschläge, die schnell näher rücken. Wie ein Raubvogel ist das Gewitter urplötzlich über ihnen. Unmittelbar neben den Wanderern schlagen jetzt grelle Blitze ein und treiben die Menschen über der Hochebene von Navarra vor sich her. Die Landschaft erstreckt sich flach und baumlos bis zum Horizont. Weit und breit ist kein Unterschlupf in Sicht.

„Wir haben noch mindestens zehn Kilometer bis zum nächsten Ort", jammert Anja.

Atemlos und durchnässt versuchen sie und andere vorwärtsstürmende Pilger, der Wut des Unwetters zu entfliehen. Doch das Gewitter hält mit ihnen Schritt und lässt sie nicht entkommen. Der Regen prasselt so heftig auf sie ein wie am ersten Tag der Sintflut. Gleißend helle Blitze zerschneiden das Wolkendunkel und tauchen die nasse Landschaft in ein gespenstisches schwefelfarbenes Licht.

„Schneller, lauf schneller", brüllt Elke durch das ohrenbetäubende Krachen und Tosen und Stürmen. „Hier auf dem freien Feld kann uns jederzeit der Blitz treffen!"

„Es geht um Leben und Tod!" schießt es ihr durch den Kopf.

„Los, komm schon! Wir müssen weg von hier!"

„Meine Stiefel sind voller Wasser", schreit Anja zurück. „Schneller kann ich nicht!"

Als sie den Stadtrand von Viana erreichen, lässt der Regen endlich nach. Mitten auf der Straße bricht plötzlich eine Lachsalve aus Anja hervor wie Lava aus einem Vulkan.

„Wir haben es geschafft, Elke! Ich kann es kaum glauben! Wir leben noch", kreischt sie, als sei sie betrunken. „Ich könnte mich auf der Stelle auswringen, so durchweicht bin ich, und du siehst auch nicht besser aus!"

Sie hüpft mit ihren Wanderstiefeln herum, die schmatzende Laute von sich geben.

„Nee, also nasser werden können wir definitiv nicht mehr! Aber wir haben es geschafft. Juhu!" Jauchzend tanzt sie die überspülte Straße entlang.

„Drehst du jetzt völlig durch?", schreit Elke sie an, doch sie lässt sich vom Gelächter anstecken, so unfassbar verrückt erscheint die ganze Situation.

Die Abwasserkanäle in den Straßen können die Regenmengen nicht fassen. Wasserläufe sprudeln aus den Gullys hervor wie aus weit geöffneten Hähnen. Sie strömen ihnen entgegen und glucksen bei jedem Schritt in ihren Schuhen. Die beiden Frauen waten einen Hügel hinauf, der aus der weiten Ebene herausragt, wie Robinson Crusoes Südseeinsel.

Durch einen reich verzierten Torbogen in einer mittelalterlichen Stadtmauer betreten sie das Zentrum der Altstadt. Viele andere Pilger durchstreifen bereits emsig wie die Ameisen die Gassen auf der Suche nach einer Unterkunft.

Über der Sorge zu spät zu kommen, vergeht den beiden Frauen schnell das Lachen. Sie folgen dem Beispiel der anderen und fragen sich durch alle Hotels, Herbergen und Pensionen hindurch, die sie finden können. Der Preis ist ihnen inzwischen völlig egal. Doch an den Rezeptionen müssen keine Listen nach freien Zimmern durchforstet werden. Alle sind restlos belegt.

Elke und Anja stranden unter Arkaden und sehen sich um.

„In welcher Straße waren wir denn noch nicht?", fragen sie sich. „Irgendwo muss es doch noch ein Bett für uns geben!"

Ein junger Pilger, der, wie Jesus persönlich, nur mit Latschen und einem Wanderstab ausgerüstet ist, bettelt sie um Geld für eine Mahlzeit an. Er scheint nichts zu besitzen als die Kleidung, die er am Leibe trägt. Sie stammt nicht aus einem Outdoor-Laden, wie die Frauen auf den ersten Blick erkennen können.

„Normalerweise übernachte ich in Pilgerherbergen", erklärt er ihnen auf Englisch. „Die kosten nichts, und man muss auch nichts spenden. Dort schnorre ich mir sonst immer mein Essen. Aber die Herbergen sind alle überfüllt. Keine hat mich aufgenommen."

Um seinen Schlaf machte er sich keine Sorgen. Er werde mit dem Bürgersteig vorliebnehmen, versichert er ihnen. Das sei kein Problem.

So wie er beginnen andere Pilger damit, sich auf eine Nacht im Freien einzurichten. Sie breiten Isomatten oder Kartonpappen aus und kuscheln sich in ihre Schlafsäcke.

Doch davon will Elke nichts wissen.

„Wie furchtbar! Das ist doch viel zu kalt! Wir sind ja alle noch klitschnass. Hier holen wir uns den Tod! Nee! Also für mich ist das nichts!"

Nachdem die beiden noch einmal alle Gassen durchstreift haben, beschließen sie, zusammen mit dem mittellosen Jesus in eine Bar einzukehren, um erst einmal ein wenig zu trocknen. In der gut beheizten Kneipe beginnen sie zu dampfen wie ein Auflauf aus dem Backofen.

Während sie auf ihre Mahlzeit warten, galoppieren Stierkämpfe über einen Flachbildschirm, der eine Wand ausfüllt. Wie am Fließband bohren sich Lanzen in kraftstrotzende Tiere. Eins nach dem anderen bricht blutüberströmt zusammen. Angewidert wenden sich die Frauen ab.

Immerhin ist die Wärme in ihre Glieder zurückgekehrt und mit ihr die Zuversicht. Doch der Wirt, der mit dampfenden Tellern heißer Suppe auftaucht, nimmt ihnen sofort jede Hoffnung auf ein freies Bett:

„Ya no hay cama libre en toda la ciudád!"

Es ist zum Verzweifeln!

Als es dunkel wird, verabschiedet sich Jesus von ihnen und wendet sich den Arkaden zu. Die beiden Wanderschwestern irren wieder allein weiter durch die Straßen. Plötzlich springt eine Frau aus einer Toreinfahrt heraus und wedelt mit der Hand. In der schwach beleuchteten Gasse ist sie nur als dünner Schattenriss zu erkennen.

„Holá! Escúchame! Están buscando una habitación? Puedo alquilarlas una", ruft sie mit einer schrillen Fistelstimme.

Auf Elke wirkt die Gestalt ein wenig wie die Hexe aus

Hänsel und Gretel. Zugleich erinnert sie an Fräulein Annemarie. Elke merkt, wie sich die Nackenhaare sträuben und sich Gänsehaut breitmacht. Ihre Hand krallt sich in Anjas Ärmel. Hastig versucht sie, die Kollegin mit sich fortzuziehen.

„Los, schnell! Komm weg von dieser Verrückten!"

Aber Anja rührt sich nicht vom Fleck.

„Warte mal. Wenn ich die Frau richtig verstehe, hat sie ein Zimmer für uns."

Das Zimmer liegt im Souterrain und ist feucht und kalt. Durch ein Fenster hoch oben unter der Decke dringt kein einziger Lichtstrahl von draußen herein. Ein Bad findet sich in einem Nachbarflur und einen Zimmerschlüssel suchen sie vergebens. Immerhin bietet ihr Kellerraum mehr Wetterschutz als die Arkaden der Hauptstraße. Die Frauen hängen ihre nassen Klamotten über Stühle, Stehlampen, Fensterhaken und über alles, was sich zum Ausbreiten anbietet. Bald gleicht das Zimmer einem Kunstwerk von Christo.

Die nassen Wanderstiefel stopfen sie mit Toilettenpapier aus. In einer Schublade im Flurschrank entdeckt Anja einen Föhn und schwingt ihn triumphierend.

„Super! Damit kriegen wir bestimmt unsere Schuhe trocken!"

Doch von so viel Nässe überfordert, explodiert der Föhn mit einer Stichflamme. Er schickt eine stinkende Qualmwolke zur Zimmerdecke empor und löst einen Kurzschluss aus. Auf einen Schlag sind das Zimmer und der Flur stockfinster. Vorsichtig tasten sich die Frauen zwischen den Rucksäcken und ihrem verstreuten Inhalt zu ihren Betten durch. Was bleibt ihnen nun anderes übrig, als sich hinzulegen und zu schlafen.

Doch Elke wälzt sich in ihrem Bett herum und starrt in die Dunkelheit. Unwillkommene Erinnerungen erwachen zum Leben und drängen sich unaufhaltsam in ihr Bewusstsein. Die überstandenen Schrecken und die hagere Zimmerwirtin passen wie ein Déjà-vu in die Bilder ihrer Heimvergangenheit.

Wuppertal 1951 – 1952

An einem der trüberen Herbsttage hockte Elke mit ihren Leidensgenossinnen am Mittagstisch. Acht Jahre alt war sie im Frühling geworden. Jedes Kind hatte vor sich einen tiefen Teller voller Milchsuppe stehen. Wie üblich löffelten alle wortlos vor sich hin. Nur Elke zögerte.

Unförmige weiche Mehlklößchen schwammen in der weißen Brühe herum. Vorsichtig hatte sie ein Stückchen von einem dieser Klumpen probiert. Sofort spuckte sie es wieder unauffällig in die Suppe. Es hatte die Konsistenz von Kot und schmeckte ebenso widerlich. Angeekelt schüttelte sie sich und überlegte angestrengt, wie sie um dieses Essen herumkommen könnte. Leider hatte Fräulein Annemarie an diesem Tag allein die Tischaufsicht, und das versprach wenig Hoffnung auf einen Ausweg. Elke rührte weiter in der Milchsuppe herum. Schließlich gab sie sich einen Ruck und schlich zu der Aufseherin.

„Mir ist schlecht. Darf ich gehen?", fragte sie vorsichtig.

Die Erzieherin funkelte sie an.

„Kommt gar nicht in Frage, 106. Auch für dich gibt's hier keine Extrawürste. Merk dir das endlich. Du isst jetzt sofort deinen Teller leer!" kommandierte sie und gab dem Mädchen einen Schubs in Richtung ihres Platzes. „Na, wird's bald?!"

Elke blieb stehen und zögerte kurz.

„Ich kann das nicht essen", erklärte sie mit dünner Stimme und senkte den Kopf. Sie traute sich nicht, in die stechenden Augen zu blicken. „Vielleicht bin ich ja krank. Ich glaube, ich muss gleich brechen."

Dieses Argument sollte selbst Fräulein Annemarie überzeugen, überlegte sie hoffnungsvoll. Doch das tat es nicht. Das Gesicht der Erzieherin bekam rote Flecken und begann zu glühen.

„Du setzt dich auf der Stelle auf deinen Platz, 106, und bleibst dort so lange sitzen, bis der Teller leer ist!" schrie sie und fuchtelte mit ihrem Löffel in der Luft herum, dass Tropfen über den Tisch spritzten.

Elke schlich zu ihrem Teller zurück, setzte sich und rührte weiter mit ihrem Löffel. Alles was sie ausgerichtet hatte war, Fräulein Annemaries Aufmerksamkeit auf sich zu lenken. Die Erzieherin folgte ihr wortlos und goss ihr eine weitere Kelle Milchsuppe auf die unberührte Portion obendrauf. Danach begab sie sich wieder an ihren Platz und schickte triumphierende Blicke über den Tisch.

Elke kniff die Lippen zusammen. Nein, dieses eklige Zeug bekam sie nicht hinunter, beschloss sie, egal welche Strafe ihr auch immer dafür drohte!

Als die anderen Kinder ihre Mahlzeit beendet hatten, saß sie immer noch vor ihrem gefüllten Teller. Sie hatte den Löffel beiseitegelegt. Die Erzieherin rauschte wie eine Gewitterfront heran.

„Du isst das auf der Stelle auf!" befahl sie unnatürlich leise.

„Kann ich nicht!" erklärte Elke fest.

Als die Erzieherin den Arm zum Schlag erhob, flüchtete Elke und brachte den Esstisch zwischen sich und die drohende Strafe. Fräulein Annemarie versuchte, das Kind einzuholen, doch sie war längst nicht so flink. Hart stieß sie an die Tischkanten und schubste keuchend Kinder und Stühle aus dem Weg. Ihr Geschrei steigerte sich mit jedem Augenblick.

„Bleib sofort stehen!" kreischte sie und begann, nach Atem zu ringen.

Die anderen Kinder verfolgten das Geschehen mit verängstigten Gesichtern. Diesmal grinste oder feixte niemand von ihnen, vielleicht weil sie fürchteten, von der schäumenden Wut etwas abzubekommen. Lieber versuchten sie, die Erzieherin abzubremsen.

„Nicht!" flehten sie. „Bitte, Fräulein Annemarie, hören Sie auf!"

Doch die Rage der Erzieherin steigerte sich nur. Nun gab es kein Halten mehr. Die anderen Kinder drängten sich an die Wand und schrien, während das Fräulein sich einen Stuhl bei der Lehne griff und ihn quer über den Tisch auf die Flüchtige schleuderte. Er traf Elke an Kopf und Schulter. Sie strauchelte. Wie der Blitz war die Verfolgerin über ihr und prügelte wie eine Furie auf sie ein.

„Du- wirst- jetzt- sofort- tun- was- ich- dir- sage!"

Mit jedem Schlag unterstrich sie eins ihrer Worte. Die Kleine hob abwehrend die Arme über ihren Kopf, und so prasselten die Schläge ohne Pause auf Rücken und Arme nieder.

Zitternd ging Elke zu Boden. Sie krümmte sich dort zusammen. Instinktiv versuchte sie, sich so klein wie möglich zu machen, und Nacken und Kopf mit den Armen zu schützen. Ohne einen Laut von sich zu geben, ließ sie nun die Misshandlung wie einen Gewittersturm über sich ergehen. Irgendwann musste es doch enden! Die nähere Umgebung vor ihren Augen verschwamm in Tränen, doch sie schluckte sie hinunter.

Als das Mädchen keine Anstalten machte, zu jammern oder um Gnade zu flehen, geriet die Wut der Erzieherin außer Kontrolle. Wieder griff sie nach dem Stuhl, packte ihn bei einem Bein und versuchte, ihn auf dem Kind zu zertrümmern.

Elke überflutete eine Woge von Todesangst. Jetzt begann sie doch zu kreischen.

„Es geht um Leben und Tod", hämmerte es in ihrem Kopf. „Gleich muss ich sterben!"

Nun brüllten auch die übrigen Kinder so laut sie konnten. In dem Moment, als ein Stuhlbein absplitterte, ertönte von der Tür her eine schrille Stimme.

„Um Himmels willen! Aufhören! Sofort!" schrie Schwester Frieda und rauschte mit flatternden Gewändern heran. „Was ist in Sie gefahren? Das Kind blutet ja!"

Die Nonne beugte sich zu dem Bündel am Boden hinunter, das wimmerte und zitterte. Behutsam versuchte sie, das Mädchen auf die Füße zu stellen. Elke bemühte sich auch darum, knickte aber sofort wieder ein, als wären ihre Knie aus Kartoffelbrei. Laut schrie sie auf und stöhnte. Ihr ganzer Körper bestand aus Schmerz. Pochender, heißer Schmerz. Laufen konnte sie nicht.

„Ist vielleicht eine Rippe gebrochen oder ein Organ verletzt?", fragte sich die Ordensfrau und tastete das Kind sorgfältig ab.

Schließlich hob sie es vorsichtig hoch und schleppte es aus dem Speisesaal.

„Ich bringe 106 ins Krankenzimmer", rief sie und wandte sich noch einmal um. „Anschließend treffen wir uns im Büro der Oberin."

Fräulein Annemarie stand wie versteinert im Raum. Mit einer Hand umklammerte sie immer noch das abgesplitterte Stuhlbein und starrte es an.

Nach diesem Ereignis hielt sich die Erzieherin mit ihren Prügelstrafen zurück. Doch sie verlegte sich auf Maßnahmen, die auf andere Weise demütigten und schmerzten. Davon besaß sie ein reiches Repertoire. Wenn Elke bei ihren Anweisungen nicht sofort spurte, sich ausschwieg oder ein Widerwort wagte, ließ Fräulein Annemarie sie oft stundenlang in der Ecke stehen, mit dem Gesicht zur Wand. Oder sie erschreckte das Mädchen mit Hiobsbotschaften.

„Dein Opa liegt im Sterben" war eine dieser Nachrichten, mit der sie Elke bis ins Mark erschütterte.

Das Mädchen schlich sich in den Schlafsaal, verkroch sich im Bett, klammerte sich an ihre Püppchen und weinte, bis ihre Augen brannten. Erst am nächsten Tag erfuhr sie, dass die Todesbotschaft eine glatte Lüge gewesen war.

In Fräulein Annemarie schien die Lust auf Rache weiter zu brodeln. Mehr als je zuvor hatte sie es auf dieses eine Mädchen abgesehen und triezte sie, wann immer sich eine Gelegenheit bot. Selbst bei den Heimkindern regte sich Mitgefühl.

Auf einem ihrer Ausflüge trennte die Erzieherin Elke von der Kindergruppe und schickte sie allein in ein Waldstück, in dem die Bäume und das Unterholz besonders wenig Licht durchließen.

„106, du gehst da jetzt rein", befahl sie.

Mit hängenden Schultern machte Elke sich auf den Weg.

„Immer weiter geradeaus, und zwar dalli", rief Fräulein Annemarie, wenn das Mädchen zögernd stehen blieb.

Nach einer Weile war Elke von der Finsternis verschluckt und allein mit ihrer Angst. In der Nähe knackte ein Zweig. Der Wald strahlte Kühle und Feuchtigkeit aus, und es roch nach Moos und Totholz. Sie hockte sich neben einen Baum und zitterte. Ob es hier Hexen gab oder Wölfe? Vorstellen konnte sie sich das. Im Schulunterricht hatten sie Märchen gelesen, Hänsel und Gretel und Rotkäppchen. Diese Geschichten hatten sich alle in solch einem Wald ereignet.

In der Ferne riefen die anderen Kinder durcheinander, und die Erzieherin schrie: „Los, geh weiter! Immer weiter!"

Nach einer gefühlten Ewigkeit gab sie endlich nach, und Elke durfte wieder zurückkehren.

In einer der Nächte in dieser Zeit wachte Elke davon auf, dass sie in einer warmen, aber seltsam feuchten Pfütze in ihrem Bett lag. Erschrocken fuhr sie hoch. Hatte sie nicht gerade davon geträumt, sie säße auf einer Toilette? Und dabei hatte sich ihre Blase tatsächlich entleert. Allerdings nicht in die Schüssel, sondern ins Bett, wie sie nun feststellen musste. Sie erschrak. Ganz bestimmt war das ein schreckliches Vergehen! Wenn Fräulein Annemarie es herausfand, würde sie wahrscheinlich wieder auf sie einprügeln. Fieberhaft überlegte Elke, wie sie der Strafe entkommen könnte.

Rasch stand sie auf, zog das durchgeweichte Laken von der Matratze und raffte es zusammen. Leise huschte sie zu einem unbenutzten Bett ganz am anderen Ende des Schlafsaals. Dort zog sie das trockene Laken ab und ihr stinkendes wieder auf. Bettdecke drüber! Fertig! Zufrieden betrachtete sie ihr Werk. Vollkommen unauffällig sah es aus. Nun drehte sie ihre eigene Matratze um, bezog sie mit dem trockenen Laken und legte sich wieder schlafen.

Als die Kinder am Mittag des folgenden Tages aus der Schule eintrudelten, scharte Fräulein Annemarie alle um sich und beorderte sie in den Schlafsaal.

„Was ist das?" rief sie in dem schrillen Ton, der einem Wutausbruch vorrausging, und hielt demonstrativ das nasse Betttuch hoch.

„Eine von euch hat heute Nacht ins Bett gemacht! Die soll sich sofort melden! Auf der Stelle!" befahl sie.

Niemand rührte sich. Elke bemühte sich, ebenso ratlos dreinzuschauen wie die anderen.

„Dachte ich es mir doch, dass sie sich nicht traut! Es war natürlich wieder 106! Ja, wer auch sonst! Sie hat ihre stinkende Matratze umgedreht und dachte, sie könnte mich damit hinter's Licht führen!"

Triumphierend deutete sie mit dem Finger auf Elke.

„Sie ist das Ferkel! Seht sie euch nur an, diese Bettnässerin! Igittigitt!"

Die Erzieherin trat auf das Mädchen zu, schlug ihr das stinkende Betttuch um die Ohren und drückte ihr Gesicht in die noch klamme Stelle.

„Hier kannst du riechen, was du angestellt hast!"

Sie ließ den Kopf des Kindes nicht los, bis es röchelnd nach Luft schnappte.

Die Mädchen lachten und zeigten ebenfalls mit dem Finger auf sie.

„Die macht sich noch in die Hosen! Bäh!" tuschelten sie, während Elke rot anlief und sich in Grund und Boden schämte.

Nachdem die Erzieherin die demütigende Zurschaustellung gründlich genug ausgekostet hatte, schlug sie ihr hart ins Gesicht.

„Ab sofort wirst du jetzt jeden Morgen dein Betttuch abzie-

*hen und es mir vor allen Kindern zeigen! Wollen doch mal
sehen, ob wir dir diese Schweinerei nicht abgewöhnen können!"*

Vor den Kindern, die sie kannte, vorgeführt und gebrandmarkt zu werden, empfand Elke erniedrigend. Die Zurschaustellung vor einem fremden Publikum war beinahe noch
schlimmer. Diese Erfahrung hatte sie in der Adventszeit im
letzten Jahr hinter sich gebracht und erinnerte sich schau-
dernd daran.

Eine Warenhauskette hatte damals als Werbeaktion Heimkinder zu ihrer Weihnachtsfeier eingeladen, um mit den nied-
lichen Kindergesichtern und dem Aushängeschild von christlicher Barmherzigkeit Kundschaft anzulocken.

„All diese armen Waisenkinder verdienen gerade zur Weihnachtszeit unser vollstes Mitgefühl", hatte ein Abteilungslei-
ter vor einer Schar Schaulustiger durch einen Lautsprecher
verkündet.

Dabei hatte er mit der Hand auf die Heimkinder gezeigt, die
neben ihm auf dem Podium in Reih und Glied stillstehen
mussten.

„Schauen sie sich diese bedauernswerten Geschöpfe nur an,
meine Damen und Herren! Ganz entzückende kleine Wesen
sind das! Und so ganz und gar unschuldig an ihrem schweren
Schicksal! Unserem Unternehmen ist es ein besonderes Her-
zensanliegen, sie zu Weihnachten alle großzügig zu beschen-
ken…"

Elke hatte purpurrot geglüht und nicht gewusst, wo sie hinschauen sollte. Sie hasste es, von den fremden Menschen ange-
starrt zu werden. Nackt fühlte sie sich, bloßgestellt.

Niemals! Niemals wieder wollte sie eine solche Vorführung

über sich ergehen lassen! Das hatte sie sich geschworen. Die geschenkten Spielsachen waren den Kindern später im Heim ohnehin wieder abgenommen worden. Sie verschwanden auf rätselhafte Weise. Nachzufragen traute sich keines der vorgeführten Kinder.

In der Vorweihnachtszeit dieses Jahres sollte die Werbeaktion des Warenhauses wiederholt werden. Sie hatte sich als Bombenerfolg herausgestellt und dem Heim satte Spenden beschert.

„Natürlich dürfen nur die Kinder daran teilnehmen, die sich in der nächsten Zeit sehr viel Mühe geben, artig zu sein", verkündete Schwester Frieda beim Frühstück, und ihre Blicke wanderten streng über ihre Schützlinge.

Auf gar keinen Fall will ich da wieder mit, beschloss Elke sofort und bemühte sich, in den Adventswochen genau das zu tun, was im Kloster verboten war. Laut zu lachen zum Beispiel. Die Treppe herunter zu poltern, statt sittsam zu schreiten, oder ausgelassen durch die Gänge zu hüpfen. Verpönt war auch, den Nonnen geradewegs in die Augen zu sehen, anstatt demütig den Kopf zu senken. Der Katalog der ungeschriebenen Klosterregeln für fromme Mädchen war lang, und er schien genau das zu verbieten, was Elke gern tat. Vorsichtshalber ging sie bei den Übertretungen noch darüber hinaus. Sie warf ihren Milchbecher samt Inhalt um und zerdepperte beim Tischabräumen einen Stapel Teller.

Diese Vergehen langten allemal, um der Weihnachtsaktion des Kaufhauses zu entkommen. Dass sie sich damit allerhand Strafen von Fräulein Annemarie einhandeln würde, nahm sie in Kauf. Lieber ertrug sie Schläge, als zur Schau gestellt zu werden.

Bevor Elke im folgenden Frühjahr in die vierte Klasse kam, wurde sie zu dem Onkel, der ihr Vormund war, nach Düsseldorf geschickt und auf ihre Erstkommunion vorbereitet. Vierzehn lange Tage sollte sie im nahen Gemeindehaus religiösen Unterweisungen lauschen und ellenlange Texte auswendig lernen, die so staubtrocken waren wie der Vormund selbst. Angenehm wurde diese Zeit nicht, doch sie überstand auch das.

Schließlich brach der große Tag an. Elke wurde in das Kommunionskleid ihrer Cousine gesteckt, das ein wenig zu klein war, und überall zwackte, aber immerhin war sie nun von Kopf bis Fuß schneeweiß eingekleidet. Ihren dunklen Haarschopf schmückte ein Kränzchen wie der Heiligenschein der bleichen Madonna in der Klosternische.

Als Patentante hatte Marlies versprochen, Elkes Erstkommunion festlich zu gestalten. Nach dem Gottesdienst würden auch Wolfgang und Fred in der Düsseldorfer Wohnung der Tante mitfeiern, um ihrem Ehrentag einen würdigen Glanz zu verleihen. Später durfte sie ihren geliebten Großvater in seinem Pflegeheim besuchen. Das waren immerhin schöne Aussichten! Darauf freute sie sich.

Nach dem Festgottesdienst versammelten sich alle Gäste um das Kommunionskind und ließen sich mit ihm fotografieren. Erstaunlich viele kamen dort zusammen, doch die meisten von ihnen hatte Elke noch nie in ihrem Leben gesehen. Ergraute Honoratioren der weitläufigen Odenwald- Verwandtschaft sprachen sie an, tätschelten ihr die Wange und fingerten so ungeschickt in ihrem Haar herum, dass ihr Heiligenschein-Kranz verrutschte.

„Ach, sieh mal an, das ist also das Jüngste von Alfred? Und sie muss in so einem Waisenhaus leben? Ach Gott, die Arme!"

Die Fremden begutachteten sie von allen Seiten wie eine Kuh auf dem Viehmarkt. Elke hatte bald genug davon und versuchte, sich hinter ihren Brüdern zu verstecken.

„Na, sie kann wenigstens von Glück sagen, dass sie nicht mehr im Krieg aufwächst. Nicht wahr?" plauderten die fremden Leute weiter. „Ach ja, was haben wir da durchgemacht! Die ganze Stadt ein Schutthaufen und kaum was zu essen! Was haben es die heutigen Kinder doch gut!"

Tante Marlies zerrte sie hinter ihrer Barrikade hervor und schubste sie von einem Unbekannten zum nächsten.

„Sag ,guten Tag' zu Großonkel Theodor und Großtante Amalie und mach mal einen schönen Knicks!" verlangte sie von ihrer Nichte, doch die machte sich steif wie ein Brett und zog ein finsteres Gesicht.

Dieser Zirkus hier war kaum besser als die Weihnachtsaktion im Warenhaus! So hatte sie sich ihren Ehrentag nicht vorgestellt! Wie sie diese Prozedur hasste! Schließlich verweigerte sie artiges Knicksen und wand sich kratzend, tretend und spuckend aus dem Klammergriff der Tante.

„Naja, von so 'nem Heim kann man wahrscheinlich nicht erwarten, dass die Kinder dort Etikette lernen", entschuldigte Marlies ihre Nichte bei den Erwachsenen, die den Ehrengast schon gar nicht mehr beachteten.

Sie hatten sich bereits der Politik zugewandt und kommentierten gerade das neue westliche Verteidigungsbündnis, das demnächst gegründet werden sollte.

„Wie das wohl wird mit dieser Montanunion? Also, ich halte das für eine glänzende Idee! Adenauer ist auf Zack! Das muss man ihm lassen."

Die Damen plauderten auf dem Heimweg ausgiebig über die Krönung der jungen englischen Königin. Einige von ihnen hatten das Vergnügen gehabt, die Zeremonie auf einem Fernseher zu verfolgen, und gaben gebührend damit an.

„Diese goldene Kutsche! Prachtvoll wie im Märchen, sag ich euch", schwärmte Großtante Amalia. „Und diese herrlichen Kleider! Die feine Spitze soll ja aus Flandern kommen. Einfach göttlich!"

„Ich habe mir einen tollen Streich ausgedacht", raunte Wolfgang seiner Schwester zu und zwinkerte wie ein Verschwörer.

Wie immer grinste er über sein ganzes Gesicht, und seine Grübchen vertieften sich zu hübschen Kratern. Gespannt hüpfte Elke durch den Hausflur voran, der zu Tante Marlies' Wohnung führte. Was der Bruder wohl vorhatte?

Kaum hatten die Gäste die Treppen in den zweiten Stock erklommen, kamen sie auch schon in den Genuss von Wolfgangs neustem Einfall.

Vor der Wohnungstür lag ein dicker brauner Scheißhaufen!

Jedenfalls sah das durchweichte Pappmaschee ganz genauso aus, das Wolfgang dort heimlich platziert hatte. Den Feiertagsgästen verschlug es die Sprache. Tante Marlies stockte der Atem, und die Kinnlade fiel ihr herunter. Nach den ersten Schrecksekunden schien sie einer Ohnmacht nahe. Danach begann sie, fast im gleichen Tonfall wie Fräulein Annemarie zu kreischen, während die anderen Erwachsenen ihre Sprache wiederfanden und empört durcheinanderredeten.

Elke lachte so heftig und laut, wie sie es seit langem nicht mehr getan hatte. Der angestaute Groll löste sich auf wie ein Eisklumpen in der Frühlingssonne.

Und auch Ferdinand Tiefenthal amüsierte sich, als sie ihm später bei ihrem Besuch im Altenheim davon erzählte.

„Was für Streiche Wolfgang immer ausheckt!"

Der Großvater lachte herzhaft und wirkte um viele Jahre jünger.

„Aber Tante Marlies war sehr böse mit Wolfgang", wendete die Enkelin ein.

„Ach was, früher haben wir uns doch auch solche Streiche ausgedacht", erklärte der Opa. „Wenn ich daran denke!"

Er kicherte, und seine Enkelin staunte.

„Wirklich? Welche denn?"

„Davon erzähle ich dir später, wenn du etwas größer bist."

Ihr Großvater lag im Bett. Blass war er und knochig wie ein Skelett.

„Geht es dir auch gut, Opa?" fragte die Enkelin besorgt.

Er nahm ihre Hand und lächelte.

„Mach dir mal keine Gedanken um mich, mein Kind! Die Hauptsache ist, du vergiss nicht, dass du ein kluges Mädchen bist! Lass dir auf keinen Fall etwas anderes einreden, hörst du!"

4

Engel, Tod und Klostermauern

Viana – Aforza

„An diesem Ort bleibe ich keine Minute länger als unbedingt nötig!" verkündet Elke am nächsten Morgen. Diesen Entschluss unterstreicht sie mit grimmigen Gesichtszügen. Ihre Augen haben sich in tiefen Schatten eingegraben.

„Selbst wenn unsere Sachen immer noch nass sind, aus diesem Haus will ich weg! Und zwar so schnell wie möglich!"

Heute muss sie nicht viel Überzeugungsarbeit leisten. Auch Anja beginnt sofort damit, im Halbdunkel all ihre klammen Habseligkeiten zusammenzusuchen und in ihren Rucksack zu stopfen.

„Bis Logroño sind es nur 10 Kilometer. Die schaffe ich auch in Badeschlappen", erklärt sie. „In diese nassen Stiefel zwänge ich mich nicht."

Eilig brechen die beiden auf, ohne zu warten, bis die Cafés für ein Frühstück öffnen. Der Pilgerweg präsentiert sich unterhalb der mittelalterlichen Stadtmauer von Viana schlammig und unpassierbar. Also schlurfen sie in ihren Badeschlappen zusammen mit vielen anderen Pilgern eine Asphaltstraße entlang. Autos und Lastwagen donnern so hautnah an ihnen vorbei, als wollten sie sie mit sich schleifen.

Nach einigen Kilometern biegen die beiden Pilgerschwestern in einen ruhigeren Ort ab, der sie von der Hauptstraße wegführt. Wellblech bedeckt hier viele der Hütten. Entfernt erinnert die Siedlung an einen Slum. An einer Seite des Wegs tost ein Wildbach bergab und verströmt den Duft üppig wuchernder Kräuter. Eine Vegetation wie im Regenwald, wenn auch in einem unterkühlten. Auf Empfehlung des Wanderführers suchen sie hier nach einem besonderen Haus.

„Doña Felícia hält den berühmtesten Stempel des Jakobsweges bereit, um ihn persönlich in die Pilgerpässe zu drücken", zitiert Anja. „Auf gar keinen Fall soll man dieses Ereignis verpassen, heißt es hier."

Doña Felícias kleine Behausung liegt auf einer Anhöhe. In den beiden düsteren Räumen drängeln sich bereits erwartungsfrohe Pilgergrüppchen, aber sie werden alle enttäuscht. Die berühmte Frau ist inzwischen verstorben.

Doch der Ebro, den sie wenig später überqueren, fließt umso lebendiger und zwängt seine schäumenden rotbraunen Fluten durch ein eng gemauertes Bett. Laut tosend droht er damit, über die Ufer zu treten und alles mit sich zu reißen, was ihm in die Quere kommt.

In Logroño empfiehlt ein Ehepaar den Suchenden ein Hotel.

„El Marqués es muy excelente y no demasiado caro", beteuern die beiden und geleiten die Pilgerinnen wortreich bis vor dessen Eingang.

Die Unterkunft wirkt vornehm, ist aber bezahlbar, genauso, wie es die Eheleute angekündet haben. Außerdem gebietet es über freie Zimmer. Elke blickt sich staunend in dem großzügigen Foyer um.

Wie in einem Museum sind Exponate der Stadtgeschichte auf Kapitellen zur Schau gestellt und sanft beleuchtet. Durch und durch edel wirkt dieses Ambiente. Ihre Gesichtszüge hellen sich auf.

"Oh wie wunderbar! Hier bleiben wir! Am besten gleich ein paar Tage!" jubelt sie, als sie bald darauf das Zimmer in Augenschein nimmt.

Die Wände und der Teppichboden sind in Anthrazit-Tönen sorgfältig aufeinander abgestimmt. Das Designermobiliar glänzt mit dunklem Tropenholz.

„Ist ja richtig luxuriös! Ach, wie sehr habe ich mich danach gesehnt!"

Elke lässt ihren Rucksack auf einen Kofferständer plumpsen.

„Endlich mal wieder ausgiebig duschen und Wellness betreiben, den Rücken massieren, simsen…"

„Ich habe vor allem erstmal einen Riesenkohldampf", unterbricht sie Anja, die dem Einheitsgrau weit weniger abgewinnen kann.

„Bis zehn Uhr bekommen wir noch etwas am Frühstücksbüffet dort unten neben dem Foyer. Verlockend sieht das aus! Die haben da bestimmt auch warme Speisen. Dort können wir sogar brunchen. Los komm, wir müssen uns beeilen."

Elke starrt sie entgeistert an.

„Wie? *So* willst du zu diesen piekfeinen Leuten da gehen? So, wie wir jetzt sind? Weißt du eigentlich, wie dreckig und abgerissen wir aussehen? Und dazu auch noch in diesen Badelatschen!" Verächtlich spuckte sie das Wort aus. „So können wir uns unmöglich zu den eleganten Herrschaften setzen!"

Doch sie lässt sich überreden und folgt ihrer Pilgerschwester in ihrem schlammbespritzten Büßeroutfit in die Welt der Clubsessel, der blütenweißen Damast-Tischdecken und des silbernen Tafelzierwerks. Groß-formatige Dekorativkunst in Goldrahmen ergänzt das stilvolle Arrangement auf den Seidentapeten der Wände. Sehr zu Elkes Erstaunen werden sie von den Herrschaf-ten, die dort in zartgelben- oder apricotfarbenen Kostü-men und maßgeschneiderten Anzügen speisen, mit er-staunten Blicken geduldet oder vollkommen ignoriert.

Für einen flüchtigen Moment fällt Elke die Schulzeit wieder ein. Seltsam, dass sie nach so vielen Jahrzehnten immer noch fürchtet, wegen ihrer Kleidung ausgeschlos-sen zu werden. Eigentlich hat sie es längst nicht mehr nötig, Modetrends hinterherzulaufen, doch daheim, im eleganten Düsseldorf gestattet sie es sich nie, dermaßen aus dem Rahmen zu fallen.

Am übernächsten Morgen, als die Wanderklamotten gewaschen und getrocknet, Rücken und Füße massiert sind und sie selbst nach Badeschaum duften, gibt Elkes Bruder Fred das Motto des neuen Pilgertages per SMS aus:

„Immer fröhlich bleiben!"

Bei dem einsetzenden Nieselregen ist dieser frische Optimismus leider schnell wieder versiegt. Außerdem weisen sie die gepinselten gelben Pfeile und Muschel-markierungen hinter Navarette auf völlig unterschiedli-che Wege. Verunsichert bleiben die Wanderschwestern stehen.

„Also, welche der drei Richtungen schlagen wir jetzt ein?"

Ja, das ist die entscheidende Frage des Tages, auf die sie bei einem *Café con Leche* in einer Bar am Ortsrand nach einer Antwort suchen. Der Wirt schwingt ein schmuddeliges Spültuch, brummelt vor sich hin und kann oder will ihnen nicht weiterhelfen.

Leider ist kein besserer Ratgeber in Sicht. Was bleibt ihnen da anderes übrig, als eine Münze zu werfen.

„Kopf oder Zahl?"

Das Konterfei des spanischen Königs Juan Carlos führt sie an einem großen See entlang mit einem angegliederten Campingplatz. Von den Bergen der Umgebung gleiten plötzlich zwölf Geier heran und kreisen mit einer beeindruckenden Flügelspannweite über ihnen. Doch ein gutes Omen scheint das nicht zu sein, denn der Weg ihrer Wahl führt sie in einem weiten Kreis herum.

Als der Geiersee eine Stunde später wieder vor ihnen auftaucht, wenden sie sich mit ihrer Frage an eine amerikanische Touristin, die an der Mauer des Campingplatzes lehnt. Die junge Frau trägt allerhand Modeschmuck und grellbunte Schweißbänder in ihrer üppigen Haartracht. Sie wirkt ein wenig niedergeschlagen. Den Rucksack an ihrer Seite ziert dagegen eine lachende Pocahontas aus dem Disneyuniversum.

„Oh, -sorry. I'm not sure. Maybe you'd go there on the right", antwortet sie und schlägt die Richtung nach rechts vor.

Allerdings scheint sie der Verlauf des Jakobswegs wenig zu interessieren. Dafür brennt ihr eine andere Frage heftig unter den Nägeln.

"Didn't you see my boyfriend on your way up here?"

Hoffnungsvoll beschreibt sie ihren vermissten Freund: „He's quite tall, and he's got a deepblue backpack."

Die Pilgerschwestern schütteln bedauernd den Kopf. Die Frage nach einem großen Mann und seinem dunkelblauen Rucksack können sie nicht beantworten.

„I'm sure praying helps", meint die junge Frau rasch, bevor sich die Frauen abwenden können. „Don't you think so?"

Auch zu diesem Thema zucken sie ratlos die Schultern.

„At least it can't cause anything bad", erwidert Anja. Ob Gebete weiterhelfen, weiß sie nicht, aber sicherlich können sie auch nicht schaden.

„Sie geht den Jakobsweg bestimmt nur, um den Mann fürs Leben zu finden", vermutet Elke später, während sie zügig ausschreitet.

„Da ist sie sicher nicht die einzige. Für südamerikanische Frauen soll das der einzige Zweck dieser Wallfahrt sein, habe ich mal gelesen."

Die Gedanken an die Partnersuche der jungen Frau sind ihnen sehr willkommen, lenken sie doch von der unbefriedigenden Wegsuche ab.

„Manche dieser männlichen Pilger wollen wahrscheinlich auch nichts anderes, als bei Frauen ankommen. So die schnelle Nummer. Weißt du noch, diese beiden Cowboys?"

Elke grinst bei der Erinnerung, doch Anjas Augen suchen aufmerksam die Landschaft ab.

„Vielleicht ist die Frau auch an so einen geraten, aber sag mal, wir haben schon lange keinen gelben Pfeil mehr gesehen. Haben wir uns etwa wieder verlaufen?"

Nachdem sie weitere Stunden pfeil- und muschellos herumgeirrt sind, nähern sich die Wanderschwestern Ventosa, einem kleinen Bergdorf in Rioja. Die Weinstöcke zu beiden Seiten des Wegs stehen ertrunken in Wasserlachen. Ein erbärmlicher Anblick.

„Kein guter Jahrgang, der 2008er", stellt Elke fest und zückt ihren Fotoapparat. Anja kann ihr nur zustimmen.

„Nee, den Wein hier können sie getrost unterpflügen."

Die einzige Albergue, die Ventosa laut Reiseführer aufzuweisen hat, ist verriegelt und verrammelt. Hinter dem Gitter eines staubigen Fensters prangt ein unfreundliches Pappschild.

„Cerrado". Geschlossen!

Nach dieser Entdeckung sinken sie erschöpft auf die morsche Bank darunter und befreien sich von ihren Rucksäcken.

„Puh, ich will keinen Schritt weiter!" Anja stöhnt und massiert ihre Fußgelenke.

Wenn die Laune sinkt, stellen sich sofort Wehwehchen ein, um die Lücke zu schließen.

„Wo findet man in dieser Abgeschiedenheit wohl ein Taxi? Am besten eins, das uns zu irgendeinem netten Wellnesshotel bringt", fragt Elke.

Auch bei ihr bringen sich Rücken und Schultern wieder schmerzhaft in Erinnerung. Sie streckt die Arme in die Höhe und wiegt vorsichtig Hals und Kopf nach rechts und links, um die Muskeln zu lockern.

„So eins wie gestern bräuchte ich jetzt. Es darf auch weniger luxuriös sein. Für heute habe ich jedenfalls genug vom Pilgern. Morgen will ich auch ausruhen. Und übermorgen."

Ihre Stimmung nähert sich dem Gefrierpunkt.

„Alles, aber bloß nicht noch mal zehn Kilometer laufen!"

Wie ein Mehlsack hängt Anja auf der Bank. Doch als

hätte sie ein Floh gebissen, springt sie plötzlich in die Höhe und läuft winkend einem Bauern hinterher, der in diesem Moment mit seinem Traktor auf der Dorfstraße vorbeiknattert.

Diesmal haben sie Glück. Der Einheimische weiß Rat und erklärt ihnen umständlich den Weg zu einer anderen Pilgerunterkunft nicht weit entfernt auf einer Anhöhe.

Die Herberge wird von einer älteren Frau geführt, einer Deutschen, wie sich herausstellt. Sie trägt einen dicken grauen Haarzopf auf dem Rücken und strahlt den Neuankömmlingen freudig entgegen, als hätte sie den ganzen Tag auf sie gewartet.

„Willkommen in meinem Pilgerheim!"

Passend dazu taucht die späte Nachmittagssonne die offene Eingangshalle mit ihren Terrakotta-Fliesen in ein warmes Licht. Alles wirkt rundherum einladend. Pilgersouvenirs und Erfrischungsangebote füllen Tischchen und Wandborte. Vor Blüten überquellende Blumenampeln, Vogelgezwitscher und ein plätscherndes Wasserspiel schaffen eine Atmosphäre, in der sich die Wanderschwestern rasch zuhause fühlen. Nicht einmal Elke fällt das schwer. Ihre Stimmung schnellt um Stockwerke in die Höhe.

„Vor etlichen Jahren bin ich selbst auf diesem Weg gepilgert", erzählt die Wirtin am Abend, nachdem sie ihnen Gazpacho serviert hat.

„Dreimal sogar. Damals steckte ich in einer schlimmen Krise. Hier bin ich dann kleben geblieben."

Energisch wirft sie ihren Zopf über ihre Schulter.

„Ich wollte das weitergeben, was ich selbst erfahren

habe und denen helfen, die *mühselig und beladen* vorbeikommen."

Ihre neuen Gäste fallen eindeutig in diese Kategorie.

Später am Abend beglückt die Wirtin Elke mit einer Massage, die auf ihrem Rücken Wunder vollbringt.

„Ich fühle mich wie neu geboren", seufzt die Geplagte und räkelt sich wohlig auf der Liege. „Sie sind ein wahrer Engel."

Dass dieser Tag so gut enden würde, hätte sie nicht für möglich gehalten. Die Gastgeberin verteilt duftendes Öl auf ihren Händen und knetet es sanft in die obere Rückenpartie ein.

„Ihnen werden auf diesem Weg noch viele hilfreiche Engel begegnen", orakelt sie und lächelt in sich hinein. „Glauben Sie mir, ich weiß, wovon ich rede."

So gestärkt machen sich die beiden Frauen am nächsten Tag auf zu ihrem Weg durch das Bergland von Rioja. Wieder geraten sie bei drückender Schwüle hart an ihre Grenzen. Doch heute hält die Strecke eine Überraschung für sie bereit, die von den Mühen ablenkt.

Unverhofft entdecken sie zwischen den Hügeln einen Taleinschnitt, der über und über mit Steinfiguren bevölkert ist. Generationen von Pilgern vor ihnen haben immer wieder neue Kiesel übereinander getürmt, mit Stöckchen, leeren Schneckenhäusern oder Blumen verziert, und so ein stummes, regloses Heer von steinernen Minipilgern über ein großes Areal verteilt.

Elke nimmt sich viel Zeit, um ein eigenes Steinmännchen zu bauen und feierlich einzureihen. In einer windgeschützten Nische zwischen gelben Wildblumen findet sie den richtigen Platz.

Lange lässt sie das Resultat auf sich wirken. Es erinnert sie einmal mehr an ihren Großvater. Immer noch spukt die Vergangenheit in ihrem Kopf herum. Sie lässt sich nicht vertreiben.

Nach dieser kreativen Arbeit hocken sich die Wanderschwestern zusammen im Schatten eines Felsens neben den Steinmännchen-Heerscharen und hängen ihren Gedanken nach.

„So ähnlich stelle ich mir den Friedhof von Liliput vor", meint Anja nach einer Weile und zieht ihre Wasserflasche aus einer Seitentasche ihres Rucksacks. „Oder eine Miniausgabe dieser chinesischen Tonsoldaten. Aber für Krieger wirken sie eigentlich zu friedlich."

„Meinst du, diese Steinfiguren haben alle etwas mit schwierigen alten Erinnerungen zu tun?" fragt Elke. „Ob sich wohl einige ihrer Erbauer mit ähnlichem Ballast herumschlagen müssen wie ich?"

Als sie ihre Wanderung fortsetzen, liefert ihr der Weg selbst Antworten auf diese Frage. Immer wieder stoßen die beiden Frauen an diesem Tag auf Fundstücke, die vielerlei Anliegen früherer Pilger offenbaren. Zeichnungen und Briefe mit Sprüchen und Gedichten sind mit Steinen beschwert am Wegrand abgelegt. Andenken wie Handschmeichler aus bunten Edelsteinen, Zopfbänder, Halstücher und Wanderzubehör schmücken den ausgetretenen Pfad. Es ist, als durchstreiften sie ein Museum von Trauer und Sehnsüchten mit sorgfältig arrangierten Exponaten aus dem unerschöpflichen Fundus menschlicher Hoffnungen und Nöte.

„Schau mal den Wanderstiefel dort am Feldrand. Warum der Besitzer den wohl so auffällig abgestellt hat? Ob der den gar nicht vermisst?"

Anja schaut sich verwundert um, als hielte sie Ausschau nach einem Einbeinigen.

„Naja, vielleicht musste er ja die Wanderung an dieser Stelle abbrechen", beantwortet sie sich die Frage selbst. „Auf jeden Fall sind die Botschaften schwer zu enträtseln. Da kann man viel spekulieren."

Elke entwickelt mehr Eifer und bückt sich immer wieder nach Papierfetzen. Sie zu entziffern ist schwierig, doch so schnell gibt sie nicht auf.

„Es scheint oft um Trauer zu gehen", fasst sie zusammen. „Offenbar gehen viele diesen Weg, die einen lieben Mensch verloren haben. Na, da bin ich ja in guter Gesellschaft!"

Mechanisch bewegt sie sich vorwärts und hängt ihren Gedanken an die eigenen schmerzhaften Verluste nach: die Eltern und der Großvater, die starben und unersetzbar gewesen waren. Der gute Freund, der im letzten Jahr gestorben ist und zwei vaterlose Kinder zurückließ. Arbeitskolleginnen und gute Bekannte, die einmal ihr Leben begleitet haben.

„Ja, das tut weh", seufzt sie.

Passend zu diesem Thema liegt an diesem Tag auch noch ein richtiger Friedhof an ihrem Weg. Er kündigt sich schon vorher mit weißen Anthurien an, die an schattigen Plätzen wuchern. Es scheint so, als wären sie aus dem Buchsbaum-umzäunten Areal heraus und ihnen mit ihrer Trauerkunde entgegen gewandert.

Der Totenacker selbst bietet ein ungewohntes Bild.

Hohe breite Mauern durchziehen ihn in Reih und Glied wie ein Spalier von Ehrengarden. In die tiefen Nischen der putzgrauen Grabwände sind die Verstorbenen in mehreren Stockwerken übereinander geschoben eingemauert. Marmorplatten verschließen die Eingänge der Grabnischen und geben mit eingravierten Schriftzügen Auskunft über die Toten. Verblichene Fotos versuchen, die Erinnerung an ihr irdisches Dasein wachzuhalten. Zwischen den Sargwänden haben Angehörigen mit Kreuzen und Engelsfiguren dekorierte Gärtchen angelegt.

Beklommen spazieren die beiden Frauen durch den stillen Ort und staunen über diese platzsparende Form der Bestattung.

„Wie hier wohl eine Trauerfeier aussieht?" überlegt Elke.

„Wahrscheinlich werden die Särge vor der versammelten Trauergemeinde feierlich eingemauert", vermutet Anja.

„Furchtbar, finde ich das! Eingemauert sein, nee. Das möchte ich jedenfalls nicht." Elke schüttelt sich.

„Wie meine eigene Beerdigung aussehen soll, habe ich zuhause ganz genau aufgeschrieben. Auch, was sie mir anziehen sollen, und die Musik dazu und so. Darüber habe ich schon viel nachgedacht."

Anja wendet sich ihr verwundert zu. „So alt bist du doch nun auch wieder nicht! Die eigene Beerdigung planen? Also auf so eine Idee bin ich noch nie gekommen."

„Als Kind war für mich der eigene Tod nie besonders weit weg", fährt Elke fort. „Eigentlich habe ich ständig damit gerechnet."

„Hattest du denn nie dieses Unsterblichkeitsgefühl der

Jugend? Ich meine…“ Anja sucht nach Worten „… diese Vorstellung, dass eine verheißungsvolle Zukunft vor dir liegt und es ohne Ende immerzu nur aufwärts geht?“

„Verheißungsvolle Zukunftsvorstellungen? In so einem Heim wie meinem?“ Elke schüttelt energisch den Kopf.

„Nee. Dort gab es kein Aufwärts. Das Leben hinter den Klostermauern war vor allem auf das Jenseits ausgerichtet. Die Glückseligkeit sollte irgendwann nach dem Tod kommen. Oder eben die ewige Verdammnis. Damit haben sie bei jeder Gelegenheit gedroht. Vorlaut, wie ich war, schien ich ein passender Kandidat für Höllenqualen zu sein. Und wie die aussehen würden, konnte ich mir lebhaft vorstellen.“

„Grässlich!“ Anja schüttelt sich und streift ihren Rucksack vom Rücken. „Also, bei so viel Tod und Trübsal bekomme ich allmählich Appetit auf irgendetwas, das die Lebensgeister wieder aufweckt. Wie wäre es mit einem kleinen Picknick? Ich habe noch Proviant im Rucksack.“

Sie lassen sich auf einer Steinmauer außerhalb des Friedhofs nieder und breiten ihre Schätze aus. Elke betrachtet die zerdrückten Müsliriegel in ihrem Rucksack, entscheidet sich dann doch lieber für die überreife Apfelsine.

Während der Saft beim Schälen auf ihre Kleidung tropft, erinnert sie sich lebhaft an einen der Sonntagsbesuche ihres Großvaters. Wie alt mochte sie damals gewesen sein? Fünf Jahre vielleicht?

Wuppertal 1948/ 1954

„Warum bringst du mir nicht auch mal einen Lutscher mit oder Bonbons oder Schokolade, Opa?" nörgelte Elke.

Zusammen mit ihrem Großvater saß sie auf einer warmen Parkbank vor einer blühenden Linde. Bienen summten über ihnen.

„Die anderen Kinder kriegen immer ganz viele Süßigkeiten von ihren Verwandten geschenkt", berichtete sie ihm und runzelte die Stirn. „Die packt Schwester Frieda dann in den großen Wandschrank, damit sie nicht alles auf einmal wegfuttern. Aber ich bekomme nie was ab. Nicht mal 'n Bonbon."

Der alte Mann sah sie nachdenklich an. Dann zog er seine Aktentasche bedächtig neben sich auf die Bank und drückte das Schloss auf. Effektvoll wie ein Magier zog er ein großes weißes Taschentuch daraus hervor, das er sorgfältig auf seiner Hose ausbreitete und glattstrich. Dann zauberte er eine spitze Papiertüte aus der Tasche. Er ließ sich Zeit mit seiner Vorstellung, um die Spannung zu erhöhen. Schließlich zog er vorsichtig einen dicken, reifen Pfirsich aus der Tüte und hielt ihn seiner Enkelin hin.

„Weißt du, was das ist?" fragte er sie.

Elke warf einen kurzen Blick darauf. Kein Lutscher! Kein Bonbon! Nicht einmal Schokolade! Enttäuschung machte sich in ihrem Gesicht breit.

„Sieht aus wie ein Apfel", antwortete sie wenig beeindruckt.

„Aber nein, ein Apfel ist das nicht", lächelte er. „Das ist ..." - er drehte die rotgelbe Frucht vor ihren Augen herum - „... ein PF-I-R- S-I-CH."

Langsam sprach er das unbekannte Wort aus und betonte jeden Buchstaben. „Streich mal mit der Hand darüber. Wie fühlte sich so ein Pfirsich an?"

Vorsichtig streichelte die Enkelin über die pelzige Haut. Ein seltsames weiches Gefühl war das. Zart wie Babyhaut. Zwei pralle Rundungen mit einer schmalen Kuhle dazwischen.

„Wie ein Popo mit ein bisschen Fell!" kicherte sie.

„Und nun riech mal daran", ermutigte sie ihr Großvater und hielt ihr die Frucht unter die Nase. „Riech mal ganz genau hin."

Tatsächlich! Der Pfirsich duftete!

Und er duftete! Nach Süße. Nach Sommer. Und nach einem fernen sonnenwarmen Land, weit weg vom Kinderheim. Genießerisch sog sie das Aroma ein bis in die hintersten Winkel ihrer Geruchsnerven. Nie wieder wollte diesen Duft vergessen.

Danach kramte Großvater Tiefenthal ein Obstmesser aus seiner Aktentasche und schnitt den Pfirsich entzwei. Elke betrachtet interessiert den riffeligen Stein in der Mitte und durfte endlich von der fremden Frucht kosten.

„Hmm", schmatzte sie genüsslich, während der Saft über ihr Kinn rann. Rasch leckte ihre Zunge über die Lippen und die Mundwinkel hin und her, um sich keinen Tropfen des süßen Saftes entgehen zu lassen.

„Köstlich, so ein Pfirsich, Opa", seufzte sie unendlich zufrieden und lutschte an ihren klebrigen Fingern. Glücklich strahlte sie den alten Mann an. „Bringst du mir nächstes Mal wieder so einen schönen Pfirsich mit?"

Opa war einfach der allerbeste!

Jahre später, als Elke in die fünfte Klasse kam, durfte Wolfgang das Kinderheim verlassen und in ein Lehrlingsheim nach Düsseldorf ziehen. Fred, der große Bruder, hatte vorher schon auf ein Internat gewechselt. Allerdings hatte er nicht das Abi-

tur gemacht und den Beruf des Priesters in Angriff genommen, sondern war nach der mittleren Reife bei einem Düsseldorfer Großbetrieb in die Lehre gegangen, was nicht nur Elke überrascht hatte. Mit seiner Berufswahl hatte er sich über alle verwandtschaftlichen Widerstände hinweggesetzt. Elke vermutete, dass er einen Beruf wollte, der ihm eine solide Grundlage bot. Nur ja nicht zurück in ein Leben mit ungewissen Aussichten, wie er es aus der Flüchtlingszeit kannte. Genau das schien er mit einem Studium zu verbinden.

Sie war nun die Einzige von den Geschwistern, die weiter im Kinderheim ausharren musste. Ihre Brüder waren für sie unerreichbar. Ebenso der Großvater. In seinem Altenheim hielten ihn Schwäche und Krankheiten dauerhaft an sein Bett gefesselt. Worunter er litt, wollte der Enkelin niemand verraten. Immerhin durfte sie ihn hin und wieder besuchen, doch sein Anblick beruhigte sie nicht. Zurück im Kinderheim fühlte sich Elke einsamer denn je.

Eines Nachmittags, als sie mit den anderen Kindern im Hof Völkerball spielte, huschte eine Nonne mit ihrem flatternden Gewand zu Schwester Frieda hinüber, die Aufsicht führte. Die beiden tuschelten miteinander. Zwischendurch sahen sie sekundenlang zu ihr hinüber.

Gerade hatte Elke ein Mädchen im gegnerischen Feld abgeworfen, als sie die Heimlichtuerei der beiden Frauen bemerkte. Sofort wusste sie, dass das Getuschel dort an der Tür etwas mit ihr zu tun hatte. Für Zwischenmenschliches hatte sie sehr feine Antennen ausgebildet.

„Opa", schoss es ihr siedend heiß durch den Kopf. „Es ist etwas mit Opa."

Sie überließ den Ball den verblüfften Gegnerinnen und stürmte zu den beiden Nonnen hinüber. Dabei stolperte sie und schlug sich das Knie auf dem Schotter auf, doch darauf achtete sie nicht.

„Ist was mit meinem Opa?" fragte sie Schwester Frieda ängstlich und zupfte ungeduldig an ihrem schwarzen Gewand, was eigentlich verboten war. Aber auf diese Frage wollte sie unbedingt sofort eine Antwort.

Die Nonne sah sie ernst an.

„Komm mit", forderte sie das Mädchen auf und nahm es schweigend mit in ihr Büro, eine enge Klosterklause im Seitentrakt.

Dort erfuhr Elke vom Tod ihres Großvaters. Sie stand steif neben dem Tisch, unfähig sich zu bewegen. Der Raum vor ihren Augen verschwamm in Tränen. Die Nonne versuchte, sie zu trösten, doch in dieser körpernahen Disziplin tat sie sich schwer. Schließlich überwand sie sich, beugte sich zu dem Mädchen hinunter und nahm es ein wenig steif in den Arm. Es war das erste und einzige Mal, dass Elke einer Nonne so nahekam.

„Ich will noch mal zu ihm", schluchzte sie. „Ihn wenigstens noch einmal sehen!"

Doch ihr Flehen war vergebens. Die Oberin ließ sie nicht zur Beerdigung fahren. Mit dem Verlust und ihrer grenzenlosen Trauer musste Elke allein fertig werden.

Auf dem Jakobsweg

Als die beiden Pilgerinnen mittags in Nájera ankommen, sind die Erinnerungen an Friedhof und Tod wieder verblasst. Sie wandern durch aufgeheizte Gassen und streifen an den festungsartigen Mauern eines mittelalterlichen Klosters entlang. Als uneinnehmbares Bollwerk gegen ein Heer schwer bewaffneter Heiden ist es einst gebaut worden.

Beim Anblick einer massiven, mit Eisennägeln bewehrten Holzpforte fallen Anja die vernachlässigten Pilgerpässe ein.

„Hier können wir uns doch bestimmt mal wieder einen Pilger- Stempel abholen", schlägt Anja vor.

Die Größe und das Alter des Bauwerks flößen Elke ein Übermaß an Respekt ein. Schnell will sie weiter, doch die Wanderkollegin scheint die Festung wenig zu beeindrucken. Unbekümmert schwingt sie einen Türklopfer, während Elke auf Abstand bleibt und unruhig von einem Fuß auf den anderen trippelt. Mit Klöstern und Nonnen möchte sie lieber nicht in Berührung kommen.

Anja teilt ihre Befürchtungen nicht und hämmert noch einmal mit voller Wucht gegen die dunkle Eichentür, hinter der es nachhallt wie im Innern einer Pauke. Doch nichts geschieht. Sie will sich gerade wieder abwenden, als sich in der Pforte plötzlich ein vergittertes kleines Türchen in Augenhöhe öffnet.

„Qué quieren ustedes [Was wollen Sie]?" krächzt eine uralte Nonne mit einer lauten, durchdringenden Stimme, die an einen Papagei erinnert.

Ein Gesicht schiebt sich hinter das Gitter. Es ist zum größten Teil mit den weißen Bändern einer Klostertracht einbandagiert wie ein Unfallopfer mit Kopfwunden. Die noch sichtbare Gesichtspartie verschwindet hinter einer dicken Hornbrille, die der Trägerin einen eulenartigen Ausdruck verleiht.

Elke springt erschrocken auf die Straße und verursacht eine wilde Huperei um sich herum. Bremsen quietschen, Autofahrer fluchen laut.

Anja weicht nicht von der Stelle und versucht geduldig, der Nonne ihren Wunsch begreiflich zu machen. Doch die scheint taub zu sein, denn sie krächzt immer weiter: „Qué quieren? Dígame, qué quieren?"

Bei ihrem Gekrächzte löst sich bei Elke der Schrecken wie der Korken aus einem Flaschenhals. Sie beginnt zu glucksen und zu beben. Zitternd packt sie ihre Freundin am Arm und zieht sie mit sich fort. Hinter der nächsten Straßenecke prustet sie los. Sie brüllt vor Lachen, bis sie einen Schluckauf bekommt.

„Kä käären", äfft sie die Nonne nach, hickst schallend und japst nach Luft. „Himmel, war das komisch! In meinem Kinderheim wurden wir von genau solchen Nonnen in schwarzen Gewändern und weißen Hauben betreut. Das Gesicht war zugeschnürt, wie bei der da. Ganz ähnlich. Vor diesen Nonnen hatte ich damals furchtbar viel Ehrfurcht. Nicht so richtige Angst – mit Furcht vermischte Beklemmung, könnte man das Gefühl vielleicht nennen. Nie, niemals ist mir damals aufgefallen, wie schrecklich lächerlich die sind! Kä käären…"

Sie tanzt wie besessen auf dem Bürgersteig herum, schüttelt sie sich vor Lachen und hält sich den Bauch.

„Kä käären! Gibt's sowas wirklich? Das ist doch total irre! Wie konnte ich mich bloß vor solch bizarren Gestalten, wie der da, jemals im Leben fürchten?"

Die Beklommenheit von damals scheint von ihr abzublättern wie eingeweichte Tapeten von einer Wand. Jubelnd fällt sie Anja um den Hals und lädt sie zu einem *Café con Leche* ein.

„Ach was, Kaffee ist jetzt gar nicht das Richtige", korrigiert sie sich hicksend. "Wir müssen dieses Erlebnis unbedingt mit Schampus begießen! Oder mit Gin, Whiskey, Cocktails, egal. Los komm, wir suchen uns eine schöne schattige Bar. Der Tag muss gebührend gefeiert werden!"

Mit einem immer noch gehobenen Alkoholpegel erreichen die beiden am Nachmittag die Herberge in Aforza. Mit einer Pilger- Massenabfertigung ist sie das genaue Gegenteil von der Unterkunft am Vortag. Offenbar ist sie für einen gewaltigen Menschenansturm geschaffen worden, denn sie verfügt über unzählige Doppelzimmer, jedes von ihnen eng wie ein Schuhkarton. Zwischen zwei schmalen Pritschen bietet das Schlafgemach gerade genug Platz, um darin Rucksäcke abzustellen und sich um die eigene Achse zu drehen. Die Trennwände rechts und links, die die Schlafkabinen voneinander trennen, bestehen aus Pappe. Den Mief der Wanderstiefel und das Schnarchen der Nachbarn lassen sie ungehindert passieren.

Im Untergeschoss gibt es immerhin einen Wäscheraum mit Waschmaschinen und Trocknern. Das ist höchst willkommen für ihre verschwitzte Kleidung, denn die lechzt nach einem Vollwaschgang, so wie sie selbst nach einer ausgiebigen Dusche.

„Ach, sieh mal an. Ihr seid hier auch schon angekommen!" begrüßt sie im Foyer eine alte Bekannte, die sie vom Busbahnhof in Bilbao kennen und wegen ihrer steifen Haltung „Königin Sylvia" getauft haben.

Die Mitpilgerin ist gerade damit beschäftigt, ihre Wanderstiefel festzuschnüren und sich für den Aufbruch zu rüsten.

„In diesen Besenkammern hier bleibe ich nicht", verkündet sie. "Das stinkt mir zu sehr. Puh! Nee. Da hänge ich heute lieber noch ein paar Kilometer dran."

Auch die Wanderschwestern sehnen sich danach, dem Massenbetrieb schnell wieder zu entkommen, aber das Tagespensum hat ihnen gereicht. Lieber verdrängen sie die Gedanken an die ungemütliche Nacht und entspannen sich mit den vielen anderen Pilgern im sonnigen Garten gleich neben ihrer Wäsche, die auf der Leine trocknet.

Im Mittelpunkt der Aufmerksamkeit steht ein exotisches Pärchen aus Frankfurt. Lange Rasta-Zöpfe baumeln um ihre Köpfe. Ihre farbenfrohen Schlabberhemden und Pumphosen sind mit indischen Schnörkelornamenten verziert, tibetanische Fähnchen zieren ihre Rucksäcke. Elke vermutet, dass sie schon ein ganzes Bündel von Erfahrungen in den angesagten Szenerien der Welt gesammelt haben, drogenunterstützte Bewusstseinserweiterungen inbegriffen. Nun also ist der Jakobsweg dran.

„Super ist das hier! Der Weg hat eine ganz eigene Spiritualität", schwärmt der junge Mann. „Wenn man Gott hier um etwas bittet, kriegt man das auch. Ist echt wahr!"

„Ja, genau. Diese Erfahrung haben wir selbst auch

schon gemacht", ergänzt seine Gefährtin. „Neulich unterwegs brauchten wir unbedingt was zu trinken. Unser Wasservorrat war alle. Da haben wir das einfach beim Universum geordert. Und zack! Mitten in der Pampa hinter ein paar Büschen stand so ein Wohnwagen und bot gekühlte Getränke an. Schwer zu glauben, was!"

Natürlich gelingt es Elke in der Nacht nicht den ersehnten, alptraumlosen Schlaf zu finden. Zu sehr erinnern sie die beengten Räumlichkeiten an Klosterzellen. Bevor sich wieder unwillkommene Erinnerungen in ihr Bewusstsein drängen, rafft sie lieber ihren Schlafsack zusammen und bettet sich auf einen Liegestuhl im Garten. Dort an einem Lagerfeuer hocken andere Pilger, die ebenso wenig die ersehnte Ruhe finden wie sie. Zusammen füttern sie das Feuer mit trockenen Ästen und erzählen sich von ihren Verlusten, von schwierigen Beziehungen und ihrer Suche nach innerem Frieden.

„Dort oben fliegt ein Ufo", ruft ein junger Mann und deutet in den Sternenhimmel links neben den Großen Wagen. Elke folgt seiner Hand mit den Augen.

„Tatsächlich, ja! Das sieht tatsächlich so aus!"

Alles scheint möglich.

5

Glaubenssache

In der Mittagshitze ihres nächsten Wandertags erreichen sie Santo Domingo de la Calzada, eine quirlige Stadt voller Lärm. Ungewohnt ist dieser erste Eindruck nach all den stillen Bergdörfern und den wohltuenden Landschaften mit ihren Wildblumenwiesen und Schmetterlingen. In dieser Stadt ragen überall Kräne aus den Häuserschluchten heraus. Bagger und Betonmischer lärmen und stauben um die Wette mit den Autos, die die Straßen verstopfen. Die Innenstadt scheint eine einzige Großbaustelle zu sein. Ganz in der Nähe einer Kreuzung schlägt dennoch unverdrossen eine Nachtigall, die sich anstrengen muss, um stimmlich den Krach zu übertönen.

Die Freundinnen machen eine äußerst günstige Übernachtungsmöglichkeit über einer Bäckerei ausfindig. Anja sinkt erschöpft auf das knarzende Metallbett aus Uromas Zeiten, das sofort unter ihr nachgibt wie eine Hängematte. Doch Elke bleibt stocksteif wie eine Grabsäule mitten im Raum stehen und starrt auf das Bett.

„Nein! Hier kann ich nicht schlafen!" erklärt sie. „Da! Schau dir das Mottenloch an! Da im Bettzeug!"

Eine Welle von Ekel überflutet sie. „Igitt, nee. Lieber übernachte ich draußen auf einer Parkbank."

Anja rollt mit den Augen und seufzt. Ohne viel Hoffnung versucht sie, dagegen zu argumentieren.

„Das Bettzeug ist gewaschen und heiß gemangelt. Schau mal. Alles frisch! Mottenlarven haben da drin garantiert nicht überlebt."

Am liebsten hätte Anja jetzt geduscht und die müden Beine hochgelegt, um ein kleines Nickerchen abzuhalten. Das war ihr überdeutlich anzusehen. Doch stattdessen steigt sie stöhnend in ihre qualmenden Stiefel, wuchtet den Rucksack auf ihren Rücken und eilt der Wanderfreundin hinterher.

„Deine Sturheit macht mich fertig!" seufzt sie und ergibt sich in ihr Schicksal.

Gemeinsam entdecken sie ein überteuertes aber halbwegs modernes Domizil an einem Platz, der von dichten Platanen überschattet wird. Kurz darauf rekelt sich Elke wohlig auf ihrem Bett.

„Diese alten Zimmer und Möbel und all das erinnern mich zu sehr an das Heim damals. Da war auch alles so schäbig und abgenutzt. So etwas kann ich heutzutage nicht mehr ertragen. Und trotzdem. Ich glaube, mit allen diesen Kindheitsgeschichten bin ich jetzt endgültig durch."

Anja dreht sich zu ihr um und zieht eine Augenbraue in die Höhe.

„Ist man das je? Ich denke inzwischen, dass jeder seine speziellen Aufgaben hat, an denen man dann knabbern muss. Und zwar ein ganzes Leben lang."

Elke runzelt die Stirn. Sie zieht ihr Handy aus der Gürteltasche und macht sich daran, ihre neusten Mails zu lesen. Plötzlich hält sie inne und sieht die Freundin fragend an, als seien ihre Worte erst jetzt bis zu ihr durchgedrungen.

„Quälen dich denn auch solche Sachen? Du hattest

vielleicht Eltern, die dich etwas zu sehr geliebt haben, aber sie haben doch wenigstens für eine schöne Kindheit gesorgt, oder?" Versonnen sieht sie durch das Fenster auf die Platanenblätter und seufzt. „Wie beneide ich dich darum!"

Anja verschränkt die Arme hinter dem Kopf und blickt zur kahlen Decke. Beige ist sie, wie alles in diesem Zimmer.

„Sicher, solche traumatischen Erlebnisse wie deine lasten nicht auf meiner Seele. Ich bin ein Nachkriegskind. Meine Eltern hatten durch ihre Kriegserlebnisse umso mehr auf ihren Schultern zu wuppen. Das waren für mich Traumata aus zweiter Hand, sozusagen. Vor ihrem ewigen Gejammer bin ich jahrelang weggelaufen. Buchstäblich bis ans andere Ende der Welt. Und das war immer noch nicht weit genug. Lange hat es gedauert, bis ich mich ihnen wieder nähern konnte." Sie schließt die Augen. „Auf jeden Fall tut mir im Augenblick der Abstand zu meinem Alltag richtig gut."

„Ach ja, du bist ja noch aktiv im Beruf", fällt Elke ein. „Das hatte ich gar nicht mehr auf dem Schirm. Ständig kreisen meine Gedanken nur um meine eigene Vergangenheit. Damit muss jetzt endlich Schluss sein!"

Als sie am späten Nachmittag durch die sakralen Bauten der mittelalterlichen Altstadt bummeln, begegnen ihnen - wie schon zuvor - eine stattliche Anzahl von gemalten, geschnitzten oder in Stein gehauenen Märtyrern, die mit einem solch verzückten Blick gen Himmel schauen, als sei es ein wahres Vergnügen, von Pfeilen durchbohrt oder auf irgendeine andere perfide Weise zu Tode gefoltert zu werden.

Bleiche Marienstatuen, mit viel Goldzierrat und einem steifen, verblichenen Brokatstoff ausgestattet, müssen in den Nischen dicker Steinmauern hinter Eisengittern ausharren. Gemütlich haben sie es in ihrem Gefängnis nicht. Ihre Schöpfer waren sichtlich bemüht, sie als göttergleiche Erscheinungen darzustellen. Von Freude und anderen beglückenden menschlichen Empfindungen sollten sie offenbar so weit wie möglich verschont bleiben.

Besonders viele dieser sakralen Sehenswürdigkeiten präsentiert die Kathedrale der Stadt, ein Verließ artiger Bau mit meterdicken Wänden und Kuppeln. Trutzig wirkt er, einer Festung ähnlicher als einer Kirche.

„Da sind ja mal wieder massenweise heilige Märtyrer versammelt, die sich wie Jesus für die Sünden der Menschheit geopfert haben! Mit denen kann ich gar nichts anfangen", kommentiert Anja die Szenerie und seufzt so gequält, als stände ihr ein ähnliches Schicksal unmittelbar bevor. „Für meine Sünden muss jedenfalls niemand gefoltert oder getötet werden. Natürlich mache ich Fehler, das ist ja menschlich, aber für die Todesstrafe reichen meine Vergehen wirklich nicht."

Während Elke sich vorsichtig vorwärtstastet, schlendert Anja ungezwungen über steinerne Grabplatten hinweg.

„Und obendrein verbreitet die Kirche so völlig unglaubwürdige Geschichten!" Anja deutet auf den Wanderführer in ihrer Gürteltasche.

„Das Buch führt allerhand Kostproben dazu auf. Genau an diesem Ort, wo wir jetzt sind, soll sich zum Beispiel ein besonders bizarres *Wunder* zugetragen haben: Als mahnendes Zeichen Gottes seien gebratene Hähnchen wieder zum Leben erwacht, erzählt eine dieser Legenden allen Ernstes. Direkt aus der heißen Bratpfanne seien sie auf und davon geflattert."

Sie rollt mit den Augen und kräuselt den Mund.

„Also, wirklich! Wer glaubt denn heutzutage noch an solche haarsträubenden Märchen? Nee, mein Verstand läuft dabei Amok."

Elke lacht auf.

„Ja, das ist wirklich reichlich absurd. Aber darüber denken strenggläubige Katholiken nicht nach. Und erst recht nicht die Kinder, die dauernd mit solchen Geschichten gefüttert werden. So wie wir damals im Kinderheim", erinnert sie sich. „Niemals wären wir auf die Idee gekommen, Glaubensinhalte in Frage zu stellen, selbst wenn sie noch so verworren waren."

Diese Gedanken beschäftigen Anja eine Weile, während sie durch die finstere Kathedrale flanieren.

In einer Wandnische über ihren Köpfen sind ein paar blasse Hühner in einem Käfig eingesperrt und picken auf dem Boden herum. Dort im Dämmerlicht bleibt den Tieren nichts anderes übrig, als ihr Leben dem Andenken an jenes Wunder der Stadtgeschichte zu widmen. Laut Wanderführer sollte der Hahn beim Anblick von Pilgern eigentlich krähen, doch heute hält er sich nicht an sein Drehbuch.

Elke betrachte die Tiere kopfschüttelnd. Auf Tierquälerei reagiert sie allergisch.

„Wenn ich in so eine Legebatterie eingepfercht wäre, hätte ich auch keine Lust auf Kikeriki!" kommentiert sie die Haltungsbedingungen, während Anja mit ihren Gedanken in religiösen Grundsatzfragen festhängt.

„Diese biblischen Geschichten rund um ein höheres

Wesen mit durch und durch menschlichen Zügen kann ich einfach nicht glauben. Mein Verstand sagt mir, dass die Leute sich immer genau die Götterwelt zurechtzimmern, die sie gerade brauchen. Aber irgendwie beneide ich jene, die so felsenfest glauben können, um ihren beruhigenden Kokon von Heilsversprechen", überlegt sie versonnen. „Der federt sie immerhin ab gegen alle Ängste und Unsicherheiten des Lebens. Diese Schutzschicht habe ich jedenfalls nicht. Aber ich sehne mich danach, muss ich zugeben. Nach genauso einem religiösen Fundament, das mich trägt, und nach der dazugehörigen Gemeinschaft."

„Ja, da ist was dran. Lange nach dem Heim habe ich den Glauben in völlig neuer Form für mich wiederentdeckt. In der Gemeinde in Düsseldorf, zu der mein Mann und ich gehören. Dort trägt uns so eine Gemeinschaft. Außerdem haben wir einen glaubwürdigen Pfarrer", erzählt Elke, als sie sich dem Ausgang des Gruft artigen Gemäuers nähern.

„Das zusammen ist wirklich wichtig. Nicht diese Heiligen und ihre merkwürdigen Geschichten. Auch nicht die Rituale und schon gar nicht diese kirchlichen Dogmen. Nein, ohne den Pfarrer hätte ich nie und nimmer in den Schoß der Kirche zurückgefunden. Die religiösen Spuren, die mein tiefgläubiger Großvater in mir gesät hatte, waren zuvor im Wuppertaler Kloster gründlich zerstört worden."

Erleichtert treten beide hinaus auf den freundlichen Platz vor der Kathedrale. Sie steuern eine Bank an, strecken die Beine aus und genießen die milde Abendsonne.

„Aber Rituale können doch auch wohltuend sein. Sogar heilsam, manchmal", wendet Anja ein.

„Vielleicht. Aber in meiner Heimkinderzeit bestand das Leben von morgens bis abends aus Ritualen. Aus unzähligen Pflichtübungen", fährt Elke nach einer Weile fort. „Die habe ich als extrem langweilig in Erinnerung. Wahre Ewigkeiten mussten wir vor Kruzifixen und Madonnen auf harten Kirchenbänken knien und beten, beten, beten. Jedes Kind bekam einen Rosenkranz in die Hand. 59 Perlen waren darauf aufgezogen, glaube ich. So was kennst du gar nicht, oder?"

Anja schüttelt den Kopf.

„Nee, ich war nie katholisch. Diese Rituale sind mir vollkommen fremd. Find ich aber spannend. Was macht man mit so einem Rosenkranz?"

Elke räuspert sich und blickt geistesabwesend zu den trippelnden Tauben, die vor ihnen auf dem Pflaster mit den Köpfen rucken und gurren.

„Also. Man muss die Perlen der Kette in der Hand langsam vorwärtsbewegen und jedes Mal murmeln: *Gegrüßet seist du, Maria, voll der Gnade, der Herr ist mit dir.*"

Gedämpft singt sie die Worte auf gleichbleibender Tonhöhe vor sich hin.

„Du bist gebenedeit unter den Frauen, und gebenedeit ist die Frucht deines Leibes, Jesus. Heilige Maria, Mutter Gottes, bitte für uns Sünder jetzt und in der Stunde unseres Todes. Amen. Bei der ersten Perle musste man nach ,*Jesus*‘ hinzufügen: ,*… der in uns den Glauben vermehre*‘, bei der nächsten Perle ,*… der in uns die Hoffnung stärke*‘ und danach ,*… der in uns die Liebe entzünde*‘ und so ging das ewig weiter. 59 Perlen lang. Zwischendurch kam zur Abwechslung dann mal ein *Vater Unser*."

„Puh. Kompliziert! Da muss man sich richtig konzentrieren. Mir scheint, das ist gar nicht so anders als bei

Zen- Übungen. Auf jeden Fall klingt es meditativ, dieses Rosenkranzbeten. Ist vielleicht so ähnlich wie das Laufen auf unserm Pilgerweg. Sich auf nichts anderes als den nächsten Schritt zu konzentrieren, an nichts anderes mehr denken... den Kopf frei machen. Wohltuend irgendwie."

Elke verscheucht eine Taube, die an ihren Schnürsenkeln zupft.

„*Sooo* entspannt war das Rosenkranzbeten für uns Kinder damals nicht. Wir mussten immer höllisch aufpassen. Man kann da schnell mal was durcheinanderbringen. Eine Nonne ist immer durch die Reihen stolziert und hat den Kindern mit einem Stöckchen auf die Finger gehauen, wenn sie einen Fehler gemacht haben. Das war schon lästig! Aber was noch schlimmer war: wir mussten dauernd zur Beichte!"

„Beichten? Was kann man als Kind denn beichten?" fragt Anja erstaunt.

„Och, ich habe mir irgendwas ausgedacht. *‚Sündige Gedanken'* habe ich meistens gesagt. Das hatte ich irgendwo aufgeschnappt. Natürlich wusste ich nicht genau, was das bedeutet. *‚Ungehorsam'* passte auch meistens, zumindest der Ungehorsam in den Gedanken, aber ich konnte ja nicht immer die gleiche Sünde verwenden. Man musste schon ein bisschen variieren, sonst fiel es auf. Und das war dann schon wieder irgendwie sündig. Trotzdem wurde uns auf Schritt und Tritt mit dem Fegefeuer und mit ewiger Verdammnis gedroht."

Bei den Gedanken an die religiöse Erziehung verzieht Elke schmerzhaft ihr Gesicht.

„Ich glaube, am schlimmsten war für mich, dass ich ständig überwacht wurde. Was die Nonnen nicht sahen, würde Gott bemerken. ‚Gott sieht alles‘, hieß es immer. Da gab es kein Entrinnen. Unheimlich war dieser Gedanke! Oft habe ich davon geträumt, fest verschnürt in einem Spinnennetz zu hängen. Aber manchmal konnte ich mich im Traum davon befreien. "

Wuppertal 1951

Zum Gottesdienst in der Klosterkirche begleiteten ein größere Zahl von Nonnen die Heimgruppen. Eine von ihnen stieg nach oben auf die Empore und behielt ihre Schützlinge von dort aus fest im Auge. Unermüdlich wanderten ihre Blicke von einem Kind zum anderen.

Die meisten Heimkinder dämmerten vor sich hin, doch sie hatten sich mit der Zeit eine Körperhaltung angeeignet, die Frömmigkeit vorspiegelte und Langeweile überdeckte.

Auch Elke war in dieser Disziplin trainiert. Doch heute hatte sie einen Platz neben ihrer besten Freundin Eva ergattert, die mit ihrer Familie zur sonntäglichen Messe gekommen war. Die beiden tuschelten gerade angeregt miteinander, als von der Empore eine Stimme herunter schrillte wie die von Sankt Michael persönlich:

„Elke, du betest nicht!"

Erschrocken sah sich die Ertappte um, und auch andere Gottesdienstbesucher schauten irritiert zur Empore hoch.

Das konnte nur eine Wächterin vom Kloster sein. Bestimmt war es keine Heilige. Elke riss sich zusammen und versuchte,

*ihre übliche Frömmigkeitspose anzunehmen, doch neben ihr
begann Eva zu kichern.*

„Was war das denn?"

*Die Freundin zeigte sich wenig beeindruckt von der Zu-
rechtweisung von höchster Stelle. Da war es auch für Elke
leichter, die unangenehme Stimme abzuschütteln.*

*„Das ist bestimmt eine von unseren Nonnen", flüsterte sie
und grinste vielsagend.*

Wieder ertönte die Stimme von der Empore:

„Elke, du betest nicht!"

*Nach dem Gottesdienst bemühte sich das Mädchen, unauf-
fällig in der Heimkindergruppe unterzutauchen, die sich auf
die Klosterpforte zubewegte, um der Wächterin nicht in die
Hände zu laufen. Doch eine Ordensschwester packte sie am
Arm und zog sie aus der Reihe.*

*„106, du gehst nach dem Mittagessen sofort wieder zurück
in die Kirche!", befahl sie. „Du hast im Haus Gottes ge-
schwatzt und nicht gebetet. Das ist eine Sünde! Deshalb wirst
du zur Strafe nach dem Essen zurückkehren und dich im Gebet üben. Bitte unseren Herrn Jesus Christus und die Jungfrau Maria um Verzeihung. Du weißt: Gott sieht alles!"*

*Das wollte Elke nicht ohne Widerspruch hinnehmen. Mit all
den Stadtleuten um sich herum fühlte sie sich stärker.*

*„Nein, das geht nicht", erklärte sie mit fester Stimme. „Mein
Opa holt mich heute vielleicht ab."*

*„Betrachte es als gerechte Strafe, dass du ihn diesmal nicht
siehst", erwiderte die Nonne streng. „Du bleibst bis zur
Abendandacht dort sitzen und betest. Schwester Benedikte
wird das überwachen."*

*Die Nonne ließ nicht locker. So blieb Elke nichts anderes
übrig, als nach dem Essen in die hölzernen Bankreihen zu-
rückzukehren. Allerdings suchte sie sich einen Platz, der von*

der Empore aus nicht gut einsehbar war, denn sie würde auf keinen Fall beten. Nun erst recht nicht!

Die Kirchgänger, die nach und nach zur Abendandacht erschienen, wunderten sich über das Kind, das mutterseelenallein in der Kirche hockte.

„Wieso sitzt du hier? Hast du Kummer?" erkundigte sich eine alte Frau und setzte sich zu ihr.

„Nee, das ist nur zur Strafe", antwortete Elke. „Weil ich heute Morgen in der Messe nicht genug gebetet habe."

Die Alte schüttelte missbilligend den Kopf und schob ihr ein Bonbon zu.

Auf dem Jakobsweg

„Aber diese biblischen Lehren von der Liebe und Barmherzigkeit Gottes und auf der anderen Seite das gnadenlose Christentum, das die Nonnen in deinem Heim mit ihren Strafen und Misshandlungen praktiziert haben, das passte doch vorn und hinten nicht zusammen. Sind denen die Widersprüche denn gar nicht aufgefallen?" fragt Anja und erntet einen verständnislosen Blick.

„Nein, natürlich nicht. Nie!"

Auf der Bank hinter der Kathedrale von Santo Domingo de la Calzada räkelt sich Elke ausgiebig und massiert ihre Schultern. „Die hielten all ihr Tun für super christlich. Damals war das die gängige Überzeugung. *,Wer sein Kind liebt, der züchtigt es'*, hieß es doch immer. Und das war nicht nur bei den Katholiken so."

„Vielleicht ist das ja so ähnlich wie mit diesem heiligen

Jakobus", überlegte die Freundin. „Du weißt schon, der Namensgeber unseres Pilgerwegs. Der Legende nach soll er Jahrhunderte nach seinem Tod auf dem Seeweg aus dem Heiligen Land hier irgendwo gestrandet sein. Das ist auch so eine reichlich abstruse Geschichte. Danach ist er dann wieder ins Leben zurückgekehrt mit der göttlichen Order, die Mauren, also die spanischen Muslime vor Ort, massenhaft zu massakrieren. Je grausamer, desto christlicher. Diese Heiden wollte man aus Spanien vertreiben oder am besten ganz ausrotten. Als Widerspruch zur biblischen Botschaft hat das seltsamerweise niemand empfunden. Auch Kriege, Folter, Hexenverbrennung und sogar die Sklaverei wurden mit der Heiligen Schrift gerechtfertigt…"

„Wie bitte?"

Stirnrunzelnd richtet Elke sich auf. „Wir laufen hier auf dem Weg eines heiligen Massenmörders?"

Anja lacht. „Tja, so seht es aus. Aber die Zeiten und die Glaubensüberzeugungen haben sich in der Zwischenzeit glücklicherweise geändert. Deshalb laufen wir heute nicht mehr in dem gleichen Geist wie dieser Maurenhasser. Wir machen einfach etwas Eigenes draus!"

„Genau. Das machen wir! Wenigstens haben wir keine blutigen Massaker zu verarbeiten, sondern nur Kindheitstraumata", seufzt Elke. „Wahrscheinlich ist das angenehmer. Schau mal, dort drüben ist wieder eine wunderhübsche Jakobsmuschel."

Sie zeigt auf eine Betonmauer auf der anderen Seite des Platzes, auf der das leuchtend gelbe Zeichen auf himmelblauem Grund gepinselt ist. Es strahlt wie die Sonne.

„Da drüben geht es also morgen früh weiter."

6

Land unter

Nach Villafranca Monte de Oca

Die Pilgerroute führt sie am nächsten Tag bei Nieselregen durch zahllose Dörfer, die allesamt Geisterorte zu sein scheinen. Niemand außer einer streunenden Katze lässt sich in den Gassen blicken, die von heruntergekommenen Häusern flankiert werden. Verwitterte Schilder verweisen darauf, dass viele der Bauten zum Verkauf stehen. Zwischen Schlammpfützen und Misthaufen rostet landwirtschaftliches Gerät vor sich hin.

„Wir befinden uns hier jetzt im reichen und allerchristlichsten Königreich Kastilien", informiert Anja ihre Freundin und zwinkert ihr vielsagend zu. Anders als Elke konsultiert die Lehrerin täglich den Reiseführer und studiert eingehend die Wegbeschreibungen.

„Na, welches dieser schnuckeligen Anwesen würdest du denn gern erwerben?"

Elke lacht, und beide beginnen, die schlimmsten Bruchbuden am Straßenrand in den höchsten Tönen anzupreisen. Mit diesem Makler-Geplänkel verkürzen sie sich die nächsten Wanderstunden. Einfach mal herumzualbern tut so unbeschreiblich gut!

„Ich würde gern einen Kaffee trinken und etwas essen", seufzt Elke schließlich.

Ihr Rücken meldet sich mit seinen altgewohnten Schmerzen zurück. Sie geben einfach keine Ruhe. Im

Gegenteil. Jeden Tag scheinen sie ein wenig stärker zu werden.

„Aber hier gibt es noch nicht mal eine Bar! Keine Tankstelle, kein Geschäft. Nichts! Einfach gar nichts!"

Auch Anja sehnt sich nach belebteren Gegenden.

„Das hier erinnert mich an verlassene Orte im Wilden Westen, als der Goldrausch vorbei war und das Geld alle. Echt deprimierend!"

Nach 24 Kilometern lässt sie „Beldorado" endlich wieder aufatmen. Die Ortschaft zieht sich an einer vielbefahrenen Durchgangsstraße entlang. Hier entdecken sie neben einem Café auch eine akzeptable Unterkunft. Beldorado bietet überdies eine hübsche Anzahl von Geschäften. Endlich wieder shoppen können! Was für eine Wohltat!

„Gandalf" und „Königin Sylvia" treffen sie zusammen mit anderen Pilgern abends vor einer Bodega wieder, in der günstige Pilgermenüs angeboten werden.

Rasch schieben sie Bistrotische zusammen und setzen sich zu ihnen. Gemeinsam tauschen sie bei Paella, Spaghetti und Rotwein ihre Erlebnisse untereinander aus. Genüsslich schildern sie die unappetitlichen Details von unhygienische Pilgerherbergen und Gaststädten. Die Erfahrungen der Jakobsweg- Touristen sind auf diesem Gebiet unerschöpflich.

Das Frankfurter Rasta-Pärchen unterbricht die Schauergeschichten und drängelt sich auf ein paar Gläser Wein zwischen sie. Mit ihrer Ankunft wenden sich die Gespräche den wunderlichen Seiten des Jakobswegs zu. Die beiden jungen Leute schienen alle Bücher auswendig zu kennen, in denen Berühmtheiten von ihren Pilgerwanderungen erzählen.

„Was die alles erlebt haben! So richtig echte Wunder! Bin mal gespannt, was uns noch so alles passiert!"

In dieser Hinsicht geben sich alle zuversichtlich.

„Wenn jetzt auch noch die Regenzeit endet, dann wäre das schon ein echtes Wunder!"

Als göttliches Zeichen strahlt die Sonne vor ihrem Untergang zur Feier des Abends durch die Wolken und taucht die Grüppchen rotweinschlürfender Pilger in ihr warmes Licht.

Auf den Türmen und den Dächern höherer Gebäude rundherum haben Störche ihre Horste hoch aufgestapelt und kümmern sich pflichtbewusst um ihren Nachwuchs. Kleine Hälse mit schwarzen Schnäbeln recken sich neugierig über den Rand des Horstes.

Auf ihrer nächsten Etappe schmilzt die Hoffnung auf ein Wunder schneller dahin als Eiswürfel im Backofen. Es nieselt wieder ohne Unterbrechung. Mehr noch als zuvor bedecken dunkelbraune Wasserlachen den markierten Weg. Fortwährend müssen sie zum Wohle ihrer Stiefel Umwege über Wiesen und Steinbrocken suchen. Mauern wie in den Weinbergen, auf denen sie balancieren könnten, gibt es in dieser ebenen Wiesenlandschaft nicht.

Bei einem unbedachten Schritt versinkt Elke plötzlich bis zum Knie in einem Schlammloch. Sie fuchtelt wild mit den Armen, um das Gleichgewicht zu halten und nicht vollständig im Matsch zu landen. Wütend flucht sie vor sich hin.

„Aua, oh, dieser Ruck ging jetzt voll auf die Wirbelsäule, verdammt! Fühlt sich beinah an wie ein Hexenschuss! Ein einziger falscher Schritt war das doch nur! Hoffentlich verzeiht mir mein Rücken diesen Fehltritt. Er macht sowieso schon ständig Ärger. So ein Mist! Ein Bandscheibenvorfall wäre das Allerletzte, was ich jetzt gebrauchen kann."

Anja hilft ihr, sich aus dem Schlammloch wieder herauszuwinden. Kraft kostet das. Beide fühlen sich danach restlos erschöpft.

„Im nächsten Ort trinken wir erst einmal einen erstklassigen *Café con Leche*!" versucht Anja die Freundin zu trösten. „Das ist eine ganz wunderbare Medizin gegen so ziemlich alles!"

Aber ihre Geduld wird auf eine harte Probe gestellt. Die Schlamm- und Wasserwüste vor ihnen will einfach kein Ende nehmen. Sie springen von Grasbüschel zu Grasbüschel und suchen pausenlos nach festeren Erhebungen, die ihrem Gewicht standhalten. Anstrengend ist das! All ihre Konzentration müssen sie aufwenden, um Meter für Meter voranzukommen. Schließlich scheint gar nichts mehr zu gehen. Nicht vorwärts und nicht zurück. Sie schauen sich ratlos an.

„Was nun?"

Wie aus dem Boden gewachsen erblicken sie dreißig Meter vor sich urplötzlich eine kleine alte Dame. Ihr schneeweißes Haar ist im Nacken zu einem straffen Knoten zusammengebunden. In einem gesteppten Morgenmantel gekleidet, der über und über mit gelben Rosen bedruckt ist, steht sie mitten auf der überschwemmten Wiese. Mit einer Hand stützt sie sich auf einen

Regenschirm, mit der anderen winkt sie ihnen zu.

Die beiden haben sie nicht herankommen sehen und reiben sich verwundert die Augen. Was ist das denn für eine Erscheinung?

Elke starrt entgeistert auf die Hausschuhe mit Bömmelchen, die auf die Entfernung deutlich zu erkennen sind und vollkommen trocken aussehen.

Die Frau deutet unterdessen geduldig auf einzelne Punkte vor ihren Füssen.

„Siguen adelante. Un paso para allá! Muí bién. Y luego para allá! Eso es. Muí bién."

Anja folgt den Anweisungen: Einen Schritt rechts auf ein Grasbüschel. Dann ein Stückchen weiter links… Elke hält sich dicht hinter ihr. So dirigiert der rettende Engel mit den Bommel-Puschen die Wanderer Schritt für Schritt aus der Wasserwüste heraus.

„Land, endlich wieder Land! Ich glaube, wir haben das Schlimmste hinter uns", ruft Elke erleichtert und sieht sich um.

Die alte Frau im Morgenmantel, die dort gerade noch die Stellung gehalten hat, ist verschwunden. Wie eigenartig! Aber immerhin, sie sind gerettet!

„So muss sich ein Schiffbrüchiger fühlen, der wider Erwarten doch noch eine rettende Insel erreicht", jubelt Anja. „Jetzt ist aber unbedingt ein Café unser nächstes Ziel. Was habe ich für einen Kohldampf!"

Im dem Ort, der viel zu viele Kilometer weiter vor ihnen auftaucht, finden sie eine Albergue. Wie zur Belohnung hält sie neben dem obligatorischen Milchkaffee leckeren, selbstgebackenen Kuchen für sie bereit und

Schalen voller frischer Erdbeeren mit Sahnehäubchen.

Elke würde am liebsten gleich dableiben, doch Anja überredet sie, noch einige Kilometer weiter zu laufen.

„Morgen müssen wir über das Oca-Gebirge. Das wird sehr anstrengend! Lass uns besser so dicht wie möglich dort heran wandern. Der Reiseführer warnt ausdrücklich davor. Die Strecke scheint furchtbar lang zu sein, und sie hat einen steilen Anstieg. Unterwegs kann man nirgendwo einkehren oder übernachten. Da ist dann nichts als Natur pur ohne Ende!"

„Meine Vorfreude hält sich in Grenzen. Mir tut jetzt schon der Rücken weh", stöhnt Elke. „Aber ein paar Kilometer gehen noch."

In Villafranca Monte de Oca verwünscht sie diese Entscheidung. Nach längerer Suche finden die beiden ein Zimmer über einer Brummi-Kneipe, das mit altem, wahllos zusammengewürfeltem Mobiliar so vollgestopft ist, als diene das Gästezimmer zugleich als Abstellraum und Rumpelkammer. Das Bett eignet sich eher zum Trampolinspringen denn zum Schlafen. Und als Elke den Fehler begeht, sich auf den einzigen heilen Sessel niederzulassen, versinkt sie bis zum Fußboden darin. Diese Unterkunft ist haargenau von der Art, die sie am meisten verabscheut, doch die Alternativen vor Ort, die sie zuvor besichtigt haben, waren noch um einiges schlimmer.

Am Abend trudeln auf einem Schotterplatz unter ihrem Fenster nach und nach eine große Anzahl LKW ein. Einige der Fahrer halten die Motoren die ganze Nacht im Leerlauf.

„Vielleicht müssen sie ihre Waren kühlen", vermutet Elke.

Anja antwortet nicht, denn sie schläft längst wie ein Murmeltier und schnarcht vor sich hin. Die Ventile der Lastwagen stöhnen von Zeit zu Zeit auf wie fiebernde Riesen und halten Elke wach. Wieder stehen vergessene Szenen ihrer Kindheit lebendig vor ihren Augen, als wäre sie direkt dorthin zurückgebeamt worden.

Wuppertal 1952

Die Masern gestalteten sich für Elke zu einer furchtbaren Tortur. Nicht nur, dass sie mit der Krankheit vollkommen allein gelassen wurde. Damit sie die juckenden Pusteln nicht aufkratzen konnte, banden die Nonnen außerdem ihre Arme und Beine an den eisernen Streben des Bettgestells fest. Auf diese Weise mussten sie sich um die kleine Patientin nur selten kümmern.

So lag Elke hilflos ausgestreckt, wie der Jesus am Kreuz über ihr an der Wand und war zur Bewegungslosigkeit verdammt. Jammern half auch nicht weiter. Niemand würde darauf reagieren, das wusste sie seit ihrem ersten Tag im Kinderheim. Stunden dehnten sich zu qualvollen Ewigkeiten.

Zum unerträglichen Kribbeln auf der Haut gesellten sich bald ziehende Schmerzen in den Gliedmaßen und im Rücken, weil sie sich nicht bewegen konnte. Sie wollte sich wälzen, drehen, krümmen, kratzen. Doch all das blieb ihr verwehrt. Sie war ebenso hilflos und ausgeliefert, als läge sie auf einer mit-

164

telalterlichen Streckbank. In dieser Situation tauchte Tante Grete als rettender Engel auf.

Obwohl sie weit entfernt wohnte, ließ sie sich seit Großvater Tiefenthals Erkrankung, die ihn ans Bett fesselte, ab und zu im Heim blicken, um an seiner Stelle nach dem Mädchen zu schauen. Viel Zeit hatte sie nicht mitgebracht. Sie war immer in Eile, doch im Gegensatz zu der anderen Tante mochte Elke sie sehr gern, denn sie nahm die Sorgen ihrer Nichte ernst. So auch heute.

„Binden Sie das Kind sofort los", rief Tante Grete fassungslos, als sie die Bescherung sah. „Das ist doch unmenschlich!"

„Los! Befreien Sie das Kind von diesen Fesseln", befahl sie in ungewohnter Lautstärke, als sich die Nonne nicht rührte, „oder ich melde es dem Jugendamt!"

Vielleicht konnte sich Grete gut an eigene Erfahrungen mit der Wehrlosigkeit erinnern. Bei Elkes Anblick schien ihre Stimme zu explodieren. Als sie sich mit blitzenden Augen zu ihrer vollen Größe aufrichtete und wild mit den Armen ruderte, gab die Nonne schließlich nach und löste die Bänder. Danach streichelte Grete ihre Nichte zärtlich und massierte ihre Handgelenke.

„Ich glaube, ich werde mir häufiger die Zeit nehmen müssen und nachsehen, ob mit dir alles in Ordnung ist", erklärte sie zu Elkes großer Freude.

Tante Grete war ein Engel! So energisch und selbstbewusst wollte sie auch mal werden, wenn sie groß war, nahm sich das Mädchen vor.

Nur noch einer ihrer Brüder lebte im Heim. Während Fred dort nur wenige Jahre verbracht hatte, um anschließend auf das Gymnasium eines Internats zu wechseln, blieb Wolfgang der Zugang zu einer höheren Schule verwehrt. Ferdinand Tiefenthal fehlten die Mittel, um zwei Kindern einen Internatsplatz zu finanzieren, also blieb er im Heim.

Die Nonnen wiederum weigerten sich, ihn auf das örtliche Gymnasium zu schicken. Für eine höhere Bildung schiene er ihnen ungeeignet, hatten sie verkündet. Elke wusste davon, und sie nahm an, dass die Ordensschwestern vor allem Scherereien aus dem Weg gehen wollten und um ihren guten Ruf besorgt waren. Sie mussten damit rechnen, dass Wolfgang allerhand Streiche ausbrüten würde auf dem langen Schulweg, der ihn – ganz allein auf sich gestellt - quer durch die Stadt führte. Lieber behielten die Nonnen ihn im Auge und griffen auf die altbewährten Rezepte innerhalb der klösterlichen Mauern zurück, um dem Jungen seine Flausen auszutreiben. Das schien ihnen wichtiger als eine höhere Schulbildung.

Dabei konnte Wolfgang gar nichts daran ändern. In seinem Kopf sprossen ständig lustige Ideen wie die Gänseblümchen auf einer Wiese. Mähte man sie ab, wuchsen gleich wieder neue nach. Bei den Mitschülern in seiner Klasse hatte er damit ein Stein im Brett, nicht jedoch bei den Ordensfrauen und Erzieherinnen.

Arg litt er unter ihren harten Strafen, die für ihn noch mehr als bei den Mädchen, aus Prügel und Einzelhaft bestanden. Wie sehr hasste er es, ständig reglos im Gebet zu verharren, stundenlang das Evangelium auswendig zu lernen! Lieber hätte er seine Umgebung erforscht und seine sportlichen Fähigkeiten und musikalischen Talente erprobt. Elke wusste, wie sehr er unter den Klosterbedingungen litt. Angewidert zwängte er sich jeden Tag aufs Neue in die Heimkleidung. Sie allein schon symbolisierte für ihn die Enge, die tägliche Quälerei und Härte. Seine Beine juckten ständig in den halb verfilzten Wollstrümpfen, die mit Strapsen an ebenso rauen Leibchen geknüpft waren. Darüber scheuerten, wie bei allen Jungen, winters wie sommers kurze steife Hosen.

„Zwangsjacken sind das", beschwerte er sich immerzu bei seinen Geschwistern. „Nur weiter unten."

„Hör auf, dich zu kratzen", hatte ihn der große Bruder ermahnt, der mit alledem besser zurechtgekommen war. „Damit machst du es nur noch schlimmer."

Elke grübelte darüber, aber ihr fiel nichts ein, was ihrem Bruder helfen könnte. Es war zum Verzweifeln. Häufig schon hatte Wolfgang versucht, aus dem Heim fortzulaufen. Seinen ersten Ausbruchsversuch wagte er gleich an seinem ersten Tag, nachdem der Großvater ihn den Nonnen übergeben hatte. Mit dem Heimdasein fand er sich nie ab, aber irgendwann gab er weitere Fluchtversuche auf.

In der Adventszeit kam traditionell ein Nikolaus in das Kinderheim der Franziskaner. Erst zu den Mädchengruppen, dann zu den Jungen. Wie üblich stand dem guten Mann mit dem Rauschebart auch in diesem Jahr als Gegenstück wieder ein finster dreinblickender Knecht Ruprecht mit Rute zur Seite, den die Kindern hier „Hans Muff" nannten. Kleine Geschenke für den großen Jutesack des Nikolaus hatte der Frauenkreis der angeschlossenen Gemeinde in den Wochen zuvor „für die armen und bedauernswerten Waisenkinder" gebastelt.

Doch nicht alle Kinder wurden in der Weihnachtszeit mit ihren Geschenken beglückt. Entscheidend war, wie sie sich im vergangenen Jahr betragen hatten. Darüber führte der Nikolaus – für alle sichtbar – ein dickes goldenes Buch.

Elkes Chancen, darin lobend erwähnt zu werden, standen nicht besonders gut, Wolfgangs Aussichten waren miserabel. Beide wussten, dass seine Scherze und Streiche bei den Nonnen und den Erzieherinnen nicht auf Gegenliebe stießen, doch sie ahnten nicht, dass sie sich mit dem Mann hinter der Hans-Muff- Verkleidung vor der Nikolausvorstellung in diesem Jahr abgesprochen hatten:

„Versohl mal den Jungen 258. Der hat's verdient."

Hans Muff grinste und rieb sich vergnügt die Hände.

„Nummer 258. Soso. Na, den werde ich schon kleinkriegen", versprach er. „Den kriegt ihr nachher ganz brav zurück."

Und Hans Muff hielt sein Versprechen.

Von all dem erfuhr Elke erst später. Beim Abendessen im Mädchen-Speisesaal wurde ihr unterdessen der leere Brotkorb hingehalten.

„106, lauf und hol geschwind noch mehr Brot aus der Küche", wurde ihr aufgetragen.

Wortlos nahm sie den Korb entgegen und stieg die Kellertreppe hinab. Fix musste sie sein, wenn sie keine Ohrfeige riskieren wollte. Auf dem Weg in die Küche traf sie zwei Jungen aus Wolfgangs Gruppe.

„Hans Muff hat deinen Bruder ganz hübsch verprügelt", raunten sie ihr zu. „Der Hosenschisser sitzt in der Kleiderkammer und heult. Hat wohl die Büx voll."

Elke zögerte keinen Augenblick. Sie stürmte an der Küche vorbei und den Gang entlang zur Kleiderkammer. Tatsächlich! Dort hockte ihr Bruder auf einer Bank und krümmte sich vor Schmerzen.

„Wolfgang! Was ist los mit dir?" rief sie entsetzt. „Ach du Schreck, du blutest ja!"

Tatsächlich hatte ihr Bruder rote Striemen im Gesicht, und Blut rann ihm aus der Nase und aus einer Platzwunde auf der Stirn.

„Das war Hans Muff", schniefte er. „Ich habe gedacht, er

schlägt mich mausetot! Was für ein Wunder, dass ich das Donnerwetter doch noch überlebe. Lass mich mal besser hier sitzen, sonst bekommst du auch noch Ärger."

Tapfer zog er Rotz und Blut hoch und wischte seine Nase über dem Ärmelrücken.

Doch Elke dachte nicht daran zu gehen. Seit Frea das Kloster verlassen hatte, war Wolfgang für sie der wichtigste Mensch im ganzen Heim. Der Einzige, der hier für sie da war, wenn sie Trost brauchte. Und der Einzige, dem sie alles erzählen konnte. Um keinen Preis würde sie Wolfgang jetzt im Stich lassen.

„Was ist denn passiert", wollte sie lieber wissen und sie bohrte so lange nach, bis der Bruder ihr alles erzählte.

Nach der Nikolaus- Bescherung schlug die Stunde des Hans Muff. Nach einem wilden Haschmich-Spiel, bei dem er die Kinder mit seiner Rute gewöhnlich durch den Raum jagte, hatte er alle bis auf Wolfgang hinausgeschickt. Er packte den Jungen am Arm und zerrte ihn bis ins Untergeschoss. In einem leeren Abstellraum neben der Kleiderkammer hatte er dann begonnen, unendlich lange auf ihn einzudreschen.

„Willst- du- dich- wohl- endlich- benehmen, du- ungezogener- Bengel", hatte er im Takt seiner Schläge geschrien. Hier unten musste er nicht mit Störungen rechnen. Die Schreie des Kindes würde niemand hören.

„Dir- werd- ich's- zeigen- du- Satansbraten!" hatte er hochrot im Gesicht gebrüllt und mit seinen Fäusten weiter auf ihn eingeprügelt. Mächtig geschwitzt hatte der Mann und gebebt wie unter Hochspannung. Ein eigenartiger Geruch war von ihm ausgegangen. Wolfgang war davon übel geworden, aber er war zu sehr damit beschäftigt, Kopf und Bauch zu schützen, um weiter darauf zu achten.

Als der Junge sich mit Fußtritten zu Wehr setzte und versuchte zu entkommen, geriet Hans Muff noch mehr in Fahrt und schlug ihm mit seiner gertenartigen Rute so fest ins Gesicht, dass es zischte. Tiefrote Striemen zeichneten sich auf der Kopfhaut ab, Adern platzten. Erst als Wolfgang zusammengekrümmt auf dem Boden lag und sich nicht mehr rührte, hatte Hans Muff von ihm abgelassen und war davongegangen.

Während ihr Bruder von den Einzelheiten berichtete, begann Elke zu weinen.

„Das war böse vom Hans Muff!“ schluchzte sie und nahm das Leinentuch aus dem Brotkorb. Vorsichtig tupfte sie damit das Blut aus dem Gesicht ihres Bruders.

„Das darf Hans Muff bestimmt nicht machen“, erklärte sie mit Nachdruck, nachdem sie ihre Fassung zurückgewonnen und Wolfgang eine Weile gestreichelt hatte.

„Ich werde zu Schwester Frieda gehen“, beschloss sie. „Die wird dir helfen. Die ist zwar streng, aber nicht so schlimm wie die anderen. Ich glaube, sie erlaubt sowas nicht.“

Glücklicherweise hatte Elke die Nonne richtig eingeschätzt. Sie brachte den Jungen in ein Krankenzimmer und ging der Sache nach.

Später erfuhren die Geschwister, dass Hans Muff Hausverbot erhalten hatte. Vielleicht waren im Kloster auch strenge Gespräche geführt worden, doch davon drang nichts nach außen. Die Erzieherinnen, die den Mann zu seinen Misshandlungen angestiftet hatten, blieben unbehelligt.

Das Bild ihres wimmernden und blutenden Bruders prägte sich unauslöschlich in Elke Gedächtnis ein.

7

Das Ziel in Sicht

Villafranca Monte de Oca – Atapueca
Elke wälzt sich die ganze Nacht schlaflos im quietschenden Bett hin- und her, so als müsse sie die alten Kämpfe auf einer durchhängenden Matratze in einer Brummifahrer-Unterkunft noch einmal ausfechten. Was für ein mieser Start das doch damals für sie und für ihren Bruder gewesen war! Eine Kindheit unter besonders schlechten Vorzeichen.

Auch der neue Pilgertag in Villafranca Monte de Oca mit seiner bevorstehenden Bergüberquerung startete höchst unangenehm.

„So'n Klunker hätte ich auch gern", pöbelt einer der Brummifahrer am nächsten Morgen nach seinem Frühstück im Kneipenraum, während er sich vor Anja aufbaut, um aufdringlich ihre Halskette zu bewundern.

Die beiden Frauen beachten ihn nicht. Mehr Aufmerksamkeit schenken sie dem Wirt, der auf einer schmierigen Theke mit einem Lappen herumwischt, der den Dreck und die Kleinstlebewesen von Jahrzehnten zu beherbergen scheint. Zwischendurch klatscht er Käse- und Schinkenscheiben neben altbacken Brot auf die versiffte Thekenplatte.

Als die Pilgerschwestern einen genaueren Blick auf die

weiteren Zutaten ihres Frühstücks werfen, verzichten sie lieber ganz.

Eilig brechen sie mit leerem Magen und schlechter Laune auf. Sie bessert sich erst, als die beiden am Ortsrand zufällig auf einen versteckten Laden stoßen. Auf die Idee mit dem Einkauf wären sie in diesem verlassen wirkenden Dorf kaum von allein gekommen, wenn ihnen nicht ein paar Einheimische mit prall gefüllten Plastiktüten begegnet wären. Die Quelle des Konsums scheint irgendwo in der Nähe eines gelb-grün gestrichenen ehemaligen Bauernhofs zu liegen.

„Dort könnten wir uns doch mit Vorräten für ein Picknick eindecken", beschließen sie sofort, während ihnen das Wasser im Munde zusammenläuft.

Sofort nehmen sie die Fährte auf wie zwei erwartungsfrohe Jagdhunde kurz vor dem Aufspüren ihrer Beute.

Der Verkaufsraum, in den sie von einer alten Dame im zartrosa Morgenmantel geführt werden, liegt in einem Trakt des Bauernhofes, der früher vielleicht einmal ein Stall gewesen ist.

Die Hausherrin verweist auf das Warenangebot und überlässt ihre Kundschaft sich selbst.

Auf den Anrichten, Regalen und Kommoden stapeln sich dicht an dicht und in einem bunten Durcheinander Konserven, knusprige Backwaren und frisches Obst und Gemüse. Auf einem mit kariertem Wachstuch gedeckten Esstisch kann man sich dünne Scheiben Schinken von einer Serrano-Keule herunter hobeln. Neben dem Manchego-Käse auf einem Holzbrett liegt einladend ein Messer bereit.

Anja lässt sich, ohne zu zögern, von dem Angebot verführen und hobelt und schneidet.

„Hmm, lecker!" schmatzt sie und verdreht die Augen. „Der pure Genuss!"

Elke starrt sie entgeistert an, folgt dann aber ihrem Beispiel und findet ebenso viel Gefallen daran, sich durch das Sortiment hindurch zu futtern. So ähnlich muss es den Neuankömmlingen im Schlaraffenland ergangen sein.

Anschließend probieren sie ein paar Stücke Kuchen, Weintrauben und kleine Pasteten. Niemand stört sie dabei. Als sie satt sind von den Kostproben dieses Genusstempels, stopfen sie ein bisschen von dem Obst und Gebäck in ihren Beutel für das Picknick, um nicht ganz ohne Einkauf einfach wieder zu verschwinden.

An der Hoftür wirft die Frau des Hauses einen schnellen Blick in die Tüte und verlangt kurzerhand vierzig Euro. Anja bezahlt ohne Nachfrage. Der Preis erscheint ihr angemessen, alles in allem.

„Immerhin hatten wir ein reichhaltiges Frühstück."

„Ob da wohl eine versteckte Kamera im Verkaufsraum war?" fragt sich Elke unbehaglich. „Ob die Hausherrin unser Treiben damit beobachtet hat?"

Eine unangenehme *Gott-sieht alles-* Erinnerung passiert flüchtig ihren Kopf.

Mit einem Proviantbeutel gewappnet und den Bauch voll leckerer Wegzehrung, überwinden sie den langen Aufstieg zum Oca-Gebirge zunächst ohne Schwierigkeiten. Es geht längere Zeit durch ein dichtes Waldgebiet, in dem irgendwo in der Nähe ein Hirsch inbrünstig röhrt. Ein Specht bearbeitet klangvoll einen hohlen Baumstamm. Sein Rattern und der Gesang von Tannenhähern und Buchfinken begleiten ihre Schritte wie Marschmusik. Entspannt schreiten sie unter dem frischen Grün voran und hängen ihren Gedanken nach.

Hinter einer Wegbiegung tritt in ihrem Rücken plötzlich ein kompakt gebauter, dicht behaarter Mann aus einem Gebüsch und pfeift ihnen schrill hinterher. Als sie sich erschrocken umwenden, lässt er mit einem einzigen Handgriff alle seine Hüllen fallen.

Anja steht wie versteinert da und starrt auf die entblößten Geschlechtsteile. Sie schafft es nicht, den Blick abzuwenden.

Elke gewinnt ihre Fassung schneller wieder zurück und zieht die Freundin mit sich fort.

„Nicht hingucken", raunt sie ihr hastig zu. „Das wollen diese Perversen doch bloß!"

Mit dem Schreck in den Gliedern sprinten sie ein paar hundert Meter vorwärts, bis sie völlig außer Atem sind. Japsend bleiben sie stehen, und Anja hält sich die Seiten.

„Wie blöd, dass mich ein blöder Exhibitionist so aus der Fassung bringen kann! Das ärgert mich total!"

Mit einem finsteren Gesicht lässt sie sich neben der Gefährtin auf einem Baumstamm nieder.

„War doch eigentlich nichts Besonderes an dem dran. Nur 'n Kerl mit Schwanz. Und nicht mal ein schönes Exemplar. Habe schon attraktivere gesehen."

Elke nimmt ihren Rucksack stöhnend vom Rücken und kippt ihn ins Gras. Der Sprint hat die Gurte noch tiefer in ihre schmerzenden Schultern getrieben.

„Naja, er hat uns total überrumpelt und uns damit besiegt", vermutet sie „Aus seiner Sicht, jedenfalls. Vielleicht ist es diese Schmach der Niederlage, die uns so wütend macht."

„Wieso konnte ich bloß meinen Blick nicht abwenden?"
Anja ärgert sich über sich selbst.

„Du hast recht. Er hat von uns genau das gekriegt, was
er wollte. Ich habe ihn angeglotzt wie eine Kuh. Dabei
hätte ich ihn anschreien sollen. Oder besser noch: laut-
hals lachen! Ja, genau. Ihn so richtig auslachen! Das wäre
wahrscheinlich genau passend gewesen. Es hätte ihn aus
dem Konzept gebracht. Aber darauf bin ich in dem Moment einfach nicht gekommen. Verdammt!"

Lange wollen sie sich an diesem Ort nicht ausruhen,
denn – wer weiß - vielleicht folgt ihnen der Behaarte ja
doch. Der Adrenalinspiegel ist immer noch hoch genug,
um rasch wieder das Gepäck zu schultern und die Kup-
pe des Berges zu erklimmen.

Eiserne Wegkreuze mit Rostansatz halten dort ihre
Mahnwachen. Wie schon zuvor haben frühere Pilger um
die Stangen herum allerhand Gedenkutensilien aufge-
türmt, Tücher, Plastikblumen, ein T-Shirt mit Herz, Briefe und eine Menge bunter Steine. All diese Zeugnisse
senden wieder ihre anonymen Botschaften weithin
sichtbar über das Land, das ihnen an diesem Aussichts-
punkt zu Füßen liegt.

Hinter den Eisenkreuzen schlängelt sich der Pfad zum
Abstieg in sanften Bögen anmutig ins Tal hinunter. Die
Landschaft hinter dem Monte de Oca öffnet sich zu einer
leicht gewellten Ebene und endet vor der verschwom-
menen zackenreichen Silhouette des Kantabrischen Ge-
birges am Horizont. Davor erstrecken sich weitläufige
Felder, Wiesen, einsame Bauernhäuser und winzige Ortschaften. Von Exhibitionisten oder anderen Menschen ist
weit und breit nichts zu entdecken.

Wolkenschichten wie verwaschene Betttücher beziehen den Himmel über den Pilgerschwestern und schirmen sie vor der Mittagshitze ab. Zum Wandern überaus angenehm – solange es nicht wieder zu regnen beginnt. Noch einen Schluck Wasser aus dem Vorrat – und auf geht's! Erfrischt marschieren sie in ausgreifenden Schritten den Berg hinunter.

Zu ihrer Überraschung stoßen die beiden hinter einer Wegkehre auf Einheimische. Geschäftig wuseln sie vor einer schneeweißen Kapelle herum. Ältere Männer hieven gerade eine sperrige Marienfigur durch ihre Pforte. Die Heilige macht es ihnen nicht leicht. Offenbar will sie aus ihrem Refugium nicht heraus, doch sie wird nicht nach ihren Wünschen gefragt. Die Männer schwitzen, rufen sich Kommandos zu und wuchten die Figur endlich nach draußen auf einen Sockel. Frauen warten dort bereits mit Blumengebinden in der Hand auf ihren Einsatz. Anja verfolgt die Aktivitäten interessiert wie ein Archäologe.

„Das soll wohl so eine Art Prozession werden."

Ihr Forscherdrang erwacht. „An so etwas habe ich noch nie teilgenommen."

Elke sieht sich wenig begeistert um.

„Mir ist eigentlich mehr nach einem *Café con Leche* als nach einer Prozession zumute. Ob ich hier wohl irgendwo einen auftreiben könnte?"

Sie deutet auf einige Familien, die im Sonntagsstaat eintrudeln und Picknickkörbe schwingen.

„Weit scheinen sie mit ihrer Heiligen nicht zu wollen. Vielleicht tragen sie die nur dreimal um die Kirche herum und beten einen Rosenkranz."

Anja wendet sich verwundert an die katholisch bewanderte Freundin. „Oder sie singen etwas Erbauliches. Geht das auch ersatzweise?"

In einem weiten Kreis um das Geschehen herum errichtet fahrendes Volk mit Stangen und bunten Tüchern seine Jahrmarkstände, um hungrige und nach geistigen Getränken dürstende Gläubige zu versorgen. Einige der Heiligenverehrer scheinen bereits in den Genuss eines Frühschoppens gekommen zu sein und torkeln an den Mauern der Kapelle entlang. Unterdessen stimmen sich Blechbläser aufeinander ein und trompeten schräge Melodiefetzen in das frühsommerliche Lüftchen.

Als die beiden Pilgerschwestern sich ihren eigenen Vorräten zuwenden, schenkt ihnen einer der frommen Marktbeschicker ein Tütchen mit gebrannten Mandeln.

„Para las peregrinas", lächelt er und verbeugt sich vor ihnen. Undeutlich murmelt er ein paar Segensworte und malt ein Kreuzzeichen vor ihrer Stirn. Mehrere alte Frauen tun es ihm gleich.

„Die Prozessionsteilnehmer scheinen uns wohl auch für so etwas wie Heilige zu halten", folgert Anja überrascht.

Sie wendet sich an den Mandellieferanten und beginnt ein Gespräch mit ihm. Elke lässt sich unterdessen gern von einer Familie zum Kaffee einladen und massiert ihre Schultern.

Atapuerca, ihr Tagesziel, empfängt die Pilgerinnen später am Nachmittag mit einem monumentalen Ortseingangsschild. Es zeigt einen freundlichen Frühmenschen mit zotteliger Haarmähne. Eine Keule in der Hand fehlt ihm allerdings.

Paläontologische Ausgrabungsstätten seien hier zu besichtigen, ist auf einem Schild daneben zu lesen, und dass die Örtlichkeiten auf der Liste der UNESCO als Weltkulturerbe- Stätten geführt würden.

Anja strahlt und beginnt so beschwingt zu tänzeln, als trüge sie kein Gepäck auf ihren Schultern.

„Was für eine Überraschung! Davon stand gar nichts im Führer. Ach, wie liebe ich frühgeschichtliche Ausgrabungen", ruft sie begeistert. „Als Kind wollte ich immer Archäologin werden. Zu dieser Ausgrabung muss ich hin! Unbedingt! Wenn du keine Lust hast, kannst du dir und deinem Rücken ja etwas Wellness gönnen", schiebt sie hastig hinterher, als sie das Gesicht ihrer Wanderkollegin bemerkt.

„Lass uns erst mal eine Unterkunft suchen", erwidert Elke müde. „Bis dahin überlege ich mir das nochmal."

Doch schon dieses erste Ziel erweist sich wieder einmal als schwer erreichbar. Am Rande eines zentralen Platzes parken mehrere Reisebusse in Reih und Glied. Buspilger haben das Bergdorf komplett ausgebucht. All inclusiv.

Im Gegensatz zu den Geisterdörfern, die sie schon durchwandert haben, präsentiert sich Atapuerca für die Scharen der Weltkulturerbe-Touristen von seiner Schokoladenseite. Wie ein Scheinwerfer strahlt die Nachmittagssonne rustikale Natursteinhäuschen an, die sich an Gässchen und Stiegen einen Hügel empor hangeln. Sie vermitteln fast den Eindruck, als sei ein Schweizer Bergdorf mitten in die Provinz Burgos verpflanzt worden.

Nach einem Rundgang entdecken die Frauen das Büro einer Touristeninfo, die in einem futuristischen Glasgebäude zusammen mit einem archäologischen Souvenir-shop untergebracht ist.

Drinnen locken sie eine junge Dame hinter ihrem Computer hervor. In ihrem taillierten blauen Kostüm mit gelben Halstuch sieht sie aus wie eine Stewardess. Das eingefrorene Lächeln in ihrem Gesicht reicht nicht bis zu den Augen, aber immerhin gelingt es ihr mit routinierten Klicks auf der Tastatur, den Wanderfreundinnen ein rustikales Zimmer im gehobenen Standard zu vermitteln. Elke ist von dem Foto der Unterkunft auf dem Monitor auf Anhieb begeistert.

Zu ihrer großen Enttäuschung erfährt Anja jedoch, dass die Busse zum zwanzig Kilometer entfernten archäologischen Ausgrabungslager vollständig ausgebucht sind.

„Das wird lange im Voraus geplant. Privatfahrzeuge und Taxen sind gar nicht zugelassen. Die Besichtigung erfolgt ausschließlich in geführter Form", erläutert die Touristikfachfrau ihnen in mehreren Sprachen, als spule sie ein Tonband ab. „Der nächste Bus, für den Sie buchen können," …sie tippt suchend in die Tastatur ihres PCs, „ah… der verkehrt erst wieder in einem Monat. Soll ich Sie dafür vormerken?"

Mit dieser Auskunft muss sich Anja nun wohl oder übel abfinden und ihre Pläne begraben. Auf dem Weg zu ihrer Unterkunft lässt sie den Kopf hängen und grummelt vor sich hin. Drei Treppen hoch trägt sie ihre niedergeschlagene Stimmung, mitten hinein in ein nobel herausgeputztes Zimmer, bis Elke schließlich vorschlägt:

„Gib doch einfach eine Bestellung beim Universum auf. Die Frankfurter haben davon erzählt, erinnerst du dich? Die glauben fest daran."

Anja schaut die Freundin an als käme sie vom Mond, doch Elke verzieht keine Miene.

„Naja, schaden kann es jedenfalls nicht!"

„Also gut, wenn du meinst …"

Anja räuspert sich und richtet ihren Blick zu den dunkel-glänzenden Holzbalken der Zimmerdecke empor. „Hallo dort oben! Ist dort jemand auf Empfang? Gut. Also, ich wünsche mir vor unserem Aufbruch morgen früh zwei Busfahrkarten zum Ausgrabungsgelände", verkündet sie und wirft sich anschließend auf ihr knarrendes Bett.

„Oder willst du doch lieber Wellness statt Archäologie?" fragt sie in Richtung ihrer Nachbarin. „Dann muss ich die Bestellung noch mal ändern."

Als die beiden Wanderfreundinnen am nächsten Morgen ihre Siebensachen für ihren Aufbruch zusammensuchen, klopft es an ihrer Zimmertür. Der Hausherr steht schwer atmend davor und überreicht seinen verblüfften Gästen zwei Fahrkarten.

Der Bus zu den Ausgrabungsstätten werde in vierzig Minuten im Hof der Touristeninfo starten, erklärt er ihnen in einer Mischung aus Englisch und Spanisch, und ihr Gepäck könnten sie bei der Rezeption stehen lassen oder auch noch eine Nacht länger bleiben, wenn sie das wünschten. Anja starrt den Wirt an wie den Geist eines leibhaftigen Frühmenschen.

„No quieren los billetes de autobús? Don't want?" fragt er und wendet sich enttäuscht um. „Es un regalo. A gift."

Sehr gern würden sie die Fahrkarten nehmen, die er

geschenkt bekommen hätte, versichert ihm Anja eilig, nachdem sie ihre Sprache wiedergefunden hat.

Ihre Pilgerschwester strahlt. „Siehst du. Habe ich doch gesagt!"

Elkes gute Laune wird während einer Busfahrt, die kein Ende zu nehmen scheint, auf holprigen Schotterwegen im Karstgebiet auf eine harte Probe gestellt. Der Bus ist ein vorsintflutliches Modell. Falls er jemals eine Federung besessen hat, dann ist sie längst eingerostet. Jeder Stein ist überdeutlich zu spüren, und Elkes Rückenschmerzen steigern sich zu neuen Rekorden.

Doch Anja saugt all die archäologischen Eindrücke gierig auf, wie ein trockener Schwamm.

„Achthunderttausend Jahre sind die Knochen dieser Frühmenschen alt, die sie hier ausgebuddelt haben. Stell dir das bloß mal vor! Acht- hundert- tausend Jahre", rekapituliert sie begeistert, „und es handelt sich um sehr frühe Vorfahren der heutigen Menschen. Beide, der Homo Sapiens und der Neandertaler stammen davon ab. Ein Bindeglied zwischen den beiden, sozusagen. Die gemeinsamen Großeltern oder so. Und diese Höhlen! Phantastisch! Da kann man sich richtig gut vorstellen, wie die da mal gehaust haben."

Ihre Augen leuchten und verraten, dass sie den Frühmenschen zu gerne persönlich die Hände geschüttelt hätte.

„Wie ihre Welt wohl aussah? Wie haben sie ihren Alltag gestaltet? Worüber haben sie gestritten, und an was haben sie geglaubt...?"

Ihr Kopf füllt sich mit Fragen, die nicht einmal die Archäologen beantworten können, die sich hier noch jahrzehntelang millimeterweise vorwärts schaben werden.

Auch Elke kann den Wissensdurst ihrer Freundin nicht stillen, aber sie hat immerhin eine Idee dazu: „Wusstest du, dass das Neandertal ganz in der Nähe von Düsseldorf liegt? Dort haben sie irgendwann den ersten Neandertaler ausgegraben. Und nun gibt es an der Stelle ein ganz wunderbares frühgeschichtliches Museum. Die können dir bestimmt mehr erzählen. Du musst mich also unbedingt mal besuchen."

Am nächsten Morgen rollen die Buspilger ihre Trollis mit schabendem Getöse zu den bereitstehenden Reisebussen. Nach dem Gepäckverladen halten Geistliche mitten auf der Straße feierliche Andachten ab und stimmen Kirchenlieder an. Die frommen Buspilger senken ergeben die Köpfe, schließen die Augen und falten die Hände. Danach machen sich die sportlichen unter ihnen mit einem kleinen Tagesrucksack zu Fuß auf den Weg nach Burgos. Andere lassen sich lieber gemütlich kutschieren und inspizieren schon einmal die Lunchpakete.

„Ich würde jetzt auch gern den Bus nehmen", gesteht Elke ihrer Freundin bei einem ausgiebigen Frühstück in ihrer Pension, „auch, wenn das eigentlich nicht zählt. Pilgern darf man nur unmotorisiert. Aber meinem Rücken täte das verdammt gut!"

„Tja, dann würden dir in Santiago von den katholischen Heiligen vielleicht nicht alle deine Sünden vergeben, aber ins Fegefeuer kommst du deswegen wahrscheinlich trotzdem nicht", scherzt Anja.

Sofort wird sie wieder ernst, als sie das Gesicht ihrer Freundin bemerkt.

„Uns bleibt immer noch ein Ausweg: Wir können die

Tour an dieser Stelle abbrechen. Wir können sie irgendwann mal fortsetzen. Dein Rücken geht schließlich vor. Ich finde, du solltest unbedingt auf ihn hören."

Elke leert die Kaffeetasse.

„Abbrechen? Nachdem wir schon so weit gekommen sind? So einfach kapitulieren?"

Sie runzelt die Stirn. Eine Odenwald wie sie gibt nicht auf! Nie!

„Nein, das kommt nicht in Frage! Wir pilgern weiter, und in Burgos suche ich mir einen Masseur. Mal sehen, ob da noch was zu machen ist."

Hoffnungsvoll wirft sie einen Blick die Straße hinunter.

„Die Pilgerbusse sind ja inzwischen alle weg, aber vielleicht können wir irgendwo einen Linienbus auftreiben, der uns ein Stück mitnimmt? Das würde mir schon helfen."

Doch leider ist Feiertag, und die Straßen auf der Meseta de Atapuerca sind leergefegt wie Warenregale nach einer Plünderung.

Sie zögern den heutigen Start noch ein wenig hinaus, doch nicht einmal ein Auto lässt sich blicken. Also wuchtet Elke ihren Rucksack auf den schmerzenden Rücken, und sie machen sich bereit für weitere zwanzig Kilometer auf dem Jakobsweg. Um die Freundin abzulenken, fragt Anja sie unterwegs nach ihrer Jugend aus.

„Wie ging es für dich denn eigentlich nach dem Heim weiter?"

Düsseldorf 1957 – 1964

Ebenso wie ihr Bruder Wolfgang durfte Elke mit vierzehn Jahren das Kinderheim verlassen. In einer Wohngruppe würde sie fortan wohnen, die zu einem katholischen Mädchenwohnheim mitten in Düsseldorf gehörte. So war über ihren Kopf hinweg entschieden worden. Ihr Vormund, der Bruder ihres Vaters, hatte die Einrichtung ausgesucht. Auf die Idee, seine Nichte nach ihren Wünschen zu fragen, war er nicht gekommen, aber Elke hätte sich mit einer Antwort ohnehin schwergetan. Die Lebensentwürfe, die das Kloster für die berufliche Zukunft ihrer Schützlinge bereithielt, waren wenig verlockend. Nonne oder Hausfrau werden wollte sie nicht, das wusste sie ganz genau. Aber was sollte sie stattdessen mit ihrem Leben anfangen? Erst einmal blieb ihr nichts anderes übrig, als sich ganz auf den Vormund zu verlassen.

Die Einrichtung, die nun auf sie wartete, wurde von einem Verein getragen und genoss den Ruf, junge Frauen beruflich zu fördern. Darauf hatte der Onkel immerhin Wert gelegt. Ein Leben außerhalb des Kinderheims konnte eigentlich nur besser werden, sagte sich Elke und hoffte, dass sie nicht zu sehr enttäuscht würde. Halb erwartungsfroh, halb bange sah sie daher ihrer Düsseldorfer Zukunft entgegen. Auf die Veränderungen, die sie erwarteten, war sie nicht gefasst.

Was war das doch für ein Unterschied zum Kloster:

Schon der Empfang war ganz anders als die Aufnahme damals im Kinderheim. In der hellen Diele einer großzügigen Wohnung empfing eine Frau in den Vierzigern den Neuzugang. Sie präsentierte sich mütterlich mollig und trug ihr dichtes Haar in einer modisch toupierten Dauerwellenfrisur.

„Ah, Fräulein Odenwald. Ich freue mich, Sie kennenzulernen", begrüßte sie das junge Mädchen. Echte Freude schwang in ihrer Stimme mit und strahlte aus ihren Augen.

„Ich bin Frau Dietrich, die Leiterin dieser Einrichtung. Darf ich denn noch ‚du' sagen?" erkundigte sie sich behutsam.

Elke war es nicht gewohnt, höflich wie eine erwachsene Person behandelt zu werden. Sie lächelte verlegen und nickte. Wie immer, wenn sie von Erwachsenen angesprochen wurde, blickte sie zu Boden, so wie es ihr im Heim eingebläut worden war. Doch das Mädchen Nummer 106 verwandelte sich in den nächsten Wochen und Monaten höchst bereitwillig wieder zu einer Persönlichkeit mit einem eigenen Namen. Die uniformen Zeiten und das Leben in einer Zahlenkolonne waren damit endgültig vorbei.

Die Leiterin des Mädchenwohnheims würde sie nicht schikanieren, das spürte sie sofort. Sie hatte so gar nichts von Fräulein Annemarie oder der strengen Oberin des Wuppertaler Klosters. Auf Frau Dietrich konnte sie bauen.

„Elke, hier biste richtig", bestätigte sie sich.

Doch wie würden die anderen Mädchen sie in ihren abgetragenen Heimkleidern aufnehmen? Auf den ersten Blick konnte man erkennen, woher sie kam und wie arm sie war. Um ihre Selbstsicherheit war es nach zwölf Heimjahren schlecht bestellt.

Zu ihrem Erstaunen wiederholte sich die Erfahrung aus ihrer Schulzeit. Die anderen fünfzehn Mädchen der Wohngruppe begegneten ihr ohne Vorurteile. Einige von ihnen hatten eine ähnliche Kindheit hinter sich und konnten sich in Elkes Lage hineinversetzen.

Eine von ihnen wendete sich an die Leiterin:

„Darf ich der Neuen wohl ein paar von meinen Kleidern schenken? Ich glaube, sie hat nicht viel mitgebracht."

Frau Dietrich erlaubte es.

„Sicher. Aber achte darauf, dass du sie nicht beschämst", machte sie zur Auflage.

Von nun an wohnte Elke in einem Dreierzimmer. Dort bekam sie nicht nur einen eigenen Schrank zugeteilt, sondern auch einen Schlüssel dafür. Niemand anderes konnte ihre Sachen durchwühlen oder in ihren privaten Raum eindringen. Wie ungewohnt! Schnell freundete sie sich mit ihren beiden Zimmergenossinnen an. Weit entfernt von Riesenschlafsälen und Massenabfertigung gelang ihr das viel besser.

Und noch eine weitere Neuerung versetzte sie in Erstaunen: Neben Haushaltspflichten und Schule hatten die Jugendlichen ihrem Alter entsprechend Ausgang und durften ihre Freizeit eigenverantwortlich gestalten. Sogar einen Hausschlüssel bekamen die älteren für ihre Ausflüge ausgehändigt für den Fall, dass es abends später wurde. Allein die Hausregeln, Zeitvorgaben und das magere Taschengeld setzten ihrem Bewegungsdrang Grenzen.

Eigentlich stand Elke nun das Großstadtleben mit seinen kulturellen Angeboten offen, angefangen von Veranstaltungen in Kino, Theater und Museum bis hin zu Stadtfesten, Zirkus, Kirmes und Karneval. Doch stattdessen versetzte sie diese fremde Welt in Angst und Schrecken.

Die allererste große Herausforderung wurde ihr neuer Schulweg, der sie quer durch das fremde Stadtzentrum führte. Im Vergleich zu Wuppertal reckten sich hier Gebäudeklötze mit fünf und mehr Stockwerken in die Höhe. Einige dehnten sich von einer Straßenecke bis zur nächsten in die Länge. Noch einschüchternder war der dichte Verkehr. Breite Straßen waren für ihn angelegt worden und zerschnitten die Stadt in unüberschaubar viele Häuserblöcke. Doch auch das schien für die Menschenmassen nicht auszureichen. Überall wuchsen weitere Neubauten und Hochhäuser aus Beton und Glas wie Pilze aus dem Boden. Sie hatten längst die Trümmerlandschaften des Krieges verdrängt, doch noch immer schwangen die mächtigen Arme der Kräne durch die Lüfte und schafften neues Baumaterial heran. Die Gruben der Tiefbauer versperrten Bürgersteige, und gestalteten sie zu einem Hindernisparcours um.

In diesem Straßenlabyrinth musste sich Elke auf ihrem Schulweg nun zurechtfinden. Frau Dietrich hatte ihr die Route auf dem Hinweg gezeigt, doch auf dem Rückweg war sie ganz auf sich allein gestellt. Zitternd stand sie an einem Bordstein, vor dem pausenlos Fahrzeuge vorüberknatterten. Wie nur sollte sie hier die Straße überqueren?

Ihr nächstes Abenteuer, die Straßenbahn, rollte bereits auf die Haltestelle in der Straßenmitte zu und kam schnarrend zum Stehen.

Elke lief zwischen den Autos um ihr Leben und sprang mit wild pochendem Herzen im allerletzten Moment in den Waggon. Prompt erwischte sie die falsche Bahn und verlor mit der Orientierung zugleich die Hoffnung, sich hier jemals zurechtzufinden. Hunderte von Menschen strebten ihren Zielen entgegen und eilten an ihr vorbei, ohne zu zögern oder von ihr die geringste Notiz zu nehmen. Alle fanden ihren Weg problemlos. Nur sie nicht! Ach, wie grenzenlos dumm sie doch war!

Elke schämte sich erneut in Grund und Boden. An diesem Tag irrte sie den ganzen Nachmittag durch Düsseldorf. Als sie ihr neues Zuhause endlich wiedergefunden hatte, verzog sie sich grußlos in ihr Zimmer und zog die Bettdecke über ihren Kopf. Mit dieser Welt war sie fertig.

„Ist doch klar, dass du dich in einer wildfremden Großstadt

*nicht auf Anhieb zurechtfindest. Aber das lernst du bald",
ermutigte Frau Dietrich ihren neuen Schützling. „Nur nicht
gleich die Flinte ins Korn werfen! Morgen machen wir den
Weg zu deiner Schule einfach noch einmal gemeinsam. Dann
zeige ich dir genau, welche Straßenbahn du nehmen musst."*

*Doch es dauerte noch sehr, sehr lange, bis Elke sich den
Straßen der Landeshauptstadt gewachsen fühlte.*

*Viel später erst erwachte ihre Neugier auf die fremde Welt.
Als sie das Verlockende deutlicher wahrnahm als das Beängs-
tigende, begann sie Stück für Stück die neuen Möglichkeiten
auszukundschaften. Zusammen mit ihren Freundinnen fand
sie schließlich Gefallen daran, in ihrer Freizeit durch Ausstel-
lungen und Museen zu streifen.*

*Noch mehr zog es sie in die Einkaufsstraßen und die Kauf-
häuser. Bei Karstadt einfach einmal alle schicken Kleider
durchprobieren und ausgelassen Modeschauen veranstalten,
bis sie hinauskomplimentiert wurden... herrlich war das!*

*Kichern, bis die Augen tränten und der Bauch wehtat! Frech
und hemmungslos sein wie eine Straßengöre. Sich Lautstärken
und Frechheiten erlauben, für die sie im Heim windelweich
geschlagen worden wäre! Selbst ein Rauswurf, der hier
schlimmstenfalls drohte, war erträglich, solange sie nicht allein war. Zusammen mit den anderen konnte sie sich darüber
schlapp lachen. Über die Stränge schlagen und herumalbern,
was gab es Schöneres?!*
*Eine ähnlich wunderbare Spielwiese wie die Modewelt war der
Karneval. Mitten in einem wild maskierten Pulk ausgelassen
herumzuschunkeln, das war vielleicht noch aufregender. In
jenem Ausnahmezustand herrschte an Scherzen, Küsschen,
und Umarmungen kein Mangel. Sich dem anderen Geschlecht
zu nähern, war in der bierseligen Stimmung kinderleicht.*

Frau Dietrich tolerierte die Unternehmungen nicht nur, sie ermunterte die Mädchen auch, ihre Freunde für gesellige Abende mit in die Wohngruppe mitzubringen. Auf diese Weise behielt sie deren Bekanntenkreis im Auge. Das erwies sich als kluge Maßnahme, denn nicht selten tummelten sich dort Leute, die vom Alkohol oder auch illegalen Aktivitäten magisch angezogen wurden.

„Lade deine Brüder doch zu unserem Fest ein", forderte die Leiterin Elke auf. „Dann lerne ich sie auch mal kennen. Du hast mir schon so viel von ihnen erzählt. Wolfgang darf auch gern seine Freunde mitbringen. Das wird bestimmt lustig!"

Diese Idee gefiel Elke, denn sie machte sich ein wenig Sorgen um diesen Bruder.

Wolfgang wohnte mit seiner Clique in einem Lehrlingswohnheim. Der Schlosserausbildung widmete er allerdings nicht seine volle Aufmerksamkeit. Er setzte andere Prioritäten. Nach der Zeit im Kinderheim war er aufgeblüht. Überall trieb er seine Scherze und war im Altstadtviertel bekannt wie ein bunter Hund. „Rocky" nannten sie ihn überall, denn wo er und seine Jungs auftauchten, rockte sofort der Bär. Je mehr er sich zur Stimmungskanone auf den Partys entwickelte, umso häufiger wurde er dazu eingeladen. Schnell entwickelte er sich zum Mädchenschwarm. Und der Alkohol floss überall in Strömen.

Elke erkannte bald: Wolfgang trank zu viel! Schon Fred hatte vergeblich versucht, ihm ins Gewissen zu reden.

„Hör endlich mit dem Saufen auf und kümmere dich mehr um deine Ausbildung", mahnte er. Leider bisher erfolglos.

„Kümmere du dich um deinen eigenen Kram, Bruderherz", schnappte Wolfgang. „Du bist nicht mein Vater! Merk dir das endlich!"

Vielleicht konnte Frau Dietrich ja mehr ausrichten als der

ältere Bruder, der manchmal streng wie ein Oberlehrer daher-
kam. Die Wohngruppenleiterin hielt sich mit Ratschlägen
zurück und empfahl sich lieber als Vertrauensperson. Sie bemühte sich, die jungen Leute ihre eigenen Erfahrungen machen zu lassen, ohne sie zu gängeln. Nur selten sah sie sich
gezwungen, auf die Bremse zu treten. Nicht nur mit Wolfgang führte sie ernste Gespräche, sondern auch mit seiner
Schwester.

Als die Jugendliche zunehmend forscher begann, bei ausge-
lassenen Festen ihre Alkoholtoleranz bis zum Limit auszutes-
ten oder ihre Fähigkeiten beim Flirten, mahnte Frau Dietrich:
„Elke, pass auf!"
Auf die Wohngruppenleiterin hörte Elke. Ihr vertraute sie.

Für das Seelenheil im Wohnheim war außerdem ein junger
Pfarrer zuständig. Bei ihm sollten die jungen Mädchen zu
wöchentlichen Gesprächsstunden antreten – so schrieben es
die Oberen der katholischen Heime in Düsseldorf vor. Doch
die Termine wurden gerne „vergessen" oder nur widerwillig
abgesessen.

Elke fiel sofort das Zwangsbeten in der Klosterkirche ein,
und sie witterte in den verordneten Gesprächen eine Art
Strafmaßnahme, wie sie sie von früher kannte. So weigerte sie
sich rundweg, zu den seelsorgerischen Sitzungen zu gehen.

Als der Pfarrer von der verordneten Teilnahme erfuhr, machte er dem Spuk selbst ein Ende.

„Zu meinen Gesprächsstunden darf nur kommen, wer das
wirklich möchte!" verkündete er.

Im Handumdrehen wuchs das Interesse der Mädchen an dem
jungen Mann. Er war nicht nur attraktiv, sondern er konnte
auch mit Einfühlungsvermögen punkten.

„Klasse ist der. Den würde ich jedenfalls nicht von der Bettkante stoßen", erklärte eins der Wohngruppenmädchen und grinste breit.

Neugierig ließ sich nun auch Elke auf das priesterliche Angebot ein und empfand die Gespräche als erstaunlich wohltuend.

„Warum hat Gott mir meine Eltern weggenommen?" fragte sie den Pfarrer eines Tages sehr direkt. „Das kann ich ihm nicht verzeihen!"

Antworten, die jeden Zweifel ausschlossen, gab es bei dem Seelsorger nicht. Stattdessen regte er zu Nachdenken an.

„Du meinst, Gott ist für alles verantwortlich, was die Menschen auf der Erde so treiben? Oder was ihnen zustößt?" fragte er. „Aber kann das wirklich sein? Sind die Menschen nur Marionetten?"

„Nee, eigentlich nicht", antwortete sie nach reiflicher Überlegung und versuchte, ihre Gedanken um diese Erkenntnis herum zu sortieren. „Eigentlich sind die Menschen ja für ihr Tun selbst verantwortlich."

Neu war diese Einsicht. Wenn sie so darüber nachdachte, musste sie zugeben, dass auch sie selbst eine Menge Verantwortung trug, Verantwortung für ihre Brüder und für ihre eigene Zukunft. War das nicht mehr, als sie auf ihren Schultern tragen konnte?

„Es gibt eine Kraft, die uns dabei hilft", versicherte ihr der Pfarrer und lehrte sie, darum zu bitten.

Mit seiner Unterstützung sah das Leben gleich viel hoffnungsvoller aus.

Als Elke mit fast sechzehn Jahren ihr achtes Volksschuljahr beendete, lud ihr Vormund sie zu sich nach Hause ein. Das kam ihr gelegen, denn sie hatte nicht die leiseste Ahnung, was wie es nun weitergehen wollte.

„Wir müssen über deine Zukunft reden", bestätigte er ihr am Telefon und tat geheimnisvoll.

Als seine Nichte auf dem Sofa im Wohnzimmer zwischen Nippes und Häkeldecken Platz genommen hatte, druckste er jedoch herum, erkundigte sich, ob sie schon Kaffee trinke, oder Saft bevorzuge, bot ihr umständlich Kekse an und schob das Zukunftsthema beiseite. Elke begann sich unbehaglich zu fühlen. Worauf wollte der Onkel hinaus?

„Sag doch endlich, was Sache ist", drängte sie ihn schließlich.

Auf dieses Stichwort hin erhob sich der Vormund, drehte den Schlüssel in der Wohnzimmertür um, zog ihn ab und setzte sich dicht neben sie auf das Sofa.

„Erst einmal wollen wir es uns so richtig gemütlich machen", säuselte er und begann an ihrem Rock zu zupfen. Eine Hand glitt darunter. „Du wirst sehen, wieviel Spaß das macht."

Elke sprang wie von einer Wespe gestochen auf. Nun wusste sie, was der Onkel von ihr wollte. Ihre Zimmergenossinnen mit ähnlichen Erfahrungen hatten sie aufgeklärt.

„Auf der Stelle schließt du die Tür wieder auf", schrie sie und griff nach dem gewichtigen Gipskopf von Beethoven, der auf dem Vertiko stand, „oder ich schlage das Fenster ein und kreische so laut, dass die halbe Straße zusammenläuft!"

Die Szene endete überraschend schnell. Der Onkel wies ihr die Tür, und Elke floh Hals über Kopf. Als sie im Wohnheim eintraf, zitterte sie immer noch.

Ohne weitere Rücksprache ließ der Vormund kurz darauf ausrichten, er hätte sie zu der Prüfung für eine Ausbildung bei der Stadtverwaltung angemeldet.

Völlig unvorbereitet betrat Elke daraufhin einen Prüfungsraum voller Mitbewerber. Schweißnass brütete sie eine Stunde lang über einem Stapel von Aufgabenblättern. Kaum etwas von dem, was dort gefragt wurde, verstand sie auch nur im Ansatz. Schließlich gab sie leere Seiten ab und fühlte sich wieder einmal hundeelend und dumm wie Bohnenstroh.

Als sie sich von diesem Fiasko erholt hatte, nahm sie das Angebot an, ein freiwilliges neuntes Schuljahr zu absolvieren. Es konnte nur besser werden! Zum Ziel setzte sie sich nun, die Prüfung für eine einjährige Haushaltungsschule in der staatlichen Bildungsanstalt für Frauenberufe zu bestehen.

Diesmal hatte sie sich eingehend beraten lassen und selbst entschieden. Ja, diesen Weg wollte sie versuchen. Auf die vielen Anforderungen, die sich vor ihr auftürmten, konnte sie sich in aller Ruhe vorbereiten.

Und sie war damit nicht allein. Begleitet von vier Klassenkameradinnen und einem Berg von Selbstzweifeln begann sie, für die Prüfung zu büffeln.

Frau Gottwald, ihre Klassenlehrerin, war auf ihrer Seite. Sie verbreitete Zuversicht und unterstützte die fünf Schülerinnen bei ihren Bemühungen. Beinahe täglich gab sie ihnen nach der Schule zusätzlichen Unterricht.

Auch der große Bruder Fred war sofort wieder zur Stelle und bot Elke seine Hilfe an, als er von ihren Plänen erfuhr. Er war zwar längst erwachsen und eifrig damit beschäftigt, sich in einem Betrieb hochzuarbeiten, doch das geschwisterliche Band hatte nichts von seiner Stärke eingebüßt. Noch immer hatte er den Auftrag seines Großvaters im Ohr: „Nimm deine Schwester an die Hand und lass sie unter gar keinen Umständen wieder los!" Als Achtjähriger hatte er sie nicht losgelassen, *und das würde er auch dreizehn Jahre später nicht tun, darauf konnte Elke sich verlassen.*

An den Wochenenden versuchte Elke nun, zusammen mit ihrem großen Bruder ihren Schwierigkeiten im Fach Deutsch auf die Spur zu kommen.

„Weißt du Fred, ich verstehe viele der Wörter gar nicht, die wir im Diktat schreiben sollen", erklärte sie ihm. „Hier dieses Wort zum Beispiel." Sie deute auf einen korrigierten Text in ihrem Schulheft. „Kon…fit …äh… türe! Was ist das denn eigentlich?"

Fred sah sie an und runzelte die Stirn.

„Kennst du denn keine Marmelade? Konfitüre ist ganz ähnlich wie Marmelade. Allerdings eine besonders teure für die feinen Leute", erklärte er und ließ sie das schwierige Wort noch ein paar Mal nachsprechen und aufschreiben.

Eifrig folgte sie seinen Anweisungen. Konfitüre würde sie auch eines Tages essen, nahm sie sich vor, und dann auch zu den feinen Leuten gehören.

„Und dieses Wort hier: Kon… fetti. Ist das auch Marmelade?" fragte sie und sah ihren Bruder unsicher an. „Das Wort sieht fast ganz genauso aus. Das kann man so furchtbar leicht verwechseln!"

An ihrem Wortschatz und der Rechtschreibung mussten die beiden noch lange feilen. Es gab so unendlich viele unbekannte Wörter, dass Elke von Zeit zu Zeit den Mut verlor. Und auch Wissenslücken waren reichlich zu stopfen.

Am schwierigsten war es jedoch, Vertrauen in die eigenen Stärken zu entwickeln, denn Fräulein Annemarie hatte sich besonders viel Mühe gegeben, dieses im Keim zu ersticken.

„Elke, du schaffst das!" spornte Fred seine Schwester nach jeder Lektion immer wieder an. Ein „Das- kann- ich- nicht" ließ er einfach nicht gelten.

„Elke, du schaffst das", wiederholte sie abends im Bett, bevor sie einschlief. Ja, daran wollte sie unbedingt glauben.

Zum ersten Mal in ihrem Leben bekam sie in dieser Zeit das Buch vom Waisenkind Heidi und ihrem Großvater geschenkt und begann darin zu lesen. Am Anfang fiel es ihr schwer, über die Zeilen und Abschnitte hinweg, die Geschichte im Blick zu behalten und sich darin zu vertiefen. Im Kloster hatte es neben der Bibel keine Bücher gegeben. Jedenfalls keine, die Kinder fasziniert hätten. Entschlossen betrat sie nun literarisches Neuland. Das wollte sie unbedingt erobern, wie die Piraten in Stevensens Schatzinsel. Bücher waren wie Verheißungen. Sie würden sie immer weiter von ihrer Heimkindheit forttragen.

Elke führte ihre Expedition fort mit einem Buch über Entdecker. Zusammen mit Kolumbus machte sie sich auf zu neuen Ufern. Auch wenn ihr der Wind ins Gesicht blies, Gegenströmungen zu überwinden waren und sie abzudriften drohte, behielt sie ihr Ziel fest im Blick.

Bald las sie, was ihr in die Hände fiel, Oliver Twist, Liebesromane, Das doppelte Lottchen, Moby Dick, Tom Sawyer … Eines Tages offenbarte ihr der Schulunterricht Gedichte von Heinrich Heine.

Auch Fred schätzte den Dichter.

„Das ist ganz sicher der berühmteste Düsseldorfer", klärte er sie auf. „Frech war er, aufrührerisch, modern sogar und ziemlich mutig. Kein Blatt hat er vor den Mund genommen. Er ist viel in Europa herumgekommen und hat im Leben alles mitgenommen, was sich ihm bot."

Mitnehmen, was sich ihr bieten würde! Das Leben in seiner ganzen Fülle genießen, genau das wollte Elke auch. Schließlich hatte sie beim Pfarrer gelernt, dass sie selbst dafür verantwortlich war.

„O laß nicht ohne Lebensgenuß
Dein Leben verfließen!" dichtete Heinrich Heine.
„Und bist du sicher vor dem Schuß,
So laß sie nur schießen.
Fliegt dir das Glück vorbei einmal,
So fass es am Zipfel.
Auch rat ich dir, baue dein Hüttchen im Tal
Und nicht auf dem Gipfel."

Doch erst einmal musste der Genuss warten, und das Pauken für die Schule rückte in den Mittelpunkt ihres Lebens. Es verdrängte den Übermut in den Kaufhäusern, reduzierte die Wochen voller Karneval- Seligkeit und schob alle anderen Attraktionen, mit denen die Großstadt lockte, in den Hintergrund.

Verwundert bemerkte Elke, wie sie sich verwandelte: Je mehr Hindernisse sich ihr beim Lernen in den Weg stellten, umso entschlossener konzentrierte sie sich auf ihr Ziel. Eine unbekannte Besessenheit packte sie und machte sich in ihrem Denken breit.

„Immerhin bin ich eine Odenwald!" sagte sie sich und straffte ihre Schultern. Sie würde es all denen schon noch zeigen, die ihr nichts zutrauten, und die nur deshalb auf sie herabschauten, weil sie ein Heimkind gewesen war!

Am Ende gelang das Kunststück tatsächlich. Elke bestand als Einzige aus ihrer Klasse die Prüfung für die Haushaltungsschule. Nur ein Viertel der anderen zweihundert Mitbewerberinnen hatte das geschafft.

Für die großen Ferien fand sie am Schwarzen Brett der Schule das Angebot, als Urlaubsgast von einer dänischen Familie aufgenommen zu werden. Elke meldete sich sofort dafür an. Nach ihrem Schulerfolg war sie wagemutiger geworden. Nimm dein Leben in die Hand! Entdecke, was sich an Neuem bietet! Diese Chance wollte sie sich um keinen Preis entgehen lassen.

So erlebte sie im Sommer 1960 ein ungewohntes Familienleben in Jütland in der Nähe der Nordseeküste.

Zum ersten Mal erblickte sie dort das Meer. Stürmisch und endlos lag es vor ihr und belebte ihre Gedanken. Erfrischend flutete die salzige Luft durch ihre Lunge. Herrlich frei fühlte sich das an!

Die deutsch- dänischen Gasteltern gaben sich viel Mühe, ihr etwas zu bieten. Sie brachten ihr bei, zu schwimmen und Rad zu fahren. Beides fiel ihr so leicht, als hätten ihre Arme und Beine nur darauf gewartet, es endlich zu erlernen.

Schwer fiel es ihr dagegen, die überwältigende Menge an Freundlichkeit anzunehmen. Sie verstand selbst nicht, warum sie sich so häufig von ihrer kratzbürstigen Seite zeigte und auf die gut gemeinten Angebote der dänischen Familie patzig reagierte.

„Was ist da nur wieder in mich gefahren?" fragte sie sich hinterher jedes Mal von Neuem.

Ihrer Gastfamilie tischte sie handfeste Lügen auf:

„Ich habe ganz reiche Eltern", behauptete sie und machte auf hochnäsig.

Später schämte sie sich dafür in Grund und Boden. Aber eine arme Waise zu sein und aus einem Heim zu kommen, empfand sie als noch unerträglicher. Das sollte niemand auch nur ahnen. Viel leichter fiel es ihr, die Stacheln auszufahren. Sich damit zu schützen, hatte sie zwölf Jahre lang im Heim trainiert. In dieser Disziplin war sie Meisterin.

Leider kam ihr Tante Marlies in die Quere und ließ bei einem Kontrollanruf die Lügen auffliegen. Sie informierte die Gasteltern über das Kinderheim.

„Dort hat man wenig Wert auf Manieren gelegt", warnte sie. „Ich kann nur hoffen, dass meine Nichte sich inzwischen besser zu benehmen weiß!"

Elke versank vor Scham im Boden, als sie vom Anruf der Tante erfuhr. Doch die Gastfamilie ging erstaunlich gelassen mit der Wahrheit um.

„Wirr verrstehen daz zehr gut", versicherten sie und lächelten. „Mach dir keine Zorrrgen!"

Erstaunlicherweise wurde das Leben in Dänemark danach viel einfacher.

„Nie wieder will ich lügen", nahm sich Elke vor. „Von nun an will ich zu meiner Heimgeschichte stehen! Egal, was die Leute denken!"

Im folgenden Jahr beendete Elke die Hauswirtschaftsschule und schloss eine Ausbildung zur Kinderpflegerin an.

„Auf Haushalt, Heirat und Familiengründung bist du jetzt gut vorbereitet", meinte Frau Gottwald, ihre Lehrerin, als das Ausbildungsende in Sicht kam. „Aber ich frage mich ernsthaft: sind das wirklich deine Pläne?"

Darüber musste Elke nicht lange nachdenken. Ihre Antwort platzte geradezu aus ihr heraus: „Nein!"

Ihre Zukunft, die vor ein paar Jahren noch wie in undurchdringlichem Nebel gehüllt war, sah sie inzwischen in klaren Umrissen.

„Hausfrau will ich nicht werden!" unterstrich sie ihr Nein.

„Ich möchte mein eigenes Geld verdienen und einen Beruf ergreifen, von dem ich richtig gut leben kann. Nicht nur gerade mal eben so."

Heftig schüttelte sie den Kopf. „Nein, ich möchte mir was leisten können! Auf jeden Fall will ich auf eigenen Füßen stehen, ganz und gar unabhängig!"

Genau das wollte sie! Elke war über ihre deutliche Antwort selbst erstaunt, doch Frau Gottwald nickte nur.

„Ja, das habe ich mir schon gedacht. Wie wäre es denn, wenn du in einem Aufbaukurs die Bildungsreifeprüfung nachholst? " schlug sie vor. „Damit kannst du es dann nämlich leichter zu einem gut bezahlten Beruf bringen und sogar studieren, wenn du willst. Du kannst mehr als Hausfrau sein oder Kinderpflegerin! Da bin ich mir sicher."

Elke starrte sie verblüfft an.

„Die Bildungsreifeprüfung? Mit der man dann zur Universität kann? Die soll unglaublich schwer sein!"

Dieses Ziel schien so fern wie Timbuktu. Sie runzelte die Stirn und schüttelte langsam den Kopf.

„Nee, ich kann mir überhaupt nicht vorstellen, dass ich so etwas je schaffe."

Doch die Lehrerin gab nicht so schnell auf. „Den Grips dazu hast du auf jeden Fall. Du musst es nur selber wollen!"

In den folgenden Wochen kam Frau Gottwald immer wieder auf das Thema zu sprechen und brachte ihre Schülerin langsam dazu, sich mit der Idee anzufreunden. Auch an anderen Stellen setzte sie sich für ihre Schülerin ein. So gelang es ihr, den Schuldirektor, den Vormund und Frau Dietrich mit ins Boot zu holen.

Zu Elkes Erleichterung durfte sie im Mädchenwohnheim bleiben. Es war ihr Zuhause geworden, fest und sicher wie ein Ankerplatz in einer unruhigen See.

Wie zuvor erklärte sich Bruder Fred sofort bereit, mit seiner Schwester zu lernen.

„Wir kriegen das hin", verkündete er zuversichtlich. „Die Reifeprüfung schaffst du, Elke!"

So stand sie vor dem Spiegel im Badezimmer und wiederholte die Botschaft, die sie gar nicht so recht glauben konnte.

„Elke, das schaffst du!" erklärte sie ihrem Spiegelbild. Jedes Mal sah ihr Gegenüber im Badezimmer dabei ein klein wenig zuversichtlicher aus. Zugleich begann ihr Ehrgeiz wieder zu sprießen, so als hätte ihn die Frühlingssonne aus dem Winterschlaf geweckt.

Alle schienen hohe Erwartungen in sie zu setzen. Auf gar keinen Fall wollte sie die enttäuschen. Monatelang konzentrierte sich Elke auf nichts anderes als auf den Vorbereitungskurs und büffelte wieder wie besessen.

Als sie einundzwanzig Jahre alt wurde - und damit volljährig - war es soweit.

Der Morgen vor der Prüfung begann mit Fieber. Elke zitterte am ganzen Körper und bekam keinen Bissen des Frühstücksbrotes hinunter. Doch als sie schließlich vor den Aufgaben saß, fiel die Anspannung von ihr ab wie welkes Laub, und es gelang ihr, sich zu konzentrieren. Schritt für Schritt arbeitete sie sich durch die Aufgabenblätter — und bestand!

Frau Dietrich und die anderen Mädchen jubelten, als sie davon erfuhren, und veranstalteten ihr zu Ehren ein Fest im Heim.

Heimlich luden sie als Überraschungsgäste die Lehrerin und ihre beiden Brüder ein.

Wolfgang hatte sich zum Festakt einen Anzug ausgeliehen und brachte einen Blumenstrauß mit. Doch er sprühte nicht *vor Vergnügen, wie es seine Art war, und unternahm keinen Versuch, als Stimmungskanone auf den Putz zu hauen. Vielmehr wirkte er nachdenklich.*

Seine Schwester konnte sich vorstellen, was in ihm vorging: Wie sehr hatte ihr Bruder einst im Klosters unter Enge und Unverständnis gelitten! Die Nonnen und Erzieher hatten bedingungslosen Gehorsam von ihren Zöglingen gefordert, anstatt die persönlichen Begabungen der Kinder zu fördern. Seit seinem Auszug war ihm nichts so wichtig gewesen, als seine Freiheit hemmungslos zu genießen. Doch wohin hatte ihn das gebracht? Mehrere Lehren abgebrochen und einen anrüchigen Ruf in Düsseldorfs Nachtleben erlangt, das war auch schon alles, was er vorweisen konnte! Elke dagegen war ein echter Befreiungsschlag gelungen. Die Türen zu ihrer Zukunft standen sperrangelweit offen, während sein Weg in einer Sackgasse zu enden schien.

Elke setzte sich zu ihm.

„Geht es dir heute nicht so gut?" fragte sie ein wenig besorgt.

Wolfgang druckste eine Weile herum. Plötzlich traf er eine Entscheidung. Oder traf die Entscheidung ihn?

„Weißt du was? Ich mache das Gleiche wie du! Ich hole diese Reifeprüfung nach!" erklärte er mit fester Stimme. „Und danach studiere ich an einer Hochschule."

Elke strahlte. Was war das doch für ein herrlicher Tag!

„Gleich morgen gehe ich zu Frau Gottwald", schlug sie vor. „Die hilft dir bestimmt auch, für die Reifeprüfung zu lernen. Das schaffst du, Wolfgang!"

Bald darauf erfuhr Elke, wie ernst es ihrem Bruder mit den neuen Plänen war. So ernst wie noch nie in seinem Leben. Sofort hatte er damit begonnen, seinen Alltag radikal umzukrempeln. Zuerst hängte er sein „Rocky"- Leben endgültig an den Nagel und verabschiedete sich von den weiblichen Fans, die seine Verwandlung nicht recht begreifen wollten. Einigen von ihnen brach fast das Herz. Gleichzeitig schraubte er sein Alkoholpensum auf null herunter. Auch Freds Unterstützung anzunehmen, verweigerte er nicht länger.

„Du hattest vollkommen recht", gab er zu. „Ich muss weg von dieser Sauferei! Aber wie schaffe ich das?"

Es wurde seine allerschwerste Übung. Sie gelang ihm nur, weil er Hilfe annahm.

Mit der Unterstützung seiner Geschwister plante er weitere Schritte: Er zog aus dem Lehrlingsheim aus und von seiner Clique fort. Die Familie eines Freundes nahm ihn bei sich auf und war bereit, seinen erwachten Ehrgeiz zu unterstützen. Ein Rundum- Befreiungsschlag würde das werden! Ein Vorbereitungsjahr lang wollte er nun nichts anderes mehr tun, als zu pauken, pauken, pauken. Genauso wie seine Schwester, die ihn bestärkte:

„Du schaffst das!", machte sie ihm Mut. „Ich hab das ja auch geschafft. Behalte das Ziel einfach immer fest im Blick!"

Und es gelang. Ebenso wie seine Schwester begann Wolfgang nach der bestandenen Reifeprüfung an der „Höheren Fachschule für Sozialarbeit" zu studieren. Sein Streben nach Gerechtigkeit zog ihn in Richtung Gerichtshilfe und Staatsanwaltschaft, und diesem eingeschlagenen Weg blieb er sein Berufsleben lang treu. Elke war sehr erleichtert darüber, dass nun auch Wolfgang endlich festen Boden unter den Füssen hatte.

Gerade als Elke ihr Studium beendet hatte, schockierte Frau Dietrich sie mit einer unerwarteten Ankündigung: „Nun ist es an der Zeit, vom Mädchenwohnheim Abschied zu nehmen!"

„Ich soll hier ausziehen?"

Weg von Frau Dietrich und ganz allein wohnen? Der Gedanke war so abwegig, dass Elke sich das in ihren kühnsten Träumen nicht vorstellen konnte.

Allein zu wohnen, flößte ihr Angst ein, und sie sträubte sich heftig dagegen.

„Eine eigene Wohnung kann ich gar nicht bezahlen", wandte sie ein. „Und bei der Wohnungsnot in Düsseldorf werde ich erst gar keine finden!"

„Im Anerkennungsjahr verdienst du ja schon Geld", entgegnete die Wohngruppenleiterin. „Außerdem verfügst du über eine Waisenrente und ein Erbe. Und mit dem Flüchtlingsausweis kannst du beim Sozialamt eine Wohnung beantragen. Sieh den Tatsachen ins Auge. Du musst jetzt selbständig werden!"

Mit klopfenden Herzen bezog Elke ihre erste eigene Wohnung in der Münsterstraße. Sie bestand aus einem Zimmer, zwanzig Quadratmeter groß. Die Toilette musste sie mit anderen Hausbewohnern teilen, und duschen konnte sie in einem Schwimmbad in der Nähe. Nachdem die ersten einsamen Nächte gemeistert waren, gewöhnte sie sich langsam an ihr neues Leben.

Im Anerkennungsjahr verschlug es Elke zum Jugendamt. Schwierige Familienverhältnisse wurden für sie zu einer Herausforderung, der sie sich unbedingt stellen wollte. Es gelang ihr, Frauen zu unterstützen, die mit Gewalt, Angst und Ausweglosigkeit zu kämpfen hatten. Besonders gut konnte sie sich in Kinder und Jugendliche hineinversetzen, die sich in ihren schwierigen Verhältnissen gefangen fühlten, oder die immer wieder strauchelten. Elkes feine Antennen für Stimmungen, die sie schon in früher Kindheit ausgebildet hatte, kamen ihr jetzt bei ihrer Arbeit zugute.

Auf dem Jakobsweg

„Das muss ja ein gewaltiger Kraftakt gewesen sein!“

Anja betrachtet die Freundin voller Respekt. Von ihrer Anhöhe, auf der sie gerade pausieren, sind in der Ferne verschwommen die Fabrikanlagen und Wohnklötze von Burgos Vororten auszumachen. Die Provinzhauptstadt ist ihr heutiges Tagesziel.

„Das Abitur haben doch bestimmt nicht viele aus deinem Heim geschafft, oder?“

„Bei den Mädchen gab es niemanden außer mir“, erklärt Elke stolz und nimmt einen kräftigen Schluck aus ihrer Wasserflasche. „Wirklich! Ich war die Einzige, die studiert hat. Das weiß ich, denn viele Jahre später hatten die Schülerinnen in Wuppertal ein Klassentreffen organisiert. Mein damaliger Lehrer war bei diesem Treffen und hat bei der Gelegenheit nachgefragt, wer von uns denn studiert hätte. Da habe ich meine Hand gehoben.“

Sie veranschaulicht die Situation und reckt ihren Finger in die Höhe. Lebhaft steht die Szene vor ihrem inneren Auge.! „Ja, das ist schwer zu glauben! Der Lehrer hat ganz schön gestaunt, denn damals in der Volksschule waren meine Leistungen höchstens mittelprächtig.“

Elke lächelt. Sie stopft die Flasche zurück in ihr Gepäck und erhebt sich.

„Komm, lass uns weitergehen, bevor es sich mein Rücken anders überlegt. Es ist sicher nicht mehr weit.“

Auf der Wildblumenwiese, die sie nun beschwingt überqueren, flattert eine Wolke von Bläulingen vor ihnen her.

8

Gravuren und Graffiti

Burgos - Leon
In der Provinzhauptstadt Burgos finden die beiden Wanderschwestern alles, was ihr Herz begehrt, eine akzeptable Albergue, jede Menge Restaurants, Cafés und Geschäfte mit schönem Kunsthandwerk. Nur Elkes Rückenschmerzen lassen trotz Massage und Fango nicht nach.

„Es hilft alles nichts, ich kann damit keine dreihundertfünfzig Kilometer mehr laufen", gesteht sie Anja bei einem *Café con Leche* zwei Tage später. „Ich muss die Pilgerwanderung wohl wirklich abbrechen."

Wütend knallt sie die Kaffeetasse auf das Tablett und brütet vor sich hin. Immer hat sie alles geschafft, damals im Heim, in der Schule, in der Ausbildung, im Beruf. Und nun das! Aufgeben fühlt sich bitter an.

Nach dem Cafébesuch bricht darüber zwischen Anja und Elke plötzlich ein Streit los. Ob ihre junge Freundschaft Meinungsverschiedenheiten aushalten würde, das ist nicht sicher. Doch das Wortgefecht rollt unaufhaltsam wie eine Lawine heran und erfasst beide mit Wucht. Wie es geschehen konnte, versteht keine von beiden so richtig.

„Wenn du abbrichst, schließe ich mich an", beharrt Anja. „Auch wenn ich ursprünglich allein laufen wollte – aber mit dir, das passte einfach. Sollte wohl so ein. So oder gar nicht."

„Dann muss ich ja auch weitergehen. Sonst quäle ich mich mit einem schlechten Gewissen herum. Das wäre doppeltes Versagen. Und außerdem will ich dir die Tour nicht vermasseln", entgegnet Elke und schüttelt ärgerlich den Kopf. „Du zwingst mich dazu"

„Nee, das tue ich nicht! Ganz im Gegenteil", erwidert Anja heftig. „Du willst mich vielmehr zwingen, allein weiterzugehen. Das mit deinen Gewissensbissen ist Unsinn. Kannst du gern drauf verzichten. Ehrlich! Es ist doch allein meine Entscheidung, ob ich auch abbreche oder nicht! Würdest du etwa im umgekehrten Fall ohne mich weiterlaufen?"

„Natürlich" antwortet Elke ohne Zögern.

Anja schaut zur Seite in den vorbeibrausenden Verkehr und presst ihre Lippen zusammen.

„Mir ist es immer ganz wichtig gewesen, diesen Weg nach Santiago bis zu seinem Ende zu gehen", versucht Elke zu erklären. „Zur Not eben auch allein. Dich würde ich dann eben in meinen Gedanken mitnehmen."

Diesen Freundschaftsdienst könnte Anja ihr doch wenigstens erweisen. Dann würde sich ihr Versagen vielleicht nicht mehr so schlecht anfühlen. War das etwa zu viel verlangt?

Eine Weile noch werden die immer gleichen Argumente mit unterschiedlichen Beigaben zwischen ihnen hin- und hergeschoben. Unsichtbare Mauern der Enttäuschung schieben sich zwischen sie. Seit einer Weile schon laufen sie eine Geschäftsstraße herunter. Unschlüssig bleiben sie sehen und betrachten sich unglücklich.

„Also, ich gehe jetzt erstmal schnell in diesen Supermarkt und kaufe etwas Obst und Gebäck für die Rückfahrt und Taschentücher", beschließt Elke schließlich in einem schrofferen Ton, als sie es beabsichtigt. „Wartest du auf mich?"

Die Wandergefährtin nickt und wendet sich wortlos ab.

Eilig betritt Elke den Laden und beginnt, im Warenangebot herumzustöbern. Was sich draußen auf der Straße abspielt, erfährt sie erst viel später.

Im beginnenden Feierabendverkehr rollen unentwegt Wagen und Transporter an Anja vorbei. Trotz dieser Gefahren springt auf der anderen Straßenseite plötzlich eine graugetigerte Katze in elegantem Schwung auf die Fahrbahn zu und beginnt, sie in weitausgreifenden Sprüngen zu überqueren. Beinahe hätte sie die andere Seite heile erreicht. Anja beobachtet das sich anbahnende Drama schreckerstarrt und zu ohnmächtig, um einzugreifen.

Obwohl sich der folgende Unfall in wenigen Sekunden abspielt, nimmt sie ihn so wahr, als würde die Zeit wie in Zeitlupe vor ihren Augen ablaufen. Das Tier prallt gegen die Stoßstange eines Kleinbusses. Von dem leisen Knack des Zusammenstoßes bemerkt der Fahrer nichts, so leicht ist die Erschütterung. Er fährt unbeirrt weiter, während die Katze neben den Rädern auf ihren Pfoten zum Stehen kommt. Blut rinnt ihr aus einem Nasenloch. Aufrecht und in der würdevollsten Haltung, die sie mit letzter Kraft zustande bringt, hält sie sich steil aufrecht und torkelt auf den Bordstein zu, den sie kaum mehr wahrnimmt. Unmittelbar vor Anjas Füßen bricht sie tot zusammen.

Als Elke aus dem Supermarkt tritt, ist die Freundin verschwunden. Sie schaut die Straße hoch und runter und versucht mit ihren Blicken, den dichten Verkehr zu durchdringen. Nicht weit entfernt bemerkt sie die tote Katze am Straßenrand, doch danach hat sie nicht Ausschau gehalten. Wo, um alles in der Welt, steckt Anja? Ist sie womöglich beleidigt davongezogen? Was für eine Mimose! Ärgerlich greift Elke ihren Einkaufsbeutel fester und macht sich auf den Weg zu ihrem Domizil.

Doch unvermittelt stößt sie ein paar Straßenecken weiter auf die Vermisste. Anja sitzt mit geschwollenen Augenrändern auf einer gusseisernen Parkbank vor einem Baustellenzaun, über dem ein gewaltiger Baggerarm mit der Aufschrift „USABIAGA" hinausragt. Was auch immer das bedeutet. Hat sie etwa wegen ihres Streits geweint?

„Was ist denn los?" fragt Elke zaghaft und setzt sich neben sie auf die Bank.

Als die Antwort auf sich warten lässt, greift sie in ihren Einkaufsbeutel, zieht eine frische Packung Taschentücher daraus hervor und hält sie ihr hin.

„Gut, dass ich davon grade einen guten Vorrat eingekauft habe. Du siehst furchtbar traurig aus."

Anja nickt schniefend und zieht eines der Tücher heraus. Sie zögert, bevor sie zu erzählen beginnt.

„Es hat jetzt gar nichts mit dir zu tun oder mit unserem Streit von vorhin", erklärt sie und berichtet von dem Katzenunfall. „Diese tödliche Straßenszene hat bei mir wohl einen ganz besonders empfindlichen Nerv getroffen. Urplötzlich. Darauf war ich nicht vorbereitet…“

Anja zögert, und Elke drängt sie nicht.

„Also. Vor vier Monaten habe ich aus heiterem Himmel die Diagnose „Brustkrebs“ bekommen. Sie hat mich empfindlich getroffen, diese plötzliche Begegnung mit dem eigenen Ende. Das kam alles so völlig unerwartet wie ein Stromschlag. Erstmal habe ich eisern Haltung bewahrt. Aber jetzt, neben der sterbenden Katze, fingen die Tränen plötzlich an zu fließen. Ich konnte nichts dagegen tun. Gar nichts! Der Tod direkt vor meinen Augen hat den Schock von damals wohl wieder zum Leben erweckt.“

Sie schnäuzt sich noch einmal vernehmlich.

„Weiß nicht, ob du dir das vorstellen kannst. Das ging mir durch Mark und Bein. Urplötzlich hielt ich ein mögliches Todesurteil in Händen. “

Elke streichelt vorsichtig die Schultern der Freundin.

„Oh doch, das kann ich mir sehr gut vorstellen. Bei mir ist es nun schon zehn Jahre her, das mit meinem Brustkrebs. Aber damals war ich auch völlig fertig. Ja, es war wohl diese Aussicht, die Kontrolle abgeben zu müssen. Und dann kamen noch so Unwägbarkeiten dazu wie Narkose und OP und danach die Chemo. Das war alles mit ziemlich viel Angst verbunden. Aber immerhin bin ich nochmal glimpflich davongekommen. Muss wohl nicht befürchten, dass der Tumor zurückkommt.“

Sie zögert. „Wie ist denn deine Prognose?“ fragt sie leise.

Anja schaut sie überrascht an und antwortet. Diesmal mit fester Stimme.

„Oh, gut! Sehr gut sogar! Die Wahrscheinlichkeit liegt

bei mindestens neunzig Prozent, dass sich der Tumor nicht zurückmeldet. Soweit ist alles im grünen Bereich. Aber dieses Gefühl, unsterblich zu sein, das ich als junger Mensch hatte, das ist damals verschwunden. Für immer."

Elke hakt sich bei Anjas unter.

„Über dieses Gefühl haben wir schon geredet. Auf diesem seltsamen Friedhof. Erinnerst du dich? Ich habe seitdem ein paar Mal darüber nachgedacht."

Sie schaut einem Transporter und seiner dunklen Abgaswolke hinterher, ohne beides wirklich zu sehen.

„Im Kinderheim wurden wir ja ständig auf den Tod vorbereitet. Gott könnte uns jeden Augenblick holen, haben uns die Nonnen eingetrichtert. Und sie haben uns mit dem ‚Schwarzen Mann' gedroht. Von ihm wurde erzählt, dass derjenige sofort sterben muss, den er mit seinem Stab berührt."

Sie räuspert sich und fährt mit rauer Stimme fort:

„Manchmal kam zur Schlafenszeit tatsächlich so eine Gestalt, ganz in schwarz gekleidet. Sein Gesicht hatte er hinter einer Maske versteckt. Da wussten wir sofort, dass dies der *Schwarze Mann* sein musste. Dieser Maskentyp – vielleicht steckte ja auch eine Frau dahinter – das weiß ich nicht – der ging dann jedenfalls im Schlafsaal langsam durch die Bettreihen und murmelte dunkel vor sich hin, so, als überlegte er, welches Kind er als nächstes holen wollte."

Sie legt eine Pause ein, während Anja den Atem anhält.

„Und dann?"

„Naja", Elke sieht düster vor sich hin. „Meistens verschwand er dann wieder. Aber eines Nachts, als er sah, dass ich noch wach war, hat er mich dann wirklich mit seinem Stab berührt. Puh! Ich habe natürlich sofort fest daran geglaubt, dass jetzt alles aus ist. Wir hatten gelernt, immer auf dem Rücken zu liegen, mit den Händen auf der Brust gefaltet."

Sie demonstriert die Haltung, so gut wie es auf der Parkbank möglich ist.

„Als Kind dachte ich, das ist die korrekte Haltung für gute Katholiken, damit sie nach ihrem Tod nicht vom Teufel in die Hölle geschleift würden. Wahrscheinlich sollten die gefalteten Hände ihn davon abhalten. Denn davon war ich in dem Moment fest überzeugt: *Ich muss jetzt sterben!* dachte ich. Deshalb habe ich nicht gewagt, mich zu bewegen. Und so lag ich da und habe furchtbar geweint. Die Tränen sind mir nur so über mein Gesicht gelaufen. Irgendwann war das Kopfkissen nass. Dabei habe ich fest an meine Brüder gedacht. Die halbe Nacht habe ich auf den Tod gewartet. Stundenlang, ohne mich zu rühren."

Anja reißt entsetzt die Augen auf.

„Wie furchtbar! Der reinste Psychoterror! Fast wie diese Foltermethode in Guantanamo, wo das Gefühl, zu ertrinken, ausgelöst wird. Das hinterlässt selbst bei Erwachsenen schwere seelische Schäden. Wie muss das denn erst für ein Kind sein? Der blanke Horror!"

Sie schüttelt sich.

„Tja, an solche Torturen waren wir gewöhnt. So war unser Heimalltag. Was die Nonnen mit uns gemacht haben, war grausam, das schon. Aber abgesehen davon finde ich es gar nicht so verkehrt, sich frühzeitig mit dem Tod zu beschäftigen und ihn nicht auszublenden, wie das viel zu oft geschieht. Schließlich gehört er zum Leben dazu."

Ein Laster mit Anhänger poltert vorbei und hüllt sie in eine Smogwolke. Anja hustet, und Elke wedelt mit ihren Plastiktüten durch die Luft, um die Abgase zu verscheuchen.

„Nach dieser Geschichte mit dem schwarzen Mann habe ich den Nonnen jedenfalls nie wieder irgendetwas geglaubt. Vielleicht habe ich seit diesem Erlebnis auch weniger Angst vor dem Tod."

Darüber brüten sie eine Weile.

„Außerdem denke ich, dass mich das Wissen um meine Sterblichkeit umso lebenshungriger gemacht hat", erklärt Elke schließlich. „Immer will ich alles erleben! Nie irgendetwas auslassen. So war das auch mit dem Jakobsweg. Alle haben davon erzählt. Also musste ich ihn unbedingt gehen."

Sie schmiegt sich an Anja.

„Selbst solche Spektakel wie den Karneval feiere ich ganz intensiv mit. Das ist für mich wie Leben pur."

„Dafür bin ich wohl zu norddeutsch. Karneval hat mich nie gereizt."

Gern nimmt Anja den Faden auf, der sie vom Tod wegführt.

„Die feuchte Fröhlichkeit dabei kommt mir immer so aufgesetzt vor. Wie 'ne Maske. Und dahinter sieht es dann ganz anders aus."

„Ja, da ist was dran", gibt Elke zu. „Clowns sind hinter ihrer dicken Schminke wahrscheinlich traurige Menschen. Aber beim Karneval kann man all das Schwere mal so richtig schön abschütteln. Nach allen Regeln der Kunst."

Sie lächelt und sieht ihre Wanderschwester herausfordernd an. „Du solltest mich mal zum Karneval in Düsseldorf besuchen. Dann zeige ich dir, wie das geht."

Anja schiebt das durchweichte Taschentuch in die Gürteltasche und blickt zu den rosa verfärbten Wolkenfetzen des abendlichen Himmels empor.

„Du bist eine wirklich starke Frau", wiederholt sie voller Bewunderung. „Wie hast du all das nur überstanden: dieses schreckliche Kinderheim, diese Erzieherin, die alles darangesetzt hat, deinen Willen zu brechen – dieses ganze Schreckensszenario einer rabenschwarzen Pädagogik? Unglaublich!"

Elke verfolgt mit ihrem Blick eine Spur sich auflösender Kondensstreifen am Himmel. Hell wie Glühfäden leuchten sie in den letzten Sonnenstrahlen auf.

„Erstmal war mein Opa ja noch da, und er hat uns regelmäßig besucht. Er war ein wichtiger Anker für mich. Außerdem war ich mit meinen beiden Brüdern zusammen, wann immer es möglich war. Ohne die wäre ich wahrscheinlich untergegangen. Aber es gab auch Tante Grete und Frau Dietrich und Frau Gottwald, die mich mochten und denen ich vertrauen konnte. Bezugspersonen nennt man das wohl. Da hatte ich einfach Glück."

„Vielleicht hat dir ja auch dein Eigensinn geholfen." Anja grinst. „Du kannst echt stur sein. Und deine Familie hat dir anscheinend auch eine ganze Portion Ehrgeiz vererbt, könnte ich mir vorstellen."

„Das stimmt!" Elke lacht. „Oh ja, ich war immer sehr stolz darauf, eine *Odenwald* zu sein. Mein Vater muss ein gebildeter und angesehener Mann gewesen sein und meine Mutter eine elegante selbstbewusste Frau. Das kann man auf den wenigen Fotos sehen, die ich zuhause aufbewahre. Und das alles wollte ich natürlich auch unbedingt sein."

„War das bei den anderen Heimkindern ähnlich? Oder warst du eine Ausnahme?“

Elke lässt sich Zeit mit der Antwort.

„Bei diesem Klassentreffen damals waren nicht alle gekommen. Aber ich habe von den anderen gehört, dass es viele nicht geschafft haben, später im Leben zurechtzukommen. Einige sind in der Psychiatrie gelandet. Es gab Selbstmordversuche. Bestimmte Krankheiten waren verbreitet. Heute würde man die wohl „posttraumatische Belastungsstörungen“ nennen. Die wenigsten Heimkinder haben überhaupt einen Beruf erlernt oder ein selbständiges Leben geführt. Nein, ich glaube, ich bin tatsächlich eher eine Ausnahme. Aber trotz allem, die Heimkindheit belastet mich immer noch viel mehr, als ich dachte. Das ist mir hier auf der Wanderung erst so richtig bewusst geworden. Und vermutlich wird sich das mein Leben lang nicht ändern.“

Anja legt ihren Arm über Elkes Schulter. So ineinander verschlungen sitzen sie eine Weile auf der eisernen Bank und schweigen.

„Freundschaften waren mir auch immer sehr wichtig“, fügt Elke schließlich hinzu. „Du weißt ja, ich halte ständig über das Handy zu allen meinen Lieben Kontakt. Das brauche ich einfach.“

Plötzlich richtet sich Anja auf und sieht ihre Freundin an. „Mir ist da gerade eine Idee gekommen. Weißt du was? Wir sollten unserem Pilgerweg einen würdigen Abschluss geben und ihn nicht hier in Burgos enden lassen.“

Elke fährt mit einem Ruck auf. Die Freundin würde nach so viel Harmonie doch nun nicht wieder mit dem Streitthema anfangen?!

214

„Nein, ich meine", schiebt Anja hastig hinterher, „ich meine, wir sollten morgen zusammen den Bus nach Leon nehmen. Das muss eine tolle Stadt sein nach allem, was im Reiseführer steht. *Dort* sollten wir unser Projekt beenden. Das wäre ein würdiger Abschluss! Wir könnten ihn mit einem festlichen Abschiedsessen krönen. Was hältst du davon?"

„Oh, ja. Super Idee!" Elke strahlt und entspannt sich. „Da bin ich sofort dabei!"

„Und nächstes Jahr, wenn dein Rücken wieder ganz und gar heile ist, dann nehmen wir einfach zusammen die zweite Etappe des Jakobswegs in Angriff."

Auch damit ist Elke einverstanden. „Ja, wirklich. Das ist die allerbeste Lösung! So machen wir das! Aber lass uns jetzt aufbrechen!" Sie greift nach ihren Einkaufstüten. „Es ist ja schon fast dunkel. Und kalt wird mir langsam auch."

„Wie wär's wenn wir noch einen Happen essen gingen?" schlägt Anja vor. „Gespräche über Tod und Sterben machen mich immer mordshungrig."

In einem der Straßenrestaurants neben den Grünanlagen des Río Arlanzón treffen sie ihre Wanderbekanntschaften wieder. Sie schieben einen Tisch und Stühle zu den anderen und erzählen ihnen während der Abendmahlzeit vom bevorstehenden Abbruch ihrer Pilgerwanderung.

„Schade!" Gandalf bedauert die Neuigkeit. „Dann sehen wir uns wohl nicht so schnell wieder. Es sei denn, ihr nehmt nächstes Jahr einen anderen Weg nach Santiago de Compostella. Den „Camino Duro" zum Beispiel, der ist nicht so überlaufen, oder den „Camino Portugués". Da könnte ich dann auch wieder unterwegs sein."

„Ihr seid beileibe nicht die Einzigen, die abbrechen. Das Frankfurter Pärchen ist auch schon nicht mehr dabei", erzählt Sylvia, die in königlicher Haltung vor einem gigantischen Salatteller sitzt. „Magen-Darm. Naja, vielleicht soll es nicht immer alles so schnell und reibungslos vonstattengehen. Das ist bestimmt Vorsehung!"

Gandalf runzelt die Stirn und säbelt konzentriert am knusprigen Rand seiner Pizza. Skeptische Blicke wandern um den Tisch.

„Kann doch sein", rechtfertigt Sylvia ihre Theorie und spießt eine Olive auf.

„Was ist eigentlich aus der Frau mit dem Dackel geworden? Hat die nochmal einer von euch gesehen?" fragt Anja in die Runde, nachdem sie den *„Calmar en su Tinta"* verschlungen hat. Die übrig gebliebene Tinte färbt die Reisreste auf dem Teller lilaschwarz.

Die Pilger schütteln die Köpfe. Nein, leider. Niemand hatte sie wiedergetroffen. Alle bedauern das gebührend. So ein gemeinsamer Weg scheint ein Zusammengehörigkeitsgefühl unter Menschen zu fördern, die auf den ersten Blick gar nicht zusammenpassen, überlegt Elke.

„Auf jeden Fall ist die Kathedrale Santa María de Regla von León noch größer und schöner als die von Santiago de Compostela." Gandalf lenkt die Aufmerksamkeit wieder auf die Jakobsweg- Highlights. „Die Glasfenster sollen wahre Meisterwerke sein."

„Habe ich auch gelesen. Sie gehört zu den tausend Orten, die man gesehen haben muss, bevor man stirbt", fügt Sylvia hinzu. „So wie die Kathedrale von Santiago. Sie gehört außerdem auch zum UNESCO Weltkulturerbe."

„Wie bitte? Was für *tausend Orte bevor man stirbt*?" fragt Elke mit neuerwachtem Interesse in die Runde. „Was muss man denn noch alles gesehen haben?"

„Na, es gibt da so ein Buch. Das beschreibt alle wichtigen Sehenswürdigkeiten der Welt", antwortet Sylvia. „342 davon habe ich schon besucht. Mal sehen, ob ich noch alle schaffe."

Am nächsten Tag überholen sie im Linienbus eine Menge Pilger, die in ihren unterschiedlichen Geschwindigkeiten unter einer sengenden Sommersonne vor sich hinwandern. Gleich hinter Burgos verwandelt sich die Landschaft und präsentiert sich nun gleichförmig flach und schattenlos. Ockergelbe Getreidefelder erstrecken sich, soweit das Auge reicht, während die Farbe Grün aus dem Blickfeld verschwindet.

Anstrengend sieht das Pilgern aus, wenn man es aus der Perspektive eines bequemen Sitzes in einem vollklimatisierten Bus betrachtet. Heiß und wenig einladend erscheint die Landschaft draußen, doch Elke juckt es in ihren Wanderstiefeln. Zu sehr hat sie sich an das tägliche Laufen gewöhnt. Da fällt es ihr schwer, untätig im Bus zu hocken, der immer wieder irgendwo im Nirgendwo anhält oder über viele Umwege unterkühlte Busbahnhöfe ansteuert, um dort gefühlte Ewigkeiten zu pausieren.

Nachmittags erreichen sie die Endstation, die in einem staubigen Industrieviertel von Leon liegt.

„Hier in der Nähe finden wir bestimmt eine Unterkunft. Dann musst du deinen Rucksack nicht erst lange in die Altstadt schleppen", schlägt Anja vor.

Doch davon will Elke nicht wissen.

„Hier? In diesem trostlosen Viertel? Nein, danke", erklärt sie entrüstet und verzieht ihre Mundwinkel. „Guck dich mal um! Hier wohnen lauter Asoziale. Schau dir nur diese abgetakelte Frau da vorne an und diesen finsteren Typen dort am Metallgitter. Nee, wirklich nicht!"

Sie schüttelt sich energisch.

„Und dann diese grässlichen Graffitis an den Häuserwänden. Das ist fast so wie in Eller. Schrecklich! Ich hasse Graffiti! In so einer verwahrlosten Gegend möchte ich keine einzige Nacht verbringen."

Anja studiert interessiert die bunten steil- gezackten Wandmalereien.

„Also, so schlimm finde ich die gar nicht", widerspricht sie. „Ich habe auch mal als Vertretung Kunst unterrichtet. Da haben wir uns mit Graffiti beschäftigt. Das ist eine eigenständige Kunstsprache."

„Kunst?" Elke schüttelt den Kopf und will protestieren, doch Anja fährt schnell fort:

„Manchmal ist es eine aufdringliche Sprache, zugegeben. Wie Hilferufe oder Flüche. Diese schwarzen Buchstaben hier erzählen eine Menge von angestauter Wut, die raus will. Findest du nicht? Vielleicht hielt der Sprayer das für die beste Möglichkeit, sich auszudrücken. Oder es ist überhaupt die einzige Sprache, die ihm zur Verfügung steht. Nach so einer Sprühaktion geht es ihm dann wahrscheinlich besser."

Elke starrt auf das wilde Gekrakel an der Mauer. So hat sie das noch nicht betrachtet.

„Und was soll der Hausbesitzer mit seiner Wut machen, wenn er das alles wieder abschrubben muss?" widerspricht sie und schüttelt den Kopf. „Also, Gefühle ausdrücken, gut und schön. Aber doch nicht auf Kosten anderer! Außerdem ist das nicht künstlerisch, sondern illegal."

Anja lacht.

„Graffitis scheinen dich tatsächlich zu ärgern! Lass uns das heute zur Feier des Tages mal nicht so verbissen sehen", ruft sie und knufft die Freundin kichernd in die Seite. „Sag an, was könnten wir mit diesem wunderschönen, sonnigen Tag noch so alles anstellen? Fratzen schneiden vielleicht? Singen, tanzen, Eis essen?"

„Schau'n wir mal, was Leon so anzubieten hat."

Elke wechselt vom Empört Sein in den Entdeckermodus.

„Der Tag ist ja noch frisch. Lass uns als Allererstes eine richtig schöne Unterkunft in der Altstadt suchen. Die muss dort drüben auf der anderen Flussseite liegen. So weit ist das nicht entfernt. Den Rucksack auf dem Rücken, das schaffe ich noch eine Weile. Keine Sorge."

Sie behält recht. Gleich hinter der Brücke über den Rio Bernesga beginnt die Altstadt Leons. Sie begrüßt die Pilgerinnen mit einer breiten Fußgängerzone und offenen Plätzen und lädt zum Schlendern ein. Viele der Fassaden sind in warmen Erdtönen gestrichen.

Der erste Versuch ihrer Zimmersuche führt sie in eine Albergue, die auch als Seniorenwohnanlage dient. Auf dem Flur hocken alte Frauen, die vor sich hin brabbeln.

Elke ist schockiert.

„So möchte ich nie, nie, nie enden", flüstert sie ihrer Wanderschwester zu und hält die Luft an.

Es riecht abgestanden mit einer Duftnote Urin. Dazu der Anblick der Alten. Wie hilflos sie wirken! Vollständig abhängig und ausgeliefert. Wie im Heim. Unerträglich!

„Dieser Geruch!" Sie zerrt Anja durch die Eingangstür nach draußen. „Puh! Lass uns schnell von hier verschwinden, sonst muss ich mich übergeben!"

Einen Häuserblock weiter finden sie eine Unterkunft in Beigetönen. Modern und leblos eingerichtet wie im Schaffrath Möbelparadies in Düsseldorf. Ganz nach Elkes Wünschen.

„Hier bleiben wir", bestimmt sie und pfeffert ihren Rucksack mit Schwung auf eins der Betten.

Nach kurzer Rast lassen sich die Frauen auf ihrem Bummel von den Gebäuden Leons beeindrucken. Am meisten gefällt ihnen die Barock-Kathedrale, die die Altstadt überragt. Über den beiden, ganz unterschiedlich gestalteten Türmen des Baus kreist ein Milan, der das große Areal rund um das Gotteshaus als sein ureigenes Jagdgebiet auserkoren hat und sich an der federlosen Konkurrenz nicht stört.

Ihre Innenräume beherrscht ein lebendiges Licht, das durch die großen Rosetten der farbigen Fenster einfällt, und kein beklemmendes Gefühl nach Kerkern und Gräbern aufkommen lässt. Im Verlauf des Tages zieht die Kirche die beiden Frauen wie ein Magnet immer wieder in ihren Bann. Nach dem Bummeln durch die Fußgängerzone kehren sie dahin zurück und tauchen in ihre kühlen Gänge ein wie in ein erfrischendes Bad nach einem Saunagang. Draußen vor dem Tor der Kathedrale nimmt sie dann wieder die glühende Nachmittagssonne in Empfang.

Sie setzen ihre Erkundungstour fort und schlendern über die großen und kleinen Plätze der Stadt, die mit Bronze-Skulpturen bestückt sind. Die Schaufenstergestaltung der Geschäfte hält sogar Elkes kritischem Großstadtblick stand.

„Das ist ja fast wie auf der „Kö" hier!", ruft sie begeistert. „Hier finden wir bestimmt schöne Andenken für unsere Lieben, und vielleicht auch für uns etwas Nettes zum Anziehen. Diese immer gleichen Wanderklamotten, die ich nun seit Wochen am Leib trage, bin ich so richtig leid!"

An ihrem letzten Abend lädt Anja die Freundin in ein Sternerestaurant ein.

„Aber nur, wenn wir bei Vor- und Nachspeisen bleiben. Alles andere ist mir zu teuer."

Elke erscheint zum Sterne-Essen mit einer kleinen Schachtel. Feierlich überreicht sie das Geschenk und blickt gespannt in Anjas Gesicht. Die Schachtel offenbart einen Onyxring, in den ein gelber Pfeil eingearbeitet ist. Er passt der Freundin genau auf den Ringfinger.

„Der soll dich an unsere Pilgerwanderung erinnern und daran, dass wir sie noch nicht beendet haben."

Danach sitzen sie bis tief in die Nacht vor einer Bodega bei gutem Tempranillo- Wein und kommen noch einmal auf Elkes inneren Pilgerweg zu sprechen.

„Was willst du denn nun anfangen mit all den Kindheitserinnerungen, die während der Wanderung so heftig aufgewühlt worden sind?" fragt Anja.

Elke betrachtet den Sternenhimmel, als suche sie dort nach einer Antwort.

„Ich glaube, ich werde mal zu diesem Kinderheim nach Wuppertal fahren", überlegt sie. „Bisher habe ich immer einen großen Bogen darum gemacht, aber jetzt fühle ich mich stark genug dafür. Nach unserer Wanderung kann ich das alles aus größerer Distanz betrachten."

Anja folgt ihrem Blick in den Nachthimmel. Selbst hier, mehrere Straßenzüge von der Kathedrale entfernt, ist noch etwas von dem rötlichen Scheinwerferlicht zu sehen, das sie anstrahlt.

„Das wäre dann wie ein Abschluss für deinen inneren Jakobsweg?", fragt sie.

„Ja. Vielleicht auch ein Abschied von meiner kindlichen Ohnmacht. Seit der Begegnung mit dieser Nonne – du weißt schon, die so komisch gekräht hat – also spätestens seitdem bin ich mir bewusst, dass ich heute nicht mehr so ausgeliefert bin wie damals."

„Schreib mir mal 'ne SMS, wie es war", schlägt Anja vor. „Ich möchte wirklich gern wissen, wie es gelaufen ist."

Elke nickt versonnen und füllt die Gläser nach.

„Es ist schon seltsam. Vor meiner Pilgerreise habe ich überhaupt nicht an meine Kindheit gedacht. Nicht mal im Entferntesten. Die Wanderung hat sich ganz anders entwickelt, als ich mir das vorgestellt habe. Was hat der Weg für dich gebracht?"

Über die Frage muss Anja nicht lange nachdenken.

„Eine neue Freundin!"

Elke lächelt.

„Ja, das gilt auch für mich. Das war das Allerbeste auf dem Weg."
Sie hebt das Glas.
„Prost!

Sieben Monate später

SMS von Anja an Elke
Ich komme am Sonntagnachmittag zu euch nach Düsseldorf. Das ist der Tag vor Rosenmontag. Bin sehr gespannt auf den Karneval! Ich bringe dann einen Reiseführer über den portugiesischen Jakobsweg mit. Wie war denn dein Besuch im Wuppertaler Kinderheim?

SMS von Elke an Anja:
Es steht nicht mehr! Nur eine Wand mit Statue ist noch übriggeblieben. Ausgerechnet mit der Madonna, der mein Bruder damals mit seiner Zwille den mahnenden Zeigefinger abgeschossen hat. Das Kloster wurde wohl schon vor Jahren abgerissen. Heute ist dort ein Parkplatz. Der hat mich an den Busbahnhof von Bilbao erinnert. Weißt du noch, wie kahl und grau der war?

SMS von Anja an Elke:
Klar. Ich kann mich noch ganz genau erinnern, wie wir dort standen und warteten. Konntest du dich trotzdem irgendwie verabschieden von all dem? War es gut?

SMS von Elke an Anja:
Oh ja, das hat sehr, sehr gutgetan!!! Und ich habe einen wirklich passenden Abschied gefunden.

SMS von Anja an Elke:
Was hast du gemacht?

SMS von Elke an Anja:
Ich habe mir eine Spraydose gekauft. Schwarz! Diese Graffiti -Schmiererei finde ich ja eigentlich total fürchterlich. Aber in diesem Fall war sie bestimmt genau richtig. Stell dir vor, ich habe ganz und gar illegal den Parkplatz besprüht und habe mich dabei super gefühlt!

SMS von Anja an Elke:
Ich bin von den Socken! Was hast du gesprüht?

Hier stand ein finsteres Kinderheim. Ich habe es überlebt!!!

Hintergrundinformationen

Als ich anfing, mich mit der Heimerziehung der 40er und 50er Jahre zu beschäftigen, hatte ich nicht mit der Brutalität und den erschreckenden Dimensionen gerechnet, die dabei ans Tageslicht kamen.

Meine Recherche begann mit der Zeit des Nationalsozialismus. Eine Ausstellung zur Bremer Jugendfürsorge und Heimerziehung („Denn bin ich unter das Jugendamt gekommen") machte mir zu Anfang des Jahres 2019 klar, dass Einrichtungen dieser Art in Deutschland von 1933 bis 1945 in besonderem Maße zur Selektion von sogenannten „erbgesunden" und „erbminderwertigen" Kindern genutzt wurden. Hinter dem Ziel, die sogenannte „Volksgesundheit" zu fördern, verschwand das individuelle Wohl der, in den Heimen untergebrachten, „Schutzbefohlenen" vollständig.

Die als „unwert", „erbkrank", „asozial", „schwachsinnig" eingestuften oder einfach als aufsässig und unbequem empfundenen jungen Menschen wurden zum Teil zwangssterilisiert, damit sie ihre „Makel" nicht vererben konnten. Sie sollten *„aus dem Erbstrom des deutschen Volkes ausgeschieden"* werden, wie es das Erbgesundheitsgericht in solchen Fällen anordnete. *

In letzter Konsequenz wurden viele junge Menschen in Jugendkonzentrationslager oder psychiatrische Einrichtungen abgeschoben. Dort verloren die meisten ihr Leben durch Unterernährung, Entkräftung oder Folgekrankheiten. Ihr Tod war durchaus gewollt, wie der Hungererlass des Bayrischen Innenministeriums von 1942 nahelegt.

Im Rahmen des Rassenwahns kam es auch zu gezielten Mordaktionen an Kindern und Jugendlichen. Allein durch die Aktion T4, an der u.a. die Bremer Jugendfürsorge-Einrichtung „Ellener Hof" mit beteiligt war, „starben zwischen Januar 1940 und August 1941 ca. 70.000 Menschen in den Gaskammern von sechs zu Tötungsanstalten umfunktionierten Heil- und Pflegeanstalten."* Ob sich auch kirchliche Einrichtungen anschlossen, ist mir nicht bekannt.

Ein Überlebender des Ellener Hofes führte durch die Bremer Ausstellung und erzählte u.a. von medizinischen Versuchen, die an ihm vorgenommen wurden, und an denen er als alter Mann immer noch leidet. Für das erlittene Unrecht ist er nie entschädigt worden. Nicht einmal Einsicht in die eigenen Akten wurde ihm bisher gewährt.

Nach dem Krieg verlor die Vorstellung der Nationalsozialisten, dass der Mensch allein durch seine Gene determiniert sei, an Boden, und der Möglichkeit einer Veränderung durch Erziehung wurde wieder mehr Raum zugestanden. Nationalsozialistische Institutionen zur „Rassenhygiene" wie das Erbgesundheitsgericht wurden geschlossen, seine Urteile jedoch erst 1998 (!) aufgehoben!

„An der Heimerziehung selbst hat sich jedoch bis in die 70er Jahre hinein gar nichts geändert", erzählte mir der Überlebende des Ellener Hofes während seiner Führung aus seiner eigenen Erfahrung.

Rund 700.000 Kinder lebten in den 50er- und 60er-Jahren in Kinderheimen in Westdeutschland. In der DDR gab es in der Zeit außerdem „Spezialheime", die

228

eine Umerziehung im Sinne des Sozialismus versuchten.

In ihrem Standardwerk „Handbuch der Heimerziehung" beschreibt Elisabeth Bamberger die Heimpädagogik nach Kriegsende folgendermaßen: „… Das Erzieher-Zöglings-Verhältnis ist autoritär. Lehrer, Meister und Erzieher fordern als Vertreter objektiver Ansprüche Gehorsam. Deshalb gilt die gehorsame Unterordnung unter den Anspruch der Ordnung als Erziehungserfolg…. Die Dressur überwiegt das Bedürfnis, Einsicht zu wecken…"

Klaus Mollenhauer stellte 1971 in einer empirischen Untersuchung in seiner Zusammenfassung u.a. fest: „Eine Erziehung, die an den spezifischen Erziehungsbedürfnissen der Kinder und Jugendlichen orientiert wäre, konnte in keinem der untersuchten Heime beobachtet werden."

Die Erziehung mithilfe von seelischer und körperlicher Gewalt hat Folgen, wie das Fachgebiet der Psychotraumatologie in zahlreichen Studien und Lehrbüchern belegt. Angstzustände, Depressionen, mangelndes Selbstbewusstsein, Bindungsangst, Suchtprobleme, werden als häufige Symptome ehemaliger Heimkinder genannt. Sie begleiten die Betroffenen oft ein Leben lang.

Manchmal treten sie in Form von ‚Posttraumatischen Belastungsstörungen' erst im Ruhestand wieder auf, wenn Betroffene nicht mehr in einen stressigen Berufsalltag eingebunden sind und mehr Zeit zum Nachdenken haben. Im höheren Lebensalter lässt zudem die psychische Abwehr gegen verdrängte schmerzhafte Erinnerungen nach. Wie in der vorliegenden Geschichte beschrieben, können sich neben körperlichen Symptomen unerwartet quälende Erinnerungen aufdrängen (Flashbacks, Nachhallerinnerungen). Alpträume und Schlafstörungen lassen die Betroffenen keine Ruhe mehr finden und werden nicht selten von Suizidgedanken begleitet.

Folgen hatte die Heimerziehung aber auch in anderer Hinsicht: Wegen mangelnder geistiger bzw. schulischer Förderung wurde ein großer Teil der Heimkinder ohne Schulabschluss aus den Anstalten entlassen.

Nach einer Untersuchung (1973) des Heimreformers Martin Bonhoeffer besuchten nur 1% der in Heimen lebenden Kinder und Jugendlichen eine weiterführende Schule. Dass sehr viele ehemalige Heimkinder heute in Altersarmut leben müssen und auf Grundsicherung bzw. ALG II angewiesen sind, ist – laut dem Verein ehemaliger Heimkinder (VEH) – darauf zurückzuführen.**

Ende der 70er Jahre führte Katharina Rutschky den Begriff „Schwarze Pädagogik" ein. Er beschreibt eine Pädagogik, die mit Hilfe von Gewalt, Einschüchterung und Erniedrigung versucht, den Willen des Kindes zu brechen. Diese Form der Erziehung erfreute sich auch bei Eltern lange großer Beliebtheit und ist bis heute keineswegs ausgestorben.

Immerhin wurde die Prügelstrafe in den Schulen der DDR im Zuge seiner Staatsgründung bereits 1949 offiziell abgeschafft, in den Schulen der Bundesrepublik jedoch erst 1973 (in Bayern 1980).

Bis heute sind sich die europäischen Staaten in der Frage der körperlichen Züchtigung durch Eltern und Erzieher jedoch nicht einig. Eigentlich verpflichtet Artikel 17 der 1996 revidierten Europäischen Sozialcharta, "jede

Form von Gewalt gegen Kinder mit klaren, verbindlichen und präzisen Regelungen" zu unterbinden." Doch „...von den insgesamt 47 Europaratsländern haben [erst] 27 bisher jede Form körperlicher Strafen für Kinder - sei es in der Schule oder zu Hause - verboten. ... Österreich erließ 1989 ein vollständiges Verbot von Prügelstrafen für Kinder, Deutschland im Jahr 2000. ..."

Frankreich gehört zu den europäischen Staaten, in denen Verfechter des Prügelstrafen- Verbots auf besonders heftigen Widerstand stoßen. Ähnlich ist die Lage dem Europarat zufolge in Russland, Großbritannien, Irland und Belgien. ***

Entsprechend ließ auch die Aufarbeitung der Heimvergangenheit lange auf sich warten. Erst nach der Jahrtausendwende wurden Akten geöffnet. Wolfgang Wensierskis Buch "Schläge im Namen des Herrn" machten die Vorgänge in den Kinder- und Jugendheimen 2006 einer größeren Öffentlichkeit bekannt.

Im Februar 2008 richtete der Bundestag einen Runden Tisch "Heimerziehung in den 50er- und 60er-Jahren" ein. Den Vorsitz übernahm die ehemalige Bundestagsvizepräsidentin Antje Vollmer.

Im Januar 2010 richtete die katholische Kirche Hotlines für ehemalige Heimkinder ein. Seither hat sie sich bei den Betroffenen mehrmals entschuldigt.****

Viele der Schäden, die eine *Schwarze Pädagogik* bei den Betroffenen angerichtet hat, sind dokumentiert. Als Autorin ging es mir jedoch nicht in erster Linie darum, eine Heimkindheit mit seinen grausamen Schattenseiten darzustellen. Vielmehr interessierte mich die Frage, wie ehemalige Heimkinder und andere Menschen mit einer schwierigen Kindheit es trotzdem manchmal geschafft haben, das Furchtbare zu überleben, ohne seelisch daran zu zerbrechen. Nicht bei der Opferrolle der Protagonistin wollte ich stehenbleiben, sondern von ihren Stärken erzählen.

Die Wissenschaft hat unter dem Begriff „Resilienz" ausgiebig zu dieser Frage geforscht. Resilienz bezeichnet die psychische Widerstandskraft, trotz extrem negativer Ausgangsbedingungen das eigene Leben zu meistern. Bei einem Einsatz des Buches im Unterricht lassen sich die verschiedenen Heimepisoden nutzen, um alle inzwischen bekannten Faktoren aufzuspüren, die Resilienz fördern können.

Quellennachweis
- Kristýna Audiová: Deutsche in Aussig an der Elbe im 20. Jahrhundert. 2011
- Elisabeth Bamberger: Handbuch der Heimerziehung. 1955
- Ekert/ Eckert: Psychologie für Pflegeberufe. 2005
- * Gerda Engelbracht: „Denn bin ich unter das Jugendamt gekommen". 2018
- Klaus Mollenhauer in: Jugendhilfe.1973
- Katharina Rutschky (Hrsg.): „Schwarze Pädagogik". Quellen zur Naturgeschichte der bürgerlichen Erziehung. 1977
- Wolfgang Wensierski: "Schläge im Namen des Herrn".2006

Webseiten u.a.
- *** n-tv.de,mbo/afp
- ** https://heimkinderopfer2.blogspot.com/
- **** https://www.welt.de/welt_print/politik/article5238799/ Gewalt-als-System.html)

Dank

Auch wenn ich die Geschichte in eine gut lesbare Romanform gebracht und Namen verändert habe, ist sie doch wahr.

Die Heim- Episoden ebenso wie die Stationen der Flucht aus den Sudeten entsprechen den Berichten meiner Freundin Elke. Auf unserer gemeinsamen Jakobsweg-Wanderung und danach hat sie mir von ihrer Kindheit und der ihrer Brüder erzählt. Meine schriftlichen Ausführungen hat sie so lange korrigiert, bis sie zu ihren Erinnerungen passten.

Trotz ihres Zeitdrucks widmete sich Christine mit literarischem Fingerspitzengefühl den Stilblüten des Manuskripts. Vielleserin Eva betätigte sich gleich zweimal als Korrektorin. Zum guten Schluss versuchte Lutz mit glasklarem Jägerblick, die allerletzten Fehler aufzuspüren. Und Carolin half mir auch diesmal wieder, das Cover professionell zu gestalten.

Dafür kann ich Euch allen gar nicht genug danken!